KB078572

雲龍爭天
운룡
쟁천

조돈형 新-무협 판타지 소설
FANTASTIC ORIENTAL HEROES

운룡쟁천 9

조돈형 新무협 판타지 소설

초판 1쇄 찍은 날 § 2011년 1월 21일
초판 1쇄 펴낸 날 § 2011년 1월 26일

지은이 § 조돈형
펴낸이 § 서경석

편집책임 § 유경화
편집 § 이수민

펴낸곳 § 도서출판 청어람
등록번호 § 제1081-1-89호
등록일자 § 1999. 5. 31
어람번호 § 제2-2029호

주소 § 경기도 부천시 원미구 심곡2동 163-2 서경B/D 3F (우) 420-822
전화 § 032-656-4452 팩스 § 032-656-4453
http://www.chungeoram.com
E-mail § chungeoram@chungeoram.com

ISBN 978-89-251-2399-8 04810
ISBN 978-89-251-1372-2 (세트)

[완결] **9**

운룡
쟁천

조돈형 新무협 판타지 소설
FANTASTIC ORIENTAL HEROES

도서출판 청어람

目次

第七十四章

환사미로진(幻沙迷路陣)

　잔뜩 찌푸려진 얼굴로 방 안을 서성이는 제갈현음의 몰골은 말이 아니었다. 사방에서 쏟아지는 엄청난 양의 정보를 취합하고 분석하느라 며칠 동안 잠이라는 것을 잊어버린 그의 눈은 충혈되다 못해 금방이라도 터질 듯 핏발이 곤두섰다.

　"흐음."

　계속해서 고개를 갸웃거리는 그의 입에서 답답한 신음이 흘러나왔다.

　"분명 뭔가가 있는데… 석연치가 않아."

　죽림과 대정련이 본격적으로 부딪친 지난 며칠, 제갈현음은 각지에서 펼쳐지는 전장의 거의 모든 상황을 완벽하게 분석하고 심지어 제어하고 있다고 자부했다. 그런 생각은 지금도 변함이 없었지만 단 한 가지 요소가 그의 마음 한 켠을 무겁게 만들고 있었다.

제갈현음의 시선이 온갖 서찰들이 산더미처럼 쌓여 있는 탁자 위로 향했다. 유난히 그의 시선을 끄는 것은 반 시진 전 자신이 신경질적으로 구기고 던져 버린 서찰이었다.

제갈현음은 이끌리듯 손을 뻗어 구겨진 서찰을 다시금 찬찬히 살펴보았다. 몇 번을 읽어도 내용은 변함이 없었다.

"대체 어디에 있단 말이냐?"

관자놀이를 지그시 누르는 제갈현음, 그의 골머리를 썩이는 사람은 다름 아닌 검후와 소벽하였다.

검각은 물론이고 안휘, 강소, 절강무림에 막대한 영향력을 행사하는 검후 유선과 암흑마교에 기습을 당해 그 힘을 많이 잃었다지만 여전히 무시할 수 없는 수라검문의 문주 소벽하는 죽림에게 있어 그야말로 요주의 인물이었다.

한데 언제부터인지 그들의 존재가 사라졌다.

그들의 행방을 쫓기 위해 엄청난 인력과 비용을 들였음에도 소림사에서 벌어진 군웅대회를 끝으로 완벽하게 자취를 감춘 것이다.

일부 검각의 인물들, 수라검문 문도들의 모습은 발견이 되었으나 핵심이라 할 수 있는 수뇌들의 모습 또한 찾을 수가 없었다.

"북해는 분명히 아니고."

영운설과 장영 등 북해로 잠입한 것으로 확인된 대정련의 인물들을 떠올리던 제갈현음이 고개를 흔들며 중얼거렸다.

"사자철궁 또한 아니다. 그렇다고 대정련에 숨어 있는 것도 아니니 가장 유력한 곳은 역시 그곳뿐인데……."

잠시 경덕진을 떠올린 제갈현음이 고개를 흔들었다.

암흑마교의 잔당들을 돕기 위해 움직인 대정련의 지원군 속에 소벽하와 검후가 없다는 것은 몇 번이고 확인을 했다. 가능성은 희박했다.

"하면 역시 우리 쪽을 견제하기 위해 몸을 숨긴 것인가?"

어쩌면 그것이 가능성이 가장 크다 할 수 있었다.

보여지는 칼보다 숨겨진 칼이 무서운 법.

다른 곳도 아니고 검각과 수라검문이라면 죽림으로서도 결코 무시할 수 없는 힘이었으니까.

그럼에도 불구하고 마음 한 켠을 짓누르는 거북함은 해소되지 않았다. 근본적인 의구심이 해결되지 않았기 때문이었다.

"결국 인내력의 싸움인가?"

저인망 식으로 전 중원을 헤집고 다니다 보면 반드시 둘의 행방을 찾을 수 있을 것이라 나름 위안을 한 제갈현음이 또다시 서류의 홍수 속에 몸을 던졌다.

그 누구보다 뛰어난 머리에 빠른 판단력, 거기에 앞을 내다보고 판세를 읽어낼 수 있는 혜안을 지닌 제갈현음의 일 처리는 상상을 초월할 정도였다. 그저 쓰윽 읽어보는 것만으로 모든 정보를 취합하여 그에 맞는 판단과 결정을 내렸다. 서류가 손에 머무는 시간 또한 촌각에 불과했다.

그렇게 얼마의 시간이 흐르고 결코 줄어들지 않을 것 같았던 서류가 바닥을 드러낼 즈음 그의 눈에서 난데없이 광채가 피어올랐다.

"가만… 그러고 보니!"

벌떡 일어난 제갈현음이 조금 전 읽고 집어 던진 서류뭉치들을 뒤지기 시작하더니 장강의 동향을 간략하게 보고한 서찰을 집어 들었다.

"내가… 이런 실수를 하다니!"

제갈현음은 넋이 나간 표정으로 서찰을 떨구고 말았다.

*   *   *

앞으로 밀려올 거센 파고를 예고라도 하듯 물결은 전에 없이 잔잔했다.

구름 한 점 없는 하늘에 떠오른 초승달의 엷은 빛이 힘들게 사위를 비출 때 물결을 가르며 은밀히 움직이는 배들이 있었다.

고깃배라고 하기엔 너무 컸고 대양(大洋)을 오가는 상선이라고 하기엔 다소 작아 보이는 열두 척의 선박은 아무런 접안 시설도 없는 육지를 향해 돌진했다.

쿠쿠쿠쿵.

용골(龍骨)이 바닥을 긁으며 내는 소리가 육중하게 울리고 선박의 삼분지 일이 모래사장에 모습을 드러냈다.

잠시 후, 모래사장 위로 사람들이 뛰어내리기 시작했다.

그들은 오 장에 육박하는 높이는 아무런 문제가 되지 않는다는 듯 행동에 거침이 없었고 꽤나 많은 인원임에도 사전에 철저하게 약속되었는지 잡음 또한 흘러나오지 않았다.

거의 모든 인원이 하선을 할 즈음 선상에 제갈현음이 그토록 찾고자 했던 수라검문의 문주 소벽하와 검후가 모습을 드러냈다.

"고생하셨습니다."

소벽하가 이번 계획에 절대적인 공헌을 한 대융상단(大融商團)의 단주와 해사방(海蛇幇)의 신임 방주에게 인사를 했다.

"고생이랄 것도 없지요. 우리야 그저 배를 움직인 것뿐. 앞으로 고생할 사람들은 여러분들 아니겠습니까?"

대융상단 단주 좌극도(左克濤)가 당치도 않다는 표정으로 고개를 흔들었다. 하나 그가 소림사의 속가제자임을 떠나, 암흑마교가 무림에 미치는 영향력을 감안한다면 대정련을 위해 상단의 상선을 움직이는 것은 결코 쉬운 일은 아니었을 것이다.

해사방 또한 마찬가지였다.

"방주님의 도움은 결코 잊지 않을 것입니다."

"그런 말씀 마십시오. 솔직히 대정련에서도 해사방이 놈들에게 어떤 꼴을 당했는지 잘 아시지 않습니까? 아버님을 비롯하여 목숨을 잃은 자가 백여 명이요, 놈들에게 갈취당한 배가 다섯 척입니다. 이제라도 놈들에게 복수를 할 수 있게 되었으니 감사는 오히려 제가 해야 하지요."

해사방의 방주 육승(育陞)이 이를 부득 갈며 말했다.

주산군도(舟山群島) 일대를 중심으로 나름 강력한 해상 세력으로 군림한 해사방은 암흑마교와의 알력으로 세력의 칠 할을 빼앗겼고 그 와중에 방주를 비롯하여 많은 해사방의 고수들이 목숨을 잃었다. 복수를 하고자 해도 언감생심 감히 꿈도 꾸지 못했던 그들에게 이번 기회는 하늘이 준 기회나 다름없었다.

"한데 저희들에겐 정녕 기회를 주지 않으시렵니까?"

육승이 호기롭게 물었다.

"해사방의 도움은 이미 충분히 받았습니다. 마음만 고맙게 받겠습니다."

소벽하가 정중히 사양을 하자 다소 안타까운 표정을 지은 육승이 고개를 끄덕였다.

"알겠습니다. 아쉽지만 어쩔 수 없지요."

말은 그리하였지만 다른 곳도 아니고 암흑마교를 치러 가는 일이었다. 자신을 비롯하여 해사방의 무인들은 해상에서라면 모를까 육전에서 그다지 도움이 되지 않는다는 것을 알기에 더 이상 고집을 부리지 않았다.

"그럼 이만 가봐야겠습니다."

소벽하와 검후가 살짝 허리를 굽히자 좌극도와 육승이 황급히 허리를 숙였다.

"부디 좋은 소식 기다리겠습니다."

좌극도의 염려스러운 말 뒤에 육승의 힘찬 음성이 이어졌다.

"모조리 쓸어버리십시오."

육승의 응원에 가볍게 미소 지은 소벽하와 검후가 모래사장으로 뛰어내리고 그것으로써 암흑마교 본진을 치기 위해 은밀히 움직인 정예 육백의 상륙이 끝이 났다.

"어서 오십시오."

며칠 앞서 침투해 있던 명안의 요원이 예를 차렸다.

"조금 늦었습니다. 파도가 꽤나 드세서 말이지요."

소벽하의 말에 사내가 한숨을 내쉬며 고개를 끄덕였다.

"예. 그렇잖아도 걱정하고 있던 참이었습니다. 무사하시니 정말 다행입니다."

기다린 시간이 결코 길다고 할 수 없었음에도 꽤나 마음을 졸였는지 명안 최고의 요원 중 한 명으로 꼽히는 강은(姜隱)의 눈 밑은 시꺼멓게 변색되어 있었다.

"한데 그들은 도착을 한 건가요?"

"그렇습니다."

"실례되는 행동을 했군요."

검후가 안색을 굳히자 강은이 씁쓸하게 고개를 흔들었다.

"마음 쓰지 마십시오. 저들 역시 반 시진 전에야 도착했으니까요. 파도가 거세긴 거셌던 모양입니다."

"다행… 이라고 해야 하나요?"

"그런… 가요?"

소벽하가 살짝 미소를 짓자 강은의 입가에 다시금 고소가 맺혔다.

* * *

"무슨 일이기에……."

잠에서 덜 깬 호연백의 음성은 나른했다.

"죄송합니다, 림주님."

"이 새벽에 달려올 정도면 급한 일이 있겠지. 무슨 일이더냐?"

흐트러진 옷매무새를 다듬은 호연백이 침상의 주렴을 걷으며 모습을 드러냈다.

"아무래도 당한 것 같습니다."

"당하다니?"

"일전에 소벽하와 검후의 행방이 묘연하다고 말씀드린 적이 있을 겁니다."

"소벽하라면… 그래, 그런 적이 있었지. 한데?"

"그녀들의 위치를 파악했습니다."

제갈현음의 안색이 심각할 정도로 굳었기에 가볍게 차를 마시던 호연백의 동작이 잠시 멈칫거렸다.

"어디냐?"

"장강입니다."

"장강?"

"예. 장강에서 그녀들의, 아니, 정확하게 말씀드리자면 그녀들의 흔적이라 예상되는 움직임이 파악되었습니다."

"장강이라면……."

호연백이 급박하게 돌아가는 현 정세와 장강의 연계점을 찾지 못해 고개를 갸웃거리자 제갈현음이 손에 들린 지도를 탁자에 활짝 펴며 말했다.

"그녀들은 장강을 통해 이곳으로 갔습니다."

제갈현음의 손길을 따라 이동하던 호연백의 눈매가 쫙 찢어졌다. 그만큼 그도 놀란 것이다.

"확실한 것이냐?"

"확실합니다."

확신에 찬 제갈현음의 말에 호연백이 가볍게 탄식했다.

"경덕진에 투입된 병력도 생각보다 많다고 여겼는데 그 와중에도 암흑마교를 도모한다? 그것도 아예 본진을 말이야."

"그들이 이동한 경로는 확실치 않지만 대융상단과 해사방이 움직인 배의 규모를 감안하면 최소한 오백 이상의 병력이 움직였습니다."

"오백이라……."

단순히 숫자로 따지자면 많은 수는 아니었으나 그 주력이 암흑마교라면 이를 갈고 있는 수라검문과 검각의 정예들이라면 사정이 달랐다.

"지금이라도 지원을 하면……."

호연백의 말이 끝나기도 전에 제갈현음이 고개를 푹 숙

였다.

"늦었습니다. 대융상단과 해사방이 움직인 것은 벌써 이레 전, 지금쯤이면 이미 공격이 시작되었을 겁니다."

"꽤나 늦었군."

나직이 던진 호연백의 한마디에 제갈현음이 그대로 무릎을 꿇었다.

"이 모든 것이 놈들의 계책을 파악하지 못한 제 잘못입니다. 벌을 내려주십시오."

호연백이 이맛살을 찌푸렸다.

"비록 실수가 있었지만 네가 그 아이들을 찾기 위해 얼마나 애썼는지 노부가 알고 있다. 솔직히 노부 또한 그 아이들이 경덕진으로 이동했을 것이라 예상하지 않았더냐. 단지 놈들의 책략이 훌륭했던 것뿐이다."

호연백의 가벼운 손짓에 무릎을 꿇었던 제갈현음의 몸이 제 자리를 찾았다.

"암흑마교는 힘들겠지?"

"수라검문과 검각에 대정련의 정예들도 움직였을 겁니다. 나름 버티기는 하겠지만 경덕진에 워낙 많은 전력을 투입한 터라……."

"하면 앞으로 우리는 어찌해야 하느냐?"

"……."

제갈현음이 쉽게 얘기를 하지 못하자 호연백이 다시 말했다.

"너는 죽림의 군사. 모든 작전의 권한을 네게 주었다. 망설이지 말고 대답해 보거라. 설마하니 이대로 당하고 있지는 않겠지?"

거듭되는 호연백의 질문에 제갈현음이 단호히 고개를 흔들었다.

"저들이 가지를 치기 위해 움직였다면 저희는 뿌리를 뽑아 버리면 됩니다."

"뿌리라……."

"림주님께서도 아시다시피 경덕진에 생각보다 많은 전력이 투입되었습니다. 게다가 오백이 넘는 최정예의 무인들이 암흑마교를 치기 위해 움직였습니다. 그건 곧 대정련의 전력이 그만큼 허술해졌다는 것을 의미합니다. 아니, 설사 그 어느 때보다 견고한 방비를 하고 있다고 해도 암흑마교가 저들에게 무너지는 것이 기정사실이 된 이상 지금 당장 공격해야 합니다. 만일 때를 놓치게 되면……."

"고립되겠지. 물론 버티기도 벅차겠고."

"그렇습니다."

"공격 시점은 언제가 좋겠느냐?"

"빠르면 빠를수록 좋을 것입니다. 또한 목표는 대정련뿐만이 아닙니다."

"계속해 보거라."

"우선적으로 목표로 삼을 곳은 두 곳입니다."

제갈현음이 하북과 산동을 가리키며 말을 이었다.

"팽가와 악가, 가만히 두면 두고두고 골치가 아플 것입니다."

"하북팽가와 산동악가라… 그렇지. 그만한 저력이 있는 곳이지."

오대세가라는 이름이 주는 의미는 결코 가볍지 않았다.

"팽가는 지척에 있으니 그렇다 쳐도 산동의 악가는 누구에게 맡길 생각이냐?"

"웅비대(雄飛隊)에게 맡길 생각입니다."

"웅비대? 그 아이들에게? 아직 완성되지 않은 아이들이다. 버겁지 않겠느냐?"

호연백이 다소 의문스럽다는 듯 되물었다.

잠시 망설이던 제갈현음이 곧 자세를 고치며 무겁게 입을 열었다.

"그 일로 림주님께 재가를 받을 일이 있습니다."

"말해보거라."

"폭신단(爆身丹)을 사용코자 합니다."

순간, 호연백은 암흑마교가 무너질지도 모른다는 보고에도 보여주지 않았던 표정을 지었다.

"그것이 어떤 물건인지 알고 말하는 것이더냐?"

"그 물건을 만든 사람이 접니다. 어찌 모르겠습니까?"

"한데도 그걸 사용하자?"

"어쩔 수 없는 상황입니다. 정예들이 대거 빠져나갔다고 하더라도 대정련의 힘은 예측불허입니다. 특히 산동악가를 비롯하여 대정련을 심정적으로 지지하는 수많은 군소문파들을 배후에 두고선 싸움이 될 수 없습니다. 그렇다고 병력을 분산할 여유도 없습니다. 본진은 그대로 대정련을 쳐야 합니다. 결국 배후의 적을 제압하기 위해선 웅비대의 힘이 절대적으로 필요합니다."

"하지만 그 아이들은 우리의 미래다."

"현재 없이 미래도 없습니다. 다만 장차 죽림의 기둥이 될 웅비일대의 아이들에겐 폭신단을 사용하지 않을 생각입니다."

"음."

잔뜩 찌푸린 얼굴로 한참 동안 고민을 하던 호연백이 길게 탄식을 하더니 결국 고개를 끄덕이고 말았다.

"네가 그리 판단한다면 정확한 것이겠지. 알았다. 원하는 대로 하거라."

"감사합니다."

"대신 확실하게 해야 할 것이다. 십 년을 준비시킨 아이들을 희생시킨 이상 그만한 대가는 받아야 될 것이야."

"명심하겠습니다."

제갈현음이 깊게 허리를 숙였다.

"아, 한데 녀석들에게선 연락이 왔느냐?"

"감 수좌에게선 연락이 왔습니다만 북해에선 아직 별다른 연락이 없었습니다."

"천우가 뭐라더냐? 아직도 그 모양이라더냐?"

"예. 상대가 상대인지라 꽤나 어려움을 겪고 있는 모양입니다."

"무명… 신군. 뭐, 이해를 할 수밖에 없는 것인가?"

사자철궁과 감천우를 막고 있는 무명신군을 거론하는 호연백의 입가에 씁쓸한 미소가 맴돌았다.

"그런데 북해는 별 이상 없겠지? 대정련의 군사가 직접 움직일 정도라면 대정련에서도 심각하게 생각하는 모양인데."

"지금에 와서 움직여 봐야 이미 늦었습니다. 북해빙궁의 대부분이 장악된 상태입니다. 이번에 북해로 움직인 이들의 실력이야 인정하지 않을 수 없지만 대세에 영향을 줄 수는 없을 겁니다."

"그래도 모르니 신경을 쓰도록 해."

"알겠습니다."

하지만 제갈현음은 호연백의 당부를 다소 소홀하게 지나친 면이 있었다. 그만큼 봉명과 북해빙궁을 치기 위해 움직인 죽림의 정예들을 믿는 것도 있었지만 그보다는 눈앞에 산적한 대정련과의 일전에 전심을 쏟고 있었기 때문이었다. 장차 그것이 어떤 결과로 돌아올지 그는 전혀 예상치 못하고 있었다.

*　　　*　　　*

"준비는 되었느냐?"

손바닥으로 이글거리는 태양을 가리고 있던 강륜이 지친 표정으로 다가오는 당초성에게 물었다.

"예. 완벽하다고 할 수는 없겠지만 분명 효과는 있을 겁니다."

당초성의 말에 순우관이 너털웃음을 터뜨렸다.

"허허, 네가 그리 말을 하는 것을 보니 적들이 꽤나 고생을 할 것 같구나."

"놈들이 순순히 걸려주면 그렇겠지."

강호포가 약간은 뚱한 표정으로 말했다.

"주의는 하겠지만 외길이오. 저곳을 통과하지 않고는 결코 중원으로 갈 수 없으니."

순우관이 드넓게 펼쳐진 초지 끝, 모모산에서 이어져 내려온 언덕과 그 사이의 협곡을 가리키며 말했다.

순우관의 눈길을 받은 당초성이 담담히 말했다.

"알면서도 올 수밖에 없을 겁니다."

자신만만한 당초성을 보며 당온은 흐뭇한 미소를 짓고 있었다.

사자철궁을 막느냐 그렇지 못하느냐에 따라 어쩌면 무림의 운명이 결정될 수도 있었다. 그만큼 중요한 승부처기에 다른 누구도 아닌 무명신군이 직접 적을 막기 위해 움직인 것이다. 한데 그런 중요한 싸움을 당초성이 직접 지휘를 하고 있었다. 이미 혁혁한 공도 세웠다.

본격적인 싸움이 벌어진 지 벌써 나흘, 막강한 전력과 기세로 중원을 향하던 적의 예봉은 이미 꺾였다.

딱히 독을 살포하기도 마땅치 않았고 몸을 숨겨 매복을 하기도 버거운 지형이었지만 당초성은 적의 허를 찌르는 용독술로 적의 발걸음을 묶었고, 지금껏 세간에 알려지지 않은 진법을 이용해 적을 철저하게 유린했다. 또한 오합지졸이나 다름없는 전력을 이끌고 몇 차례 기습공격까지 성공시켰다. 적의 전력이 워낙 막강하다 보니 작전 수행 중에 적지 않은 피해가 발생하기도 했지만 양쪽 전력을 비교해 보았을 때 그 정도 손실은 자부심을 가져도 될 정도였다.

이번 싸움의 목적이 적을 격퇴하는 것이 아닌 시간을 끄는 것이라고 가정했을 때 지금까지는 당초성의 지휘가 완벽하다 해도 과언이 아니었다.

"이번에도 진이더냐?"

당초성의 명을 받고 부지런히 움직이는 당가의 식솔들을 물끄러미 바라보던 무명신군이 물었다.

"예."

"무슨 진을 설치했느냐?"

무명신군은 만상무진(滿相霧陣), 오행쇄혼진(五行鎖魂陣) 등을 이용하여 적을 견제하고 그때마다 상당한 전과를 올린 당초성이 가장 중요한 일전을 앞둔 지금 과연 어떤 진법을 사용할지 무척이나 궁금했다.

"환사미로진(幻沙迷路陣)입니다."

"환사미로진?"

무명신군이 고개를 갸웃거리자 당초성이 자신감 넘치는 얼굴로 말했다.

"귀선자(鬼仙者)가 말년에 만든 진법입니다. 이런 사막지대
에선 거의 무적이나 다름없는 진법이지요. 무엇보다 세간에
알려지지 않은 것이니 파훼란 사실상 불가능할 것입니다. 놈
들을 환사미로진에 가둔 뒤 십방금문진(十方金門陣)으로 쓸어
버릴 생각입니다."

"십방금문진이라……."

무명신군이 가만히 고개를 끄덕였다.

군에서도 쓰고 있는 십방금문진.

적을 포위섬멸할 때 그만큼 뛰어난 위력을 발휘하는 진법도
없었기 때문이었다.

"한데 환사미로진에 영향을 받지 않겠느냐? 아무리 뛰어난
진법이라도 피아를 가리지는 않을 터인데."

"생로(生路)를 파악하고 있는 이상 크게 무리는 없을 겁니
다. 물론 정확하면서도 얼마나 빠르게 움직이느냐가 관건이기
는 하지만요."

"쯧쯧, 그것 때문에 아침부터 저리 날뛰고 있었군."

강호포가 황토 먼지를 풀풀 날리며 사방으로 산개와 집결을
거듭하는 이들을 가리키며 혀를 찼다. 나름 열심히 하는 것 같
기는 하지만 어딘지 영 어설퍼 보였다.

그런 강호포의 표정을 보던 당초성이 민망한 웃음을 흘렸
다.

"아무래도 급히 하다 보니 손발이 잘 맞지 않는 모양입니다

만 그래도 어느 정도 이해들은 하고 있습니다. 조금만 더 연습을 하면 적과 상대하기엔 부족하지 않을 겁니다."

"뭐, 두고 보면 알겠지."

"잘할 것이오. 믿어봅시다."

하나, 당초성을 두둔하는 강륜의 얼굴이 밝지만은 않았다.

그가 보기에도 십방금문진을 펼쳐야 하는 이들의 움직임이 다소 굼뜬데다가 산개와 집결을 연습하는 과정에서 상당한 혼란스러움이 느껴졌기 때문이었다.

"결정엔 변함이 없소? 조금만 더 시간을 가지고 기다리면 안 되겠소?"

걱정스런 파미륵과는 달리 이미 결정을 내린 감천우의 표정은 단호했다.

"나흘 동안 고작 오십 리를 움직였습니다. 이런 식이면 답이 없습니다."

"후~ 꽤나 피해가 클 것이오."

"그렇다고 피할 수도 없는 노릇이지요."

감천우가 저 멀리 우뚝 솟은 모모산을 바라보며 말했다.

난주로 통하는 마지막 관문 모모산.

그곳을 우회하지 않고 통과하기 위해선 반드시 호구아(虎口牙)라는 협곡을 지나야만 했다.

적이 그곳에서 기다리고 있다는 것은 이미 정찰을 통해 알고 있었지만 그렇다고 피해갈 수도 없었다.

"그저 궁주님께 죄송할 뿐입니다."

"죄송할 것은 없소. 선봉에 선다는 것이 다 그런 것이니까."

그래도 마음이 편치는 않은지 표정은 굳어 있었다.

"그들이 흘린 피를 결코 헛되게 만들지는 않을 것입니다."

스스로에게 다짐을 하듯 담담히 내뱉은 감천우가 가만히 뒤를 돌아보았다.

자검단의 용맹한 수하들이 그의 얼굴만을 주시하고 있었다.

"사우영."

"예, 주군."

"이번 싸움의 승패는 자검단에게 달렸다. 충분히 숙지를 했겠지?"

"눈을 감고도 떠올릴 수 있을 정도로 완벽합니다."

"좋아. 너희들만 믿겠다."

만족한 표정으로 고개를 끄덕인 감천우가 천천히 손을 들었다.

선봉에 설 기마대가 일제히 창을 들어 올리고 분위기를 감지한 말들이 제각기 투레질을 시작했다.

"공격하랏!"

명령과 함께 무섭게 뛰쳐나가는 기마대.

두두두두두.

질주하는 기마대의 위용은 가히 산천초목을 떨게 만들 정도로 대단했다.

창칼의 날카로운 예기에 대기가 몸서리를 치고 치솟는 함성과 말발굽이 천지를 뒤흔들었다.

"옵니다."

수하의 보고에 당초성이 가볍게 고개를 끄덕였다.

굳이 보고를 듣지 않아도 점점 격렬해지는 진동으로 인해 적의 접근을 알고 있었다.

크게 심호흡을 한 당초성이 마지막 점검을 위해 천천히 걸음을 옮겼다.

적이 접근하는 맞은편, 호아곡 남쪽의 황토 사막지대에 펼쳐진 환사미로진은 그 규모가 사방 백 장에 이를 정도로 거대한 규모를 자랑했다.

한 자 높이로 쌓아 올려진 마흔아홉 개의 돌탑과 곳곳에 박힌 일흔한 개의 깃발.

당초성은 손에 들린 깃발을 가만히 응시했다.

자신의 깃발이 땅에 박히는 순간, 주변은 곧 적의 거대한 무덤으로 변할 것이다.

'오너라.'

깃발을 꽉 움켜쥐고 이를 악문 당초성이 마지막 깃발이 자리할 곳을 찾아 걸음을 옮겼다.

잠시 후, 선봉에 선 기마대가 호아곡으로 들이닥쳤다.

격렬한 충돌이 있을 것이란 예상과는 달리 싸움은 벌어지지 않았다.

선두의 기마대는 협곡이 끝나감에도 별다른 공격이 없자 내심 안도를 하며 기마대의 위용을 극대화시킬 수 있는 광활지를 찾아 최대한 빠른 속도로 호아곡을 벗어났다.

그들이 호아곡을 벗어났을 때, 그들을 맞이한 것은 감숙의 패자를 자청하던 천마단(天馬團)과 당가의 식솔들이었다.

"쳐랏!"

천마단주 등척(騰斥)이 장검을 하늘 높이 치켜세우며 소리치자 좌우로 펼쳐진 오십 기마대가 적을 향해 돌진했다.

천마단은 비록 숫자는 적어도 기세만큼은 사자철궁의 기마대에 못지않았다.

지난 몇 번의 충돌로 인해 숫자가 제법 줄기는 했지만 적의 기마대와 그나마 손속이라도 겨뤄볼 수 있는 것은 오직 천마단뿐이었다.

꽝! 꽝! 꽝!

곳곳에서 격한 충돌음이 터져 나오기 시작했다.

단 한 번의 충돌로 힘의 우위는 극명하게 드러났다.

기마의 충돌에 버티지 못하고 낙마하는 이들이 속출했고 절묘한 기마술에 이은 역공에 목숨을 잃는 이 또한 부지기수였다.

그들 대다수가 천마단의 대원들이었다.

천마단이 감숙을 호령하는 기마대를 보유하고 있다지만 사자철궁의 기마대와 비교해 확실히 역부족이었다. 더구나 두 배가 넘는 전력의 열세를 단지 기개만으로 극복한다는 것은 불가능한 일이었다.

다만 천마단에 거의 근접하여 따라붙은 당가의 지원으로 일방적인 학살은 면할 수 있었다. 아니, 오히려 천마단의 그늘에 숨어 허점을 노린 당가의 공격으로 사자철궁의 기마대도 제법 많은 피해를 보았다. 그들이 쓰는 모든 암기, 무기엔 하나같이 치명적인 독이 함께했기 때문이었다.

"공격, 공격하랏!"

선봉으로 세운 기마대가 적의 기마대를 압도하고도 고전을 면치 못하자 파미륵이 직접 수하들을 이끌고 싸움에 참여했다.

파미륵이 전면으로 나서자 권존이 그를 상대하기 위해 뛰어들었고 이를 확인한 감천우가 묵검, 백검, 청검단의 단주들에게 일제히 공격 명령을 내렸다.

장이곤(張二坤)이 이끄는 백오십의 묵검단이 좌측으로 이동을 하고 조윤(趙玧)이 이끄는 백검단은 우측을 공략하기 위해 내달렸다. 기도부(奇刀斧)의 청검단은 파미륵의 후미로 따라붙으며 언제든지 지원을 할 수 있는 준비를 마쳤다.

한데 감천우가 부릴 수 있는 네 개의 무력단체 중 가장 강력하다고 할 수 있는 자검단은 명이 떨어졌음에도 움직이지 않았다. 심지어 감천우까지 전장의 한복판으로 이동을 함에도 오히려 후미로 처지는 모습을 보여주었다.

그렇게 자검단을 제외한 사자철궁과 죽림의 모든 병력이 호아곡을 빠져나와 드넓은 황토 사막에 모습을 드러내고 그들을 저지하기 위해 기다리고 있던 이들과 본격적인 충돌을 시작했을 때, 한줄기 연기를 피우며 하늘 위로 솟구친 폭죽이 굉음과 함께 오색 빛을 세상에 뿌렸다.

기다렸다는 듯 무기를 거두고 줄행랑을 치는 연합군.

사자철궁과 죽림의 병력은 난데없는 상황에 멍한 눈으로 그들을 바라볼 수밖에 없었다.

"역시……."

썰물 빠지듯 물러나는 적을 보며 감천우는 묘한 표정을 지었다.

그의 눈에 붉은 깃발을 힘차게 내리꽂는 당초성이 들어왔다.

당초성이 깃발을 내리꽂는 순간, 수백 명이 한데 엉켜 싸웠던 전장에 일진광풍이 몰아닥치기 시작했다. 양측의 충돌로 인해 그렇잖아도 지면에서 흩날리던 황토 모래가 춤을 추듯 하늘로 솟구쳐 올랐다.

휘이이이이이!

마치 화산이 폭발하듯 일시에 하늘로 치솟은 황토가 온 대지를 집어삼키는 데에는 찰나의 시간도 걸리지 않았다.

"대단하군."

감천우의 입에서 절로 탄성이 터져 나왔다.

나름 마음의 준비를 하고 있어도 막상 눈앞에 닥친 환사미로진의 위력은 대단했다.

순식간에 천지를 뒤덮은 모래바람은 시야는 물론이고 기감마저 완벽하게 차단을 했다.

바로 옆에 동료가 있어도 그가 아군인지 적군인지 파악 자체가 불가능했다.

인간보다 수백 배나 뛰어난 본능을 지닌 기마조차 방향감각을 잃고 빙글빙글 돌거나 두려움에 주인의 통제를 벗어나 미친 듯이 날뛰었다.

"함부로 움직이지 마라. 주변을 경계하고 공격에 대비해."

곳곳에서 수하들을 다독이는 목소리가 터져 나왔다.

난데없는 상황에 직면한 사자철궁과 죽림의 무인들은 쉽게 마음을 다스리지 못했다. 특히나 바람을 가르며 접근하는 묘한 파공음이 그들의 마음을 더욱 심란케 했다.

쉬이익!

퍽!

모래바람을 뚫고 들어온 화살에 목이 꿰인 사내가 비명도 지르지 못하고 나뒹굴었다.

그것이 시작이었다.

두두두두.

거친 말발굽 소리와 함께 천마단이 모습을 보였다.

단 한 번의 충돌로 그 인원이 삼분지 일로 줄었지만 질주하는 그들의 행보엔 거칠 것이 없었다.

그들이 지나가는 자리, 혼란에 빠진 사자철궁 무인들의 시신이 즐비했다.

천마단이 횡으로 질주하는 동안 당가가 주축이 된 무인들이 종으로 공격을 시도했다.

혼란스러움 속에서도 모든 것을 정확하게 파악을 하고 있는 듯 그들의 움직임은 물 흐르듯 자연스러웠다.

천마단과 마찬가지로 그들이 지나간 뒤로 수많은 시신들이 늘어섰다.

천마단과 당가를 필두로 당초성이 심혈을 기울인 십방금문진이 환사미로진 속에서 위력을 발휘하기 시작했다.

전후좌우, 사방팔방 가리지 않고 들이닥치는 공격에 사자철궁과 죽림은 막대한 피해를 당했다.

한 치 앞도 분간하기 힘든 내부와는 달리 환사미로진은 밖에서는 그런대로 내부의 모습을 식별할 수 있었다.

"성공입니다. 대성공입니다."

환사미로진에 갇혀 속수무책으로 당하는 적을 보며 당온이 나이를 잊고 두 주먹을 불끈 쥔 채 흥분했다.

"그러게. 설마했는데 이 정도일 줄은 몰랐군. 대단한 진법이야."

내내 탐탁지 않게 여기던 강호포도 진정으로 감탄하며 당초성의 능력을 인정했다.

연이어 쏟아지는 칭찬과 격려 속에서도 정작 당초성은 만족하지 못한 표정을 짓고 있었다.

환사미로진과 그 속을 헤집고 다니는 십방금문진이 위력을 떨치고 있음에도 생각보다 적의 대응이 침착하여 기대만큼의 성과를 얻지 못하고 있기 때문이었다.

"얼굴 좀 펴거라. 누가 보면 우리가 일방적으로 당하고 있는 줄 알겠다."

당초성의 표정을 살피던 당온이 좀처럼 만족하지 못하는 당초성의 어깨를 두드리며 말했다.

"아무래도 시간이 부족했나 봅니다. 그렇게 주의를 주고 숙지하라 하였건만."

당초성이 생로와 사로(死路)를 구별하지 못하고 오히려 환사미로진에 갇혀 버린 몇몇 무리를 보면서 인상을 찌푸렸다.

생로에서 벗어나 적에게 노출된 순간, 그들의 목숨은 끝장난 것이나 다름없었다.

"어쩔 수 없는 노릇이지. 그래도 저만큼이나 할 수 있는 것도 대단한 것이야. 너무 안타까워하지 말거라. 아군이 저럴진대 적이야 오죽할까. 보거라. 감히 대항할 생각도……."

당초성을 위로하던 당온의 말이 갑자기 끊겼다.

당온이 의문스런 눈빛으로 한곳을 바라보았다.

갑작스런 당온의 반응에 모두의 시선이 그를 따라 움직였다.

이상한 조짐은 맨 후미에서 시작되었다.

감천우의 명으로 맨 후미에 뒤따르던, 환사미로진에 빠지지 않고 상황을 지켜보던 자검단이 일제히 진격하기 시작한 것이다.

그들의 움직임은 사자철궁이나 다른 죽림의 무인들과 확연히 달랐다.

환사미로진의 거친 모래폭풍과 환영에 조금의 영향도 받지 않는 듯 정확히 네 방향으로 갈라진 자검단은 그들을 공격하는 적들을 오히려 일방적으로 몰살시켜 버렸다.

그들의 이동 방향을 확인한 당초성의 얼굴이 흙빛으로 변했다.

"서, 설마!"

"왜? 무슨 일이냐?"

당초성의 표정에서 뭔가 심각한 일이 벌어지고 있음을 감지한 당온이 황급히 물었다.

"막아야 합니다. 놈들을, 놈들을 막아야 합니다!"

당초성이 발작하듯 소리쳤다.

당연했다.

마흔아홉 개의 돌탑과 일흔두 개의 깃발로 이루어진 환사미로진은 한 번 발동을 하면 진법의 핵심이 되는 두 개의 돌탑과 세 개의 깃발이 뽑히지 않는 한 아무리 많은 돌탑이 무너지고 깃발이 뽑혀도 파괴할 수 없었다.

한데 문제는 네 방향으로 갈라진 자검단이 바로 그 핵심이 되는 돌탑과 깃발을 향해 움직이고 있다는 것이었다.

당초성이 자신이 직접 꽂은 깃발을 향해 고개를 돌렸다.

그 깃발은 이미 감천우의 손에 뽑힌 상태였다.

때마침 고개를 돌린 감천우와 당초성의 눈빛이 허공에서 교차했다. 거리가 꽤나 되었지만 당초성은 감천우의 입가에 맺힌 의미심장한 미소를 확인할 수 있었다.

"알고… 있었단 말인가?"

당초성은 당황할 수밖에 없었다.

자신을 제외하고 천하제일의 진법가로 알려진 귀선자의 환사미로진에 대해 알고 있는 사람이 또 있을 줄은 상상도 못한 것이다.

단순히 아는 정도로 그친다면 그나마 다행이겠지만 만약 상대가 환사미로진을 속속들이 파악을 하여 진을 파훼한다면 오직 진법에 기대어 압도적인 우위를 점하고 있는 전황은 완전히 뒤바뀔 것이었다. 아니, 단순히 뒤바뀌는 정도를 넘어 어쩌면 일방적인 학살을 당할 수도 있었다.

"무슨 수를 써서라도 저들을 막아야 합니다."

당초성이 굳이 말을 하지 않아도 이미 그의 표정에서 심각함을 느낀 강호포와 당온이 말이 떨어지기가 무섭게 자검단을 향해 내달리기 시작했다.

"심각한 것이냐?"

무심한 눈으로 전장을 살피던 무명신군이 물었다.

"예, 심각합니다."

"음."

지금껏 당초성이 그토록 자신감없는 모습을 보여준 적이 없기에 무명신군의 미간이 절로 찌푸려졌다.

문제는 그것으로 끝나지 않았다.

"어, 어르신."

방금 전, 사자철궁의 선봉을 훌륭하게 막아내며 적을 환사미로진에 끌어들이는 데 혁혁한 공을 세운 등척이 무명신군과 당초성을 향해 달려왔다.

"괜찮으십니까, 단주님?"

당초성이 적의 공격을 막다가 말에서 떨어져 혼절했던 등척의 부상을 염려하며 물었다.

"내가 문제가 아닐세."

딱딱하게 굳은 얼굴로 달려온 등척의 음성은 마구 떨리고 있었다.

"그게 무슨……."

"아무래도 이상하네."

"뭐가 말씀입니까?"

"방금 전 선봉에 섰던 자들 말이야."

등척이 이제 몇 남지 않은 기마대를 가리키며 말을 이어갔다.

"저들이 정말 묵철기마대인가?"

"예?"

"저들이 정말 묵철기마대냔 말일세."

황급히 고개를 돌렸던 당초성이 고개를 끄덕이며 말했다.

"틀림없는 묵철기마대입니다. 복장도 똑같고 언제나처럼 선봉에는 묵철기마대가……."

"이상한 점이라도 있었느냐?"

무명신군이 물었다.

"아무래도 아닌 것 같습니다."

순간, 무명신군과 당초성의 심장은 차갑게 식어버렸다.

"자세히 말해봐라."

"묵철기마대와 천마단이 부딪친 것은 오늘이 두 번째입니다. 지난번 부딪쳤던 묵철기마대는 그야말로 철옹성과 같은 단단함, 태산과 같은 위압감을 뿜어냈습니다. 솔직히 이길 수 없다는 그런 아득함마저 줄 정도로 대단했지요. 그런데 오늘 부딪친 묵철기마대는 여전히 막강은 하였지만 일전에 보여주었던 그런 단단함과 위압감이 없었습니다."

"그건 당가가 지원을 해서……."

"아니. 그들의 강함은 다른 누구도 아닌 우리가 가장 잘 알고 있네. 분명 달라."

"그 말은 곧 선봉에 선 기마대가 우리가 알고 있는 묵철기마대가 아닐 수도 있단 말이더냐?"

무명신군의 질문에 등척은 조심스레 고개를 끄덕였다.

"확신까지는 아니더라도 그리 느껴집니다."

"너는 어찌 생각하느냐? 직접 그들을 겪은 사람의 말이다. 충분히 의심해 볼 여지가 있는 것 같은데."

당초성은 까맣게 변한 낯빛으로 입을 열지 못했다. 감히 상상할 수도 없는 일이었다.

"지금이라도 당장 확인을 해보아야 할 것 같구나. 놈들이 묵철기마대가 아니라면 대체 어디로……."

질문의 대답을 들을 필요는 없었다.

"음."

발바닥을 통해 은은히 전해오는 진동에 무명신군의 몸이 천천히 돌아갔다.

당초성이나 등척은 아직 느끼지 못한 듯하였으나 무명신군의 예리한 기감은 새롭게 등장한 거대한 적의 존재를 이미 확인하고 있었다.

무명신군에 이어 당초성이 적의 존재를 확인하고 이어 등척 또한 지평선 위로 치솟는 흙먼지와 지축을 울리는 말발굽 소리를 통해 새로운 적의 등장을 눈치챘다.

묵빛 마갑에 검은 갈기를 휘날리며 질주하는 기마.

저마다 묵빛 갑주로 온몸을 보호한 채 다섯 개의 장창을 등에 꽂은 위풍당당한 모습의 기마대.

존재감만으로도 전장을 얼려 버릴 것 같은 엄청난 위압감은 그 어떤 설명도 필요치 않았다.

"저, 저기!"

등척이 경악을 금치 못하는 눈으로 묵철기마대를 가리켰다.

단번에 거리를 좁힌 묵철기마대는 자신들의 존재를 백 자루의 장창을 통해 알려왔다.

길이가 거의 일 장에 달하는 장창이 일제히 하늘로 솟구치며 연합군의 배후로 짓쳐들었다.

장창이 어마어마한 속도와 힘으로 내리꽂히기 시작했다.

퍽! 퍽! 퍽!

땅을 파고든 깊이만 무려 두 자.

사람의 몸을 뚫는 힘은 가공할 만했다.

머리에, 목에, 가슴에 관통상을 입고 쓰러진 자가 수십이 넘고 두세 명이 한 창에 꿰뚫려 버린 예도 허다했다.

스치기만 해도 살이 쩍쩍 찢어지고 뼈가 으스러졌다.

백 자루의 창날이 헤집고 간 전장에 또다시 백 자루의 창이 날아들었다.

미리 준비를 하고 있었음에도 막대한 피해를 받을 정도로 창에 실린 힘은 막강했다.

후미에서 묵철기마대의 장창 공격을 당하는 사이, 자검단 이 결국 환사미로진의 핵심이 되는 돌탑과 깃발을 제거했다.

그들을 막기 위해 당온과 강호포, 순우관 등이 필사적으로 노력했지만 그들은 감천우의 언질을 받은 죽림의 봉공들에 의 해 막히고 말았다.

돌탑과 깃발이 제거되자 그토록 무섭게 휘몰아치며 사자철 궁과 죽림을 괴롭히던 환영이 언제 그랬냐는 듯 사라져 버렸 고 황토 모래바람도 확연히 약해졌다. 남은 것은 독기가 오를 대로 오른 사자철궁과 죽림의 무인들과 십방금문진을 펼치며 그들을 닥치는 대로 주살하던 연합군뿐.

싸움이 시작된 이후, 마침내 양측의 전력 모두가 허허벌판 에서 정면으로 맞부딪치게 된 것이었다.

수적인 우세는 분명 연합군에 있었다.

그러나 단순한 수적 우세는 승리의 필요조건은 될 수 있어 도 절대조건은 될 수가 없었다. 그것은 환사미로진이 파괴되 고 난 이후 극명하게 드러났다.

"아!"

속수무책으로 당하는 아군을 보며 당초성은 몸을 휘청거렸다.

환사미로진이 파괴됨과 동시에 막강한 위용을 자랑하던 십방금문진의 한계 역시 금방 드러나고 말았다.

십방금문진이 그 자체만으로도 뛰어난 위력을 지닌 것은 틀림없었지만 믿고 있던 환사미로진이 너무도 쉽게 파괴되어 심적으로 큰 타격을 입은데다가 개개인의 무공마저 현저히 부족하니 도저히 상대가 될 수 없었다.

환사미로진이 걷히기가 무섭게 가장 깊숙이 적진에 뛰어들었던 천마단의 단원들이 적의 포위 공격에 온몸이 난자되어 쓰러졌고, 그들을 지원하기 위해 움직인 이들 역시 제대로 된 저항을 해보지도 못하고 힘없이 무너졌다. 그나마 전장에 뛰어든 검존과 권존, 강호포 등의 활약으로 초반의 혼란은 어느 정도 수습할 수가 있었지만 압도적으로 불리한 것은 변함없는 사실이었다.

그들을 바라보는 당초성의 텅 빈 눈은 공허하기 그지없었다.

당초성은 그저 이 모든 상황이 자신의 자만심 때문이라는 생각에 어찌할 바를 모르고 있었다.

꼭 이겨야 할 필요가 없는 싸움이었다.

막을 수 있다면 좋겠지만 그저 적의 이동을 최대한 지연시키는 것만으로도 충분한 싸움이었다. 한데 몇 번의 작전이 효과를 보았고 자신감도 생겼다. 그래서 적에게 결정타를 먹일 거대한 함정을 계획했지만 정작 함정에 빠진 것은 오히려 당초성 그 자신이었으니.

당초성이 자포자기한 심정으로 고개를 떨굴 때 무명신군이 그의 어깨를 가만히 짚었다.

"포기할 생각이냐?"

"……."

"아직 싸움은 끝나지 않았다. 결과는 이리되었지만 노부는 네 계획이 나쁘지 않았다고 생각한다. 아니, 어찌 보면 완벽했다. 불행히도 적이 조금 더 앞서 있었을 뿐."

"어르… 신."

"이번 싸움의 지휘는 전적으로 네게 맡긴다고 했다. 기왕 시작한 것 너를 믿고 따르던 이들은 끝까지 책임을 져야지."

무명신군은 아비규환 속에서 쓰러지는 아군을 가리키며 말했다.

"피할 생각이냐?"

"아, 아닙니다."

"그럼 뭣하고 있느냐? 당장 달려가지 않고."

"하지만 묵철기마대가……."

"놈들은 내가 막으마."

순간, 당초성의 눈이 찢어질 듯 부릅떠졌다.

"그리 놀랄 것 없다."

담담히 웃음 지은 무명신군이 가만히 물었다.

"불가능하다고 생각하느냐?"

당초성은 감히 대답을 하지 못했다.

누구라도, 그가 아닌 누구라도 그와 같은 질문을 들었다면 당연히 고개를 끄덕일 터였다.

불가능하다고, 절대로 막을 수 없다고 소리쳤을 것이다.

하지만 다른 누구도 아닌 무명신군의 입에서 흘러나온 말이었다. 자신감 넘치는 그의 음성엔 정말 그렇게 될 것처럼 믿게 만드는 묘한 마력이 깃들어 있었다.

"아니요. 믿습니다. 어르신께선 틀림없이 해내실 겁니다."

당초성이 고개를 세차게 흔들며 대답했다.

"하니 네가 지금부터 무엇을 해야 할지 잘 알겠지?"

"물론입니다."

당찬 표정으로 대답한 당초성이 입술을 꽉 깨물며 급박하게 돌아가는 전장으로 고개를 돌렸다.

"퇴로는 반드시 열린다. 결코 놓쳐선 안 될 것이야."

마지막으로 당부를 한 무명신군이 무서운 기세로 접근하는 묵철기마대를 향해 움직이기 시작했다.

무명신군의 몸이 묵철기마대가 일으킨 먼지에 휩싸일 때까지 피눈물을 흘리며 지켜보던 당초성도 스스로의 자만심에 대한 책임을 지기 위해 지옥으로 뛰어들었다.

第七十五章

묵철기마대(墨鐵騎馬隊)

둥둥둥둥.

장창을 날려 상대에게 막대한 피해를 입힌 묵철기마대가 나지막한 북소리와 함께 본격적으로 움직이기 시작했다.

세외무림에 공포의 대명사로 군림하는 묵철기마대는 실로 위풍당당했다.

횡으로 펼쳤던 대형을 이동하면서 세모꼴로 만든 묵철기마대.

그 정점에서 묵철기마대를 이끄는 대주 사유람이 장창을 앞세우며 소리쳤다.

"가라! 놈들에게 우리가 누구인지를 일깨워 주거라! 한 놈도, 단 한 놈도 살려두지 마라!"

사유람의 명이 아니더라도 묵철기마대에게서 뿜어져 나오는 살기는 평소의 그들과 확연히 달랐다.

묵철기마대는 모모산을 우회해 적의 배후를 치라는 감천우의 은밀한 명령에 의해 이틀 밤낮을 제대로 된 휴식도 없이 달려야 했다.

변변한 휴식도, 음식도 섭취하지 못하고 이동을 했음에도 겨우 시간을 맞출 수 있었으니 그 말로 표현하기 힘든 고생에 대한 분노가 고스란히 적에게 향했다.

'대단하군.'

무명신군은 묵철기마대의 위용에 진심으로 감탄을 했다. 묵철기마대의 위력에 대해 어느 정도 알고는 있었으나 막상 마주 대하고 보니 소문 이상이었다.

'휩쓸리면 감당하기 힘들다.'

무명신군이 차분한 눈으로 묵철기마대를 살폈다.

쐐기형으로 단단히 뭉친 것이 빈틈 자체가 보이지 않았고 정면으로 부딪치거나 휩쓸리면 천하의 그 누구라도 감당할 수 없을 것 같았다.

가볍게 호흡을 가다듬은 무명신군이 아래로 손을 뻗었다.

땅에 박힌 장창 몇 자루가 손으로 빨려 들어왔다.

그사이 묵철기마대가 이십여 장까지 접근을 했다.

천지를 뒤흔드는 말발굽과 투레질 소리, 기마대의 무시무시한 투기가 무명신군을 향해 쏟아졌지만 그의 얼굴엔 별다른 변화가 없었다. 오직 가장 앞서 달려오는 사유람의 얼굴만을 응시할 뿐이었다.

두두두두두.

속도가 붙은 기마대의 질주는 가히 바람과 같았다.

그토록 맹렬히 달리면서도 누구 하나 흔들림이 없었다.

쐐기형으로 돌격하는 기마대의 중심에서 무수한 장창이 비상했다. 오직 무명신군을 목표로 하는 창이었다.

"허!"

무명신군의 입에서 절로 탄성이 터져 나왔다.

날아드는 창의 속도와 궤적을 감안해 보았을 때 돌진하는 기마대의 선두와 부딪치기 일보 직전 머리 위로 떨어질 것 같았다. 그야말로 기막힌 시간 차였다.

무명신군은 조금의 머뭇거림도 없이 뒤로 몸을 날렸다.

픽! 픽! 픽! 픽!

무명신군의 몸이 사라지기가 무섭게 그가 있던 자리에 강철비가 내리기 시작했다.

벼락처럼 떨어져 내린 장창이 반경 오 장을 빼곡히 채우고 좌우로 갈라진 묵철기마대가 장창을 우회하는 순간, 뒤로 물러나던 무명신군이 돌연 몸을 돌려 창을 던졌다.

"헉!"

선두에서 수하들을 이끌던 사유람이 기겁을 하며 몸을 틀었다.

도주하던 무명신군의 몸이 빙글 돌고 뭔가 번쩍이는가 싶더니 한줄기 빛이 가슴팍을 노리며 날아들었기 때문이었다.

쐐애애애액!

무명신군의 손을 떠난 장창이 엄청난 속도로 대기를 찢어발기며 사유람을 향해 짓쳐들었다.

눈으론 아예 좇을 수도 없는, 막을 엄두를 내지 못할 속도였다.

"큭!"

본능적으로 몸을 틀던 사유람이 외마디 비명과 함께 말에서 떨어져 내렸다.

그의 뒤로 질주하던 말들이 일제히 방향을 틀었다.

무수한 말발굽이 간발의 차이로 그를 스쳐 지나갔다. 묵철기마대의 명성답게 다들 엄청난 기마술이었다.

"크으으."

간신히 목숨을 구한 사유람이 걸레쪽이 된 왼쪽 어깨를 부여잡고 몸을 일으키자 어느새 방향을 돌린 수하들이 그의 앞에 진을 치며 혹여 이어질 공격에 대비했다.

무명신군은 주인을 잃고 질주하던 기마를 낚아채 올라탔다.

거칠기로 유명한 묵철기마대의 한혈마가 무명신군이 등에 오른 순간부터는 어찌 된 일인지 순한 양처럼 변해 버렸다.

사유람의 기마에 올라탄 무명신군의 손엔 아직도 세 자루의 창이 더 들려 있었다.

그중 하나가 다시금 사유람을 향해 날아갔다.

인간이 던진 것이라곤 도저히 믿기 힘들 정도의 속도로 쏘아져 나간 창을 막기 위해 몇몇이 앞으로 나섰지만 손에 든 모든 무기를 박살 내며 그들이 얻은 성과라곤 고작 사유람을 향하던 창의 방향을 살짝 바꾼 것에 불과했다. 그나마도 바뀐 창에 두 명의 대원이 속절없이 쓰러지고 말았다.

"뭣들 하는 것이냐! 당장 막아!"

사유람을 대신해 묵철기마대를 지휘하게 된 파곤이 벼락같이 소리를 지르고 그 순간, 무명신군이 던진 장창이 그를 향해 날아들었다.

"흥!"

이미 만반의 준비를 하고 있던 파곤이 몸을 비틀며 창을 잡았다. 하나, 무명신군이 던진 창은 보통 창이 아니었다. 파곤이 묵철기마대의 부대주로서 제아무리 사자철궁에서 알아주는 고수라지만 무명신군에 비할 바가 아니었다.

우두둑!

창에 실린 어마어마한 힘에 파곤의 손목이 그대로 부러져 나가고 뒤이어 날카로운 비명이 들려왔다.

파곤이 고통과 경악으로 일그러진 얼굴로 뒤를 돌아보았다. 평생 동안 자신의 곁을 지킨 친구이자 가장 아끼는 수하가 목을 꿰뚫은 창을 잡고 힘없이 무너져 내렸다.

"이, 이런 마, 말도 안 되는……."

파곤은 도저히 믿을 수 없다는 눈으로 무명신군을 바라보았다.

그와의 거리 대략 이십여 장.

무명신군 정도의 고수에겐 아주 먼 거리가 아니라 해도 설마하니 그가 던진 창이 자신의 손을 망가뜨리고 실력만 따지자면 자신과 견주어도 손색이 없는 수하의 목까지 꿰뚫어 버릴 줄은 상상조차 하지 못한 것이다.

파곤의 놀람이 그 정도였으니 다른 대원들은 말할 필요도 없었다.

알면서도 막아낼 엄두가 나지 않는 무명신군의 창은 등골을 서늘하게 만들었다.

무명신군의 양손에 들린 두 자루의 창이 또다시 쏘아졌다.

한 자루는 다소 방향이 틀어져 다행이었지만 나머지 한 자루가 정확하게 사유람의 목을 노리며 날아들었다.

그 앞을 막고 있던 수하들이 필사적으로 창을 쳐냈지만 무명신군의 막강한 힘이 담긴 창은 무수한 방어에도 힘을 잃지 않았다.

"크헉!"

끔찍스런 비명과 함께 사유람을 보호하기 위해 온몸을 던졌던 대원 하나가 가슴을 부여잡고 쓰러졌다.

바로 그때, 다들 기겁할 만한 상황이 벌어졌다.

"안 돼!"

파곤이 놀라 부르짖고, 그 비명에 놀란 사유람이 뒤를 돌아보는 순간 사유람은 눈앞이 하얗게 변하는 느낌을 받으며 그대로 고개를 떨구고 말았다.

방향을 잃은 것으로 보였던 창이, 그래서 그다지 신경을 쓰지 않았던 창이 난데없이 방향을 틀어 사유람의 뒤통수로 쇄도

했고 때마침 고개를 돌린 그의 미간을 꿰뚫어 버린 것이었다.

공포와 경악으로 물든 침묵이 좌중을 휘감았다.

단 세 번의 공격에 동료 다섯이 죽고 말았다.

전체 인원에 비해 극히 일부에 불과하고 상대가 무명신군임을 감안하면 그다지 큰 손실이 아니라 자위할 수 있을지 몰랐다. 하나, 그중 하나가 묵철기마대를 이끌고 있는 대주라면 상황이 달랐다.

부대주도 만만찮은 부상을 당하고 말았다.

결코 있을 수 없는, 있어서도 안 되는 일이 벌어지고 만 것이었다. 묵철기마대 역사에 이런 치욕적인 일은 단 한 번도 없었다.

다들 어찌 대처를 해야 할지 몰라 당황하는 사이 부러진 손목뼈를 억지로 끼워 맞춘 파곤이 이를 부득 갈며 소리쳤다.

"정신들 차려랏! 우리는 묵철기마대다!"

벼락같은 외침으로 단숨에 혼란을 수습한 파곤이 무명신군을 가리키며 명을 내렸다.

"흔적도 없이 갈아버려라."

전열을 가다듬은 묵철기마대가 파곤의 명에 따라 무명신군을 향해 돌진했다.

무명신군은 그들을 떨쳐 내기 위해 애쓰지 않았다.

애당초 기마술에선 그들의 상대가 되지 못하기 때문인데다가 적을 눈앞에 두고 피하는 것도 그의 성정에 맞지 않았다.

무명신군이 칼을 빼 들어 자신을 향해 돌진하는 기마대를 향해 가볍게 휘둘렀다.

동작은 가벼울지 몰라도 칼에서 뿜어져 나온 도기는 결코 가볍지 않았다.

허공을 가르며 날아든 도기에 질주하던 묵철기마대 대원 넷이 말에서 굴러떨어졌다.

무명신군이 가볍게 눈살을 찌푸렸다.

팔성의 힘이 실린 도기에 고작 넷을 쓰러뜨린 것도 불만인데 그중 둘은 다시 몸을 일으켰다. 충격이 컸는지 몸을 비틀거리기는 했어도 회생불능의 상처를 입은 것 같지는 않았다.

'단순히 멋으로 치장한 것이 아니라는 것은 알았지만 생각 밖이로군.'

무명신군은 묵철기마대가 착용하고 있는 갑주가 상당히 견고하다는 것을 확인하곤 가볍게 한숨을 내쉬었다. 생각보다 더욱 힘든 싸움이 되리라는 느낌이 들었다.

"뭐, 이런……."

파곤은 변변한 대항도 하지 못하고 죽어나간 수하들을 보며 황당함을 금치 못했다. 어지간한 병장기로는 흠집조차 내지 못한다는 묵철갑주가 그처럼 허망히 찢겨져 나갈 줄은 상상도 하지 못했다.

파곤을 비롯하여 묵철기마대원들이 당황을 하는 순간, 또다시 도기가 날아들었다.

"피해랏!"

파곤이 다급히 소리를 질렀지만 밀집된 상태에서 피하기란 여의치가 않았다.

"크아아악!"

"컥!"

연이은 비명과 함께 일곱 명의 대원이 말에서 떨어졌다. 더욱 강력해진 도기에 다섯 명이 목숨을 잃었고 간신히 목숨을 부지한 두 명도 생사가 불분명했다.

순식간에 십여 명이 넘는 수하를 잃은 파곤의 얼굴은 심각하게 굳어 있었다. 더 이상 머뭇거릴 틈이 없었다.

"패엽(貝葉)!"

다급한 외침에 기마대의 맨 후미에서 곧바로 반응이 왔다.

타고 있는 기마가 안쓰러울 정도로 거대한 몸에 왼쪽 눈에 녹색으로 빛나는 야광주를 박아 넣은 거구의 사내가 파곤의 외침에 기다렸다는 듯 손짓을 하며 선두로 나섰다.

그의 뒤를 열둘의 기마대가 따라붙었다.

그들이 편히 움직일 수 있도록 나머지 기마대가 길을 열었다.

단숨에 선두로 치고 나간 패엽과 그의 수하들 손에는 연노(連弩)라 불리는 무기가 들려 있었다.

마차에 싣고 다니는 거대한 연노를 개인이 휴대할 수 있게 개량한 것으로 비록 사거리는 짧지만 연사력과 관통력만큼은 그 어떤 무기보다 무시무시했다.

무명신군이 그들의 출현을 확인하고 뭔가 위험을 직감했을 때, 십여 장 거리에서 발사된 화살이 이미 그의 면전으로 날아들고 있었다.

열세 개의 연노에서 한 번에 발사되는 화살의 수는 모두 구십구 발에 이르렀다.

무명신군이 첫 번째로 쇄도하는 화살을 쳐냈을 때 두 번째 화살군이 짓쳐들고 있었다.

연노도 연노였지만 패엽과 그가 이끄는 이들의 연사력은 실로 대단했다.

무명신군과 십여 장의 거리를 두고 처음 발사를 시작한 뒤, 무명신군을 스쳐 지나갈 때까지 무려 네 번이나 화살을 재고 발사를 거듭한 것이었다.

천하의 무명신군이라도 그 모두를 막아내기란 쉽지 않았다.

화살 하나하나가 일반 화살과는 비교할 수 없을 정도로 위력적인데다가 그 짧은 시간 동안 날아온 수백 발의 화살이 교묘한 시간 차를 두고 온몸을 노렸기 때문이었다.

그래도 무명신군은 무명신군이었다.

타고 있던 한혈마가 십여 발의 화살을 맞고 쓰러졌음에도 무명신군은 그토록 강력한 공세에도 고작 몇 군데 가벼운 부상을 당하는 것으로 그쳤다.

노도와도 같은 일차 공격을 끝내고 말 머리를 돌려 이차 공격을 준비하던 패엽은 너무도 건재한 무명신군의 모습에 기가 질리고 말았다.

지금껏 수많은 상대와 싸워보았지만 지금과 같이 미약한 결과를 얻어본 적이 없었다. 게다가 주위를 돌아보니 따르던 수하들 중 다섯의 모습이 보이지 않았다.

"당… 했다는 건가?"

도저히 믿기지 않는 결과였다.

방어를 하기에도 급급했을 텐데 도대체 언제 역공을 펼쳐 수하들을 쓰러뜨렸단 말인가?

"다시 간다!"

피가 나도록 입술을 잘근잘근 깨문 패엽이 연노를 흔들며 소리칠 때 바로 곁에 있던 수하가 손짓을 했다.

"공격을 멈춰야 할 것 같습니다."

잔뜩 찌푸린 패엽의 눈이 수하의 손을 따라 움직여 부상당한 몸으로 수하들을 지휘하는 파곤의 모습을 보았다.

패엽이 무명신군을 상대하는 동안 묵철기마대는 어느새 완벽한 진형을 구축하며 무명신군을 포위하는 데 성공했다.

무명신군을 중심으로 여덟 개의 쐐기형이 만들어졌다.

"팔룡추미진(八龍追尾陣)? 끝났군."

패엽이 입꼬리를 말아 올렸다.

꼬리에 꼬리를 물고 승천하는 여덟 마리의 용을 닮았다고 하여 이름 붙여진 필살의 진법.

팔룡추미진이 발동된 이상 싸움은 끝난 것이나 다름없었다. 지금껏 팔룡추미진을 버텨낸 인물은 단 한 명도 존재하지 않았으니까. 아니, 애당초 개인을 상대로 펼쳐지기도 처음이었다.

패엽의 말을 증명이라도 하듯 막 공격 명령을 내리려는 파곤도 무명신군의 무위에 잠시나마 두려움을 느꼈던 묵철기마대원들의 얼굴에도 묘한 자신감이 깃들어 있었다.

"돌격!"

파곤의 말이 떨어지자 곁에 있던 수하가 깃발을 흔들었다.

두두두두.

신호에 따라 일렬종대로 선 기마대가 무명신군을 향해 일제히 질주하기 시작했다.

장창을 앞장세우고 팔방에서 돌격해 오는 기마대를 보는 무명신군의 얼굴이 심각하게 굳었다.

사방이 완벽하게 차단된 이상 피할 곳은 없었다. 오직 정면으로 맞부딪쳐서 돌파하는 방법뿐이었다.

무명신군의 막강한 내력이 한껏 실린 칼이 정면으로 다가오는 기마대를 향해 움직이고 날카로운 파공성과 함께 무시무시한 도기가 횡으로 쏘아져 나갔다.

서거걱!

가장 앞서 다가오던 기마대원과 바로 뒤, 그리고 세 번째 기마대원까지 허리가 양단되며 쓰러졌지만 그들이 타고 있던 말은 여전히 질주하고 있었다. 그 뒤를 동료의 죽음을 보며 분노가 극에 달한 기마대의 장창이 짓쳐들었다.

하나, 무명신군의 칼은 그들을 향해 있지 않았다.

공격해 오는 방향은 팔방, 어느 한 곳만 놓쳐도 끝장이었다.

빙그르르 몸을 회전시키며 연거푸 도기를 뿌려 각 무리의 선두에 선 자들을 쓰러뜨렸다.

무명신군의 몸이 처음의 방향으로 돌아왔을 때 그를 겨눈 장창이 그의 가슴팍을 찔러오고 있었다.

숨을 고를 시간도 없이 몸을 틀어 창을 잡아 낚아챈 뒤 허공으로 치솟은 무명신군의 왼쪽 발이 상대의 머리를 그대로 날려 버렸다.

그 틈을 놓치지 않고 찔러 들어오는 여덟 개의 창날.

천근추의 수법으로 급격히 땅에 내려선 무명신군이 적에게 빼앗은 창으로 스쳐 지나가는 기마의 다리를 후려쳤다.

말과 함께 고꾸라지는 기마대원의 머리를 짓밟으며 허공으로 도약한 무명신군이 곧바로 따라붙는 창날을 칼로 틀어막고 왼손에 든 창을 던졌다.

"크악!"

창에 심장을 관통당한 기마대원이 날카로운 비명과 함께 허공으로 날아가 처박혔다. 시신은 질주하는 말발굽에 흔적을 찾기 힘들 정도로 뭉개졌다.

동료의 주검이 자신이 모는 말에 무참히 훼손되어도 기마대의 움직임에는 추호의 멈칫거림도 없었다.

두두두두.

또다시 밀려드는 기마대를 바라보며 무명신군은 가빠지는 숨을 몰아쉬었다.

미처 의식하지는 못했지만 은근한 뻐근함이 밀려오는 것이 옆구리 쪽에 부상을 당한 것 같았다.

가만히 손으로 짚어보았다.

붉은 피가 배어 나오기는 해도 뼈에는 아무런 이상이 없었다.

무명신군이 슬쩍 고개를 돌려 전장을 응시했다.

난전으로 인해 전세가 어찌 되고 있는지는 정확히 알 수가 없었지만 비관적이라는 것은 굳이 확인하지 않아도 느낄 수 있었다.

무명신군이 칼을 든 손에 지그시 힘을 주었다.

지체하면 지체할수록 아군의 피해는 늘어갈 것이고 어쩌면 또 다른 지원군이 도착할 수도 있었다. 그전에 반드시 묵철기 마대를 격파해야 했다.

생각이 끝나기도 전, 적의 예봉이 코앞까지 도달했다.

무명신군이 칼을 하늘 높이 치켜세우자 그를 중심으로 하여 엄청난 광풍이 몰아치기 시작했다.

주변에서 휘감긴 황토 모래가 그의 모습을 감춰 버리고 눈으로 가늠하기도 힘든 고운 모래가 날카롭게 몸을 때려도 묵철기마대는 아랑곳하지 않았다.

모래폭풍을 향해, 무명신군을 향해 일제히 돌진할 뿐이었다.

꽝! 꽝! 꽝!

무지막지한 충격음이 주변을 강타하고 휘말린 모래폭풍이 사방으로 퍼져 나갔다.

삼원무극신공을 바탕으로 펼치는 무명신군의 붕천삼식은 도극성이 펼쳤던 붕천삼식과는 비교 자체가 불가능할 정도로 무지막지했다.

지금껏 단 한 번도 들어보지도, 경험해 보지도 못한 미증유의 거력에 휘말린 묵철기마대가 어육이 되어 사방으로 흩어졌다.

무명신군은 공격을 멈추지 않았다.

연이은 공격으로 거의 사분지 일이나 되는 인원을 쓸어버렸지만 그 정도 공격에 멈춰 설 묵철기마대가 아니라는 것을 잘 알고 있기 때문이었다.

쿠쿠쿠쿵!

섬뢰붕천, 뇌정붕천이 연이어 펼쳐지며 다시금 묵철기마대를 쓸어버리고 붕천삼식의 마지막 초식 폭뢰붕천이 펼쳐졌다. 무려 오 장이나 치솟은 도강이 세상의 만물을 모조리 빨아들이다가 폭사되는 순간, 무명신군을 향해 접근하던 십여 기의 묵철기마대는 인간의 힘이라 여길 수 없는 강기의 힘에 갈가리 찢겨 나가며 쓰러졌다.

묵철기마대도 속절없이 당하고만 있던 것은 아니었다.

동료의 주검을 방패 삼아, 스스로의 목숨을 초석으로 여기며 무명신군을 쓰러뜨리고자 필사적으로 노력했다.

죽는 그 순간까지도 돌진을 멈추지 않는 묵철기마대가 흘린 피와 조각난 육편이 무명신군의 시야를 가리고, 그들이 지닌 모든 무기들이 무명신군에게 날아갔다.

그럼에도 불구하고 무명신군은 건재했다.

최소한 지금까지는 그랬다.

"마, 말도 안 돼! 이, 인간의 몸으로 어찌……!"

후미에서 수하들을 지휘하던 파곤이 처참하게 쓸려 나가는 기마대를 보며 두 눈을 부릅떴다. 그 어떤 보검이라도 흠집 하나 내지 못할 것 같았던 묵철갑옷이 종잇장처럼 찢겨 나가고 그토록 용맹했던 기마들이 바람개비처럼 날아가 버렸다.

수하들의 비명이 비수가 되어 가슴에 꽂히고 허무하게 쓰러지는 모습이 뇌리에 각인되었다.

"으으으."

분노보다는 난생처음 두려움이라는 감정이 파곤과 묵철기 마대원들의 전신을 휘감았다.

지금껏 단 한 번도 후퇴를 모르던 기마들이 머리를 숙이고 뒷걸음질치기 시작한 것도 그때부터였다.

그들의 시선이 모이는 곳, 반경 십 장을 초토화시킨 무명신군이 칼을 든 자세로 오연히 서 있었다.

이도 저도 하지 못하는 묘한 대치가 이어졌다.

그것도 잠시, 그토록 거대한 존재감을 뿜어대던 무명신군의 몸이 살짝 휘청거렸다.

파곤의 눈에 이채가 발했다.

그의 시선이 패엽에게 향했다.

패엽이 침을 꿀꺽 삼키며 고개를 끄덕였다.

"흑혈시(黑血矢)가 통한 것 같습니다."

"음."

파곤이 자신도 모르게 두 주먹을 불끈 쥐었다.

결코 흔들리지 않을 것 같았던 태산의 한 모퉁이가 무너져 내리기 시작한 것이다.

'지독하군.'

무명신군이 자신의 허벅지에 박힌 화살과 상처를 통해 밀려드는 독기에 인상을 찌푸렸다.

무명신군이 허벅지를 관통해 박힌 화살을 뺐다.

아수라를 양각한 촉은 더없이 날카로웠고 오랫동안 독에 담가두었는지 색깔은 묵빛 그 자체였다.

무명신군의 허벅지에 박힌 화살은 패엽이 흑혈시라 이름 붙인 화살로서 일반적으로 쓰이는 화살과는 차원을 달리했다.

화살대는 갑옷의 재질과 같은 묵철이었고 촉은 금강옥(金剛玉)이었다.

금강옥은 그 값어치만큼이나 다루기가 힘들어 화살촉으로 쓰일 수 있을 정도의 날카로움을 지니기 위해선 최소한 사흘은 쉬지 않고 연마를 해야 했다. 무엇보다 같은 크기였을 때 황금보다 다섯 배는 무겁고 백 배는 더 비싸게 거래될 정도로 고가의 보물이라 천하의 묵철기마대도 고작 스무 발의 흑혈시를 지녔을 뿐이었다.

하지만 비싼 만큼 그 위력은 확실해서 흑혈시 앞에선 그 어떤 무구나 방패도 소용이 없었다. 심지어 무명신군과 같은 절대고수가 펼치는 호신강기마저 뚫어버릴 만큼 엄청난 위력을 자랑했다.

그런 흑혈시가 방금 전의 혼전 속에서 무명신군에게 발사되었고 그중 하나가 사방으로 뻗치는 도강과 몇 겹으로 두른 호신강기를 뚫고 무명신군의 허벅지를 꿰뚫어 버린 것이었다.

"흑혈시에 바른 독이 무엇이지?"

"염왕친견(閻王親見)입니다."

"염… 왕친견?"

파곤이 이상한 눈초리로 바라보자 패엽이 자신만만한 미소로 대답했다.

"딱히 이름이 정해지지 않아 제가 그렇게 지었습니다. 용골진(龍骨津)에 천음수(天陰水), 광혼산(狂魂散)이 한데 섞였으니 스치기만 해도 반드시 죽는다는 의미로 말입니다."

패엽이 열거하는 독들은 그 하나만으로도 천하를 공포에 몰아넣을 수 있을 정도의 극독이었다.

파곤이 고개를 끄덕이며 말했다.

"한데 스치는 정도가 아니라 아예 관통을 했단 말이지?"

"그렇습니다. 지금은 어찌 버틸 수 있겠지만 잠시뿐입니다. 결코 오래 견디지 못합니다."

일전에 염왕친견의 위력을 직접 확인하기 위해 단 몇 방울로 사막의 한 부족을 씨몰살한 적이 있던 패엽의 음성엔 확신이 있었다.

패엽의 말은 사실이었다.

무명신군은 생각보다 강력한 독의 위력에 꽤나 놀라고 있었다.

그의 몸은 만독불침이라 해도 과언이 아닐 정도로 독에 강했다.

한데 이번 독은 달랐다.

허벅지를 파고든 독은 단숨에 단전 어귀까지 치고 올라오더니 오장육부, 특히 심장을 거칠게 위협하고 있었다.

그가 황급히 내력을 운기해 독기를 막아내지 않았다면 순식간에 온몸에 독이 퍼졌을 것이다.

하지만 그것은 단순한 미봉책일 뿐 근본적인 치료가 되지 못한다. 그렇다고 해독에 집중할 수도 없었다. 눈앞의 적이 가만히 두고 볼 리가 없기 때문이었다.

아니나 다를까, 무명신군이 독에 중독되었다는 것을 확인한 파곤이 재차 공격 명령을 내렸고 잠시 주춤했던 묵철기마대의 거센 공격이 또다시 시작되었다.

자꾸만 치고 올라오는 독기를 허벅지 아래로 내려보내고 아예 혈도를 찍어 피의 흐름을 막아버린 무명신군이 붕천삼식의 위력을 견디지 못하고 쩍쩍 갈라진 칼을 버리고 땅바닥에 널브러진 검을 움켜잡았다.

검을 비스듬히 내려 잡고 있는 무명신군의 눈에서 지금껏 보지 못한 서늘한 기운이 뿜어져 나왔다.

"자네가 사천은현이라 불리는 친구군."

뒤에서 들려오는 담담한 목소리에 전세를 살피느라 여념이 없던 당초성의 몸이 번개같이 돌아섰다.

당장에라도 공격을 펼칠 수 있도록 양손에 암기를 움켜쥔 당초성과는 달리 그의 면전에 뒷짐을 지고 서 있는 감천우는 입가에 미소를 짓고 있었다.

"누구냐?"

"이거 섭섭하군. 조금 전에 눈도 마주친 것 같은데. 자네 정도라면 그래도 내 이름 정도는 알고 있어야 하는 것 아닌가?"

"감… 천우."

상대의 정체를 확인한 당초성이 신음하듯 내뱉었다.

살짝 고개를 끄덕인 감천우가 다소 과장된 몸짓으로 전장을 가리켰다.

"이 상황이 꽤나 당황스러운 모양이군. 설마하니 우리가 계속해서 당할 것이라 예상한 건가?"

"어떻게 알았소?"

"뭐를 말인가?"

되묻는 감천우의 얼굴엔 당초성의 자만심을 조롱하는 미소가 지어져 있었다.

"……."

감천우의 입가의 미소가 더욱 진해졌다.

"귀선자의 진법을 알고 있는 사람이 어째서 자네 혼자일 것이라 생각했지?"

상대의 입에서 귀선자라는 이름이 나오자 당초성은 자신도 모르게 주먹을 꽉 움켜쥐었다.

"처음 만상무진을 접했을 때 솔직히 조금 놀라기는 했지. 당대에 귀선자의 진법을 알고 있는 사람이 있을 줄은 몰랐으니까. 혹시나 하는 마음도 있었지만 만상무진에 이어 오행쇄혼 진까지 펼쳐지는 것을 확인하곤 확신을 했지. 자네가 귀선자의 진법에 대해 정확하게 알고 있다는 것을. 그 순간, 내 머리를 스치는 한 가지 진법이 있었다네."

"환… 사미로진."

당초성이 신음하듯 내뱉었다.

"그렇지. 귀선자가 남긴 최고의 진법. 난 자네가 환사미로진으로 승부를 걸어올 것이란 예측을 했네. 지금과 같은 지형이라면 환사미로진을 펼치기엔 최적의 조건이라 할 수 있을 테니까."

"그러면 그동안은 알면서도 당했단 말이오? 그만큼 피해를 입고도?"

"완벽한 승리를 위해 그 정도는 각오해야 했지."

"묵철기마대를 빼돌린 것도 그런 이유요?"

"자신은 했지만 그래도 만약을 대비해 준비해 둔 비장의 한 수라고 해두지."

"대체 귀선자의……."

당초성은 차마 말을 잇지 못했다.

귀선자의 진법을 알고 있는 사람이 천하에 오직 자신뿐이라 여겼던 믿음이 깨졌을 때, 그로 인해 그가 이끄는 연합군이 전멸의 위기에 처한 지금 그의 마음은 뭐라 표현할 길이 없었다.

그런 당초성의 심정을 즐기기라도 하듯 다시금 미소 지은 감천우가 입을 열었다.

"야왕의 동부에는 참으로 구경하기 힘든 많은 보물들이 존재했는데 그중 하나가 귀선자가 남긴 유진(遺塵:유적)이라지, 아마."

감천우가 어째서 귀선자의 진법을 알고 있는지 이해를 한 당초성이 탄식을 내뱉으며 허탈해할 때, 감천우가 양 손바닥을 살짝 부딪치며 말했다.

"자, 이제 한담은 여기까지 하지. 지금 대항을 포기하면 목숨만은 살려주지. 단, 항복이 없다면 전멸뿐 포로도 없네."

기세마저 변한 감천우의 전신에서 일대종사의 위엄이 흘러나왔다.

당초성은 손에 쥔 암기를 가만히 바라보는 것으로 대답을 대신했다.

예상했다는 듯 가볍게 고개를 끄덕인 감천우가 도병(刀柄)에 손을 가져갔다.

칼을 꺼내지도 않았음에도 당초성을 향해 몰아치는 예기는 상상을 초월했다.

당초성은 과거, 무명신군이 무적팔위라는 자들을 어째서 그토록 높게 평가했는지 뼈저리게 느낄 수 있었다. 아무리 생각해봐도 감천우의 무위는 자신이 감당할 수 있는 수준이 아니었다.

그렇다고 물러날 상황도 아니었다.

어차피 이기기 위해서, 아니, 살기 위해서라도 어떻게든 상대를 쓰러뜨려야 했다.

패배감과 암담함으로 물들었던 당초성의 두 눈에서 한광이 번뜩였다.

오직 선공만이 그나마 이길 수 있는 가능성을 높여줄 수 있을 터. 게다가 당가의 암기와 독이라면 어쩌면 희망이 있을 수도 있었다.

당초성의 뇌리에 유성비(流星飛)로 기습 공격을 하여 시간을 벌고 은환살(隱幻殺)로 압박을 하며 당가가 자랑하는 만천멸섬(滿天滅閃)으로 끝장을 내는 자신의 모습이 그려졌다. 상상대로 될 가능성이 과연 얼마나 될는지 가늠하기 힘들었지만 가능성이 있다면 오직 그것뿐이었다.

상상은 손에 들고 있던 여덟 개의 암기가 감천우에게 쏘아져 가는 것으로 현실화되었다.

하지만 최소한 상대를 당황하게 할 수 있으리라 여겼던 유성비의 수법이, 상대의 두 눈과 미간, 목, 가슴, 단전을 향해 날아가던 암기가 투명한 막에라도 가로막힌 듯 힘없이 떨어지고 그것에 더해 한줄기 강기가 바닥을 타고 흐르며 밀려들자 당초성은 겹쳐진 두께가 손가락 하나도 되지 않는 철환을 미처 뿌려보지도 못하고 황급히 몸을 틀어야만 했다.

"……."

잘려진 옷자락을 바라보는 당초성이 표정은 그야말로 무거웠다.

과거 암흑마교의 십대장로이자 백독곡의 곡주 천외독조와도 싸워본 적이 있었지만 그의 무공은 감천우에 비할 바가 아니었다.

나름 회심의 일격이라 준비한 공격이 완벽하게 차단되자 단순한 암기로는 감천우의 상대가 될 수 없다고 판단한 당초성은 초혼혈사를 꺼내 들었다.

핏빛으로 빛나는 채찍을 보며 감천우의 표정도 살짝 굳었다.

당장 검을 고쳐 잡는 자세부터가 달랐다.

세상에 드러난 적이 거의 없었음에도 당초성의 손에 들린 채찍이 초혼혈사라는 것과, 그것이 당가의 모든 암기와 무기를 통틀어 당당히 첫 번째 서열을 차지하고 있다는 것을 알고 있음이 틀림없었다.

약 삼 장의 거리를 두고 서로를 노려보는 두 사람.

일촉즉발의 팽팽한 대치가 극에 이를 즈음, 주변을 점점 잠식해 들어가는 것도 부족해 당초성이 일으킨 기세마저도 밀어내 버린 감천우의 기세가 당초성을 집어삼키려 할 때, 한줄기 부드러운 기운이 둘 사이에 끼어들었다.

"자네는 나와 선약이 되어 있는 것으로 알고 있었는데."

검존 순우관이었다.

"그렇잖아도 가르침을 청코자 했는데 정 봉공께 선수를 빼앗기는 바람에 그리되었습니다."

말투는 부드러웠지만 감천우의 눈빛은 차갑게 가라앉아 있었다.

방금 전까지 정 봉공과 검을 나누던 순우관이 이 자리에 나타났다는 것은 그를 상대하던 정 봉공이 이미 목숨을 잃었다는 것을 의미하는 것이기 때문이었다.

"어쨌거나 이리 만나게 되었으니 잘되었네. 이 아이는 그만 보내고 나와 어울려 보세."

순우관의 말에 당초성이 당혹해하는 사이 그에게 고개를 돌린 순우관이 말했다.

"물러나거라."

"어르신."

"인정하기 싫지만 어차피 이 싸움은 우리가 졌다. 지금부터
해야 할 일은 어떻게든 이곳을 빠져나가는 것. 그러기 위해선
네가 필요해."

순우관은 아직 싸움이 끝나지도 않았고 적의 수장이 코앞에
있음에도 패배를 자인했다.

"하하, 빠져나갈 수 있겠습니까? 묵철기마대가 버티고 있는
이상 퇴로는 없습니다."

감천우가 빙긋이 웃으며 말을 이었다.

"저 친구는 거절을 했지만 어르신의 얼굴을 보아 다시 한 번
기회를 드리지요. 항복을 하면 목숨만큼은 보장하겠습니다."

"호의는 고맙지만 거절하지."

순우관이 딱 잘라 말했다.

"아직도 빠져나가실 수 있다고 믿는 겁니까?"

"물론. 퇴로는 분명히 열릴 것이네."

"훗, 농이 지나치시군요. 제아무리 천하의 무명신군이라 해
도 묵철기마대를 뚫지는 못합니다."

"아니, 확신하지 말게나. 자네는 그분을 몰라. 그분이 얼마
나 강한지 전혀 모른단 말이네. 하긴 그건 오직 그분과 손속을
겨뤄본 사람만이 알 수 있는 것이니. 단언컨대 묵철기마대는
무너질 것이고 퇴로는 반드시 열리게 되어 있네."

이쯤 되면 단순한 믿음이 아니라 거의 신앙에 가까운 확신이

었다.. 하나, 그의 말은 기실 감천우에게만 한 말이 아니라 당초
성이 들으라고 한 말이었다. 무명신군이 퇴로를 뚫었을 때 몰
살의 위기에 빠진 군웅들을 이끌고 탈출을 하라는 당부였다.

"아직도 안 가고 뭐하고 있는 것이냐?"

순우관이 고개를 떨구고 있는 당초성에게 눈살을 찌푸렸다.

"어… 르신."

당초성은 순우관이 죽음으로 자신을 구하고 군웅들을 구하
고자 한다는 것을 알고 있었다.

그럼에도 막을 수 없는 현실이 너무 괴로웠다.

잠시나마 순우관과 합공을 하여 감천우를 쓰러뜨릴까 고민
도 해봤지만 순우관이 허락할 일도 아니었고 그렇다고 감천우
를 쓰러뜨린다는 보장도 없었다.

"망설이지 마라. 자책도 하지 마라."

"……."

"내가 네게 원하는 것은 단 하나. 살려라. 보다 많은 이들을
살려라. 퇴로는 무명신군께서 반드시 열어주실 것이다."

그 말을 끝으로 순우관은 몸을 돌렸다.

태산보다 더욱 듬직해 보이는 그의 등을 보며 당초성은 입
을 꽉 다물고 피가 배어나도록 두 주먹을 움켜쥐었다.

'살리겠습니다. 어떻게든 살리겠습니다.'

第七十六章

이기어검(以氣馭劍)

　나부산 주명동(朱明洞).

　몇 개의 산으로 둘러싸인 분지의 중앙엔 산에서 흘러나온 계곡물이 잔잔히 흐르고 있었고 분지 주변으론 온갖 고목이 무성하여 그 경치가 실로 빼어났다.

　과거엔 은자들의 고향, 또는 갈홍(葛洪), 청하자(青霞子), 소현랑(蘇玄朗) 등과 같은 이름 높은 도사가 수도를 하였다 하여 도교의 성지라 불리었지만 그들의 자취는 간곳없고 지금은 무림일통을 노리고 수백 년간 숨을 죽이고 힘을 길러왔던 암흑마교의 본거지로 변해 있었다.

　분지 내에 존재하는 일곱 개의 거대한 동굴을 중심으로 수많은 고루거각과 전각들이 늘어선 주명동은 그야말로 용담호

혈과 같아 그 누구도 범접하지 못할 요새나 다름없었다.

그런 암흑마교의 본거지를 노리는 이들이 있었다.

새벽에 도착하여 나부산까지 단숨에 주파한 뒤 적의 이목을 피해 짧은 휴식을 취한 소벽하 일행이 주명동 남쪽 어귀에 모습을 보인 것은 막 신시(申時)에 접어들었을 때였다.

한데 그들만이 아니었다.

암흑마교를 치기 위해 수라검문에서 문주인 소벽하 이하 이백의 정예, 검각에선 검후 유선 이하 오십의 검수들, 점창파의 단사정이 이끄는 대정련의 정예가 이백이었고 군소문파에서 은밀히 차출된 이들의 숫자 역시 백오십에 육박했다.

늘 암흑마교의 위협을 받고 있던 해남파에서도 문주 도윤(桃玧)이 칠십의 검귀들을 데리고 직접 싸움에 참여했고 무엇보다 놀라운 것은 이들과 가장 어울리지 않는, 어쩌면 암흑마교와 연합을 한다고 해도 하등 이상할 것이 없었던 흑월문의 흑월쌍괴와 현 문주 고진이 흑월문의 모든 문도들을 데리고 이들과 합류했다는 것이었다.

총 인원 팔백.

실로 엄청난 인원이 아닐 수 없었다.

공격에 앞서 수장들이 소벽하의 주재하에 한데 머리를 맞댔다.

해남파와는 이미 많은 얘기를 나누었지만 일각 전에 도착한 흑월문과는 몇 가지 조율할 것이 있었기 때문이었다.

진지하면서도 나름 가벼운 분위기로 이어지던 대화가 끝날 즈음 흑월일괴 잠격이 입을 열었다.

"솔직히 대정련과 수라검문이 손을 잡을 줄은 생각도 못했다. 물론 본 문이 합류할 줄 역시 꿈에도 몰랐고."

소벽하를 향해 대뜸 반말을 던지는 잠격을 보며 수라검문의 열혈장로 화검종이 눈을 부라렸지만 흑월쌍괴는 그야말로 전대의 고수들, 이미 그의 언동에 신경 쓰지 말라는 소벽하의 말 때문에 치미는 화를 억지로 참았다.

"얼마 전만 해도 상상할 수 없는 일이었지요."

소벽하가 가벼이 웃으며 대꾸했다.

"또한 흑월문이 함께해 주셔서 얼마나 든든하고 고마운지 모릅니다."

소벽하가 고개를 숙이자 잠격이 너털웃음을 터뜨렸다.

"허허, 우리에게 고마워할 것은 없다. 솔직히 고마운 건 우리지."

흑월이괴 엽립이 얼른 덧붙였다.

"명색이 광동의 패자라 자부했던 우리 흑월문이 놈들에게 어떤 꼴을 당했는지……."

엽립의 말에 잠격과 고진의 얼굴이 어두워졌다.

예고도 없는 암흑마교의 공격으로 절반이 넘는 문도를 잃고 쫓겨 다닌 일이 주마등처럼 흘러갔다.

복수는 감히 꿈도 꾸지 못하고 암흑마교의 추격을 힘겹게 뿌리치며 겨우 목숨을 연명하던 나날들.

그 과정에서 얼마나 많은 제자들이 목숨을 잃었던가!

그런 상황에서 대정련으로부터 연합 제의가 들어왔으니 마다할 이유가 없었다.

"후~ 그건 본 문도 마찬가지였습니다."

해남파의 문주 도윤이 한숨을 내쉬며 말했다.

"그나마 관군과 연합하여 왜구들과 싸우는 통에 놈들의 간섭과 압력이 적었지 관과 엮이지 않았다면 당장에라도 쳐들어왔을 놈들입니다."

소벽하가 다시금 머리를 숙였다.

"해남파의 도움에도 깊이 감사드리고 있습니다."

깜짝 놀란 도윤이 당치도 않다는 듯 고개를 흔들었다.

"허허, 두 분 선배께서 말씀하셨다시피 살자고 하는 일이오. 지금 저들을 꺾지 못하면 해남파도 언젠가는 저들의 발아래에 짓밟힐 것이 뻔할 테니까. 또한 이처럼 전 무림이 하나가 되어 움직이는 일에 본 문이 한자리를 차지하게 되어 얼마나 영광인 줄 모르겠소."

도윤의 말에 다들 고개를 끄덕일 때 뜬금없는 질문이 터져 나왔다.

"한데 정말 궁금한 것이 있습니다."

흑월문주 고진이었다.

"이길 수는 있는 것이겠지요?"

좌중에 침묵이 찾아들었다. 상대가 상대이다 보니 애써 내색은 하지 않아도 다들 그런 불안감을 지니고 있는 것이다.

"물론이지요. 오늘 이후, 암흑마교란 이름은 더 이상 신비로운 존재도, 공포스런 존재도 되지 못할 것입니다."

당당히 선언하는 소벽하의 음성은 모든 이의 불안감을 단번에 날려 버릴 정도로 자신감이 넘쳐흘렀다.

*   *   *

"크으으으."

가래 끓는 소리와 함께 수십 년간 오직 두 주먹으로 무림을 종횡하던 권존 강륜의 한쪽 무릎이 꺾이고 말았다.

죽음보다 더한 고통 속에서도 적에게 무릎을 꿇는 굴욕만큼은 면하고 싶은 마음이 간절했지만 모든 내력을 소비하고, 오장육부가 뒤틀리고, 전신을 난자당했다고 표현하는 것이 정확할 정도로 많은 부상을 당한데다가 가슴에 박힌 날카로운 검이 죽음을 재촉하는 가운데서 두 발을 딛고 버티기란 불가능한 것이었다.

그의 앞에 우뚝 선 상대.

솔직히 우뚝 섰다는 표현은 어딘지 어울리지 않았다.

무릎을 꿇고 있는 강륜에 비해 상대적으로 나았을 뿐이지 그가 입은 부상도 강륜 못지않았다.

안면은 흉측하게 함몰당했으며 강륜이 최후로 펼친 무공에 온몸이 성한 곳이 없었는데 특히 왼쪽 측면을 내주는 바람에 옆구리서부터 어깨까지 뼈란 뼈는 모조리 박살나 버린 상태였다.

"죽… 여… 라!'

강륜이 잘린 내장이 섞여 나오는 피를 뚝뚝 흘리며 소리쳤
다.

강륜의 마지막 외침에 파미륵의 뭉개진 안면이 꿈틀거렸다.

패배했음에도 당당함을 잃지 않는 강륜의 태도가 영 마음에
들지 않았다.

숨을 쉴 때마다 전신을 찌르르 울리는 고통 때문에 더욱 그
랬다.

고통이란 고통, 모욕이란 모욕을 있는 대로 주고 싶었지만
그래도 상대는 한 시대를 풍미한 고수였고 적이지만 존중받아
마땅한 무인이었다.

무엇보다 그는 패자였고 자신은 승자였다.

'승자라…….'

그 한 단어에 지금까지의 불쾌한 기분은 온데간데없이 사라
졌다.

파미륵은 강륜이 원하는 바를 들어주기로 했다.

"남길 말은?'

강륜이 언제 고통스런 표정을 지었냐는 듯 무심한 표정으로
고개를 들었다.

"그대, 훌륭했다."

죽는 순간까지 멋을 아는 자였다.

피식 웃음을 터뜨린 파미륵이 강륜의 가슴에 박힌 검에 손
을 얹었다.

"고맙군."

파미륵은 말이 끝나는 것과 동시에 검을 사선으로 당겨 심장을 갈랐다.

파미륵은 강륜이 고통을 느끼지 못했으리라 확신을 하며 자리를 떠났다. 엉망이 된 몸으로 싸움에 나서봐야 수하들에게 짐밖에 되지 않는다는 것을 알기 때문이었다.

"크윽!"

"컥!"

짧은 비명이 연이어 들리고 서로에게 치명상을 입힌 이들이 몸을 바로 세우고자 눈물겨운 노력을 하고 있었다.

"그, 그게 무슨 수법이지?"

당온이 자신의 폐를 가르고 간 한줄기 빛을 기억하며 물었다.

"섬전… 취혼(閃電取魂)이란 초식이다."

버티다 못해 땅바닥에 털썩 주저앉고 만 봉공 부원이 힘겹게 대답을 했다.

"섬전취혼이라… 과연 이름대로 빠른 검이었어."

"큭! 더 빨랐어야 했어. 이런 꼴을 당하지 않으려면."

머리부터 발끝까지 어지간한 급소엔 모조리 박힌 세침을 바라보는 부원의 입가엔 자조가 배어 있었다.

마지막 승부를 결하는 순간, 섬전취혼으로 상대의 목숨을 취하는 것까지는 좋았다.

하지만 상대는 다름 아닌 독과 암기의 조종이라 일컬어지는 당가의 전대 가주. 죽는 순간까지 아껴두었던 최후의 한 수에 완벽하게 당하고 말았다.

막는다고 최선을 다해보았으나 대체 어디서 그토록 많은 암기가 쏟아져 나오는지 온 천하를 뒤덮는 암기들을 감당할 수가 없었다. 대가는 죽음이었다.

"어쨌거나 혼자 가지 않아 다행이군."

"그러게. 큭큭, 가는 길이 외롭지는 않겠어."

부원과 당온은 서로의 얼굴을 바라보며 웃음을 짓다 서서히 고개를 떨구고 말았다.

꽝!

폭음이 터지는 소리와 함께 외마디 비명을 내지른 봉공 태사중이 삼 장 밖으로 날아가 처박혔다. 이미 혼절을 한 것처럼 보였지만 그에게 패나 시달리다 결정적인 공격을 성공시킨 강호포는 아예 끝장을 내겠다는 듯 하늘 높이 도약을 하더니 축융염장의 절초 지옥염화(地獄炎火)를 시전했다.

말 그대로 지옥에서 뿜어져 나오는 불길처럼 뜨거운 장력이 태사중을 향해 짓쳐들었다.

태사중의 위기를 감지한 수하들이 황급히 그의 앞을 막고 강호포와 맞서보려고 하였지만 애당초 그들이 감당할 수준의 장력이 아니었다.

비명도 지르지 못하고 쓰러지는 사내들.

앞을 가로막은 장애물을 단숨에 치워낸 지옥염화가 태사중의 몸에 적중하고 죽림의 봉공으로서 뭇 수하들에게 존경을 받던 태사중은 시신조차 찾지 못할 정도로 처참한 모습으로 산산조각나고 말았다.

"후~"

힘든 싸움을 끝낸 강호포가 길게 한숨을 내쉬었다.

'쉽지 않군. 쉽지 않아.'

제아무리 천하를 도모하는 죽림이라지만 고작 봉공 하나를 해치우는데 이토록 애를 먹을 줄은 생각조차 해보지 않은 강호포는 접하면 접할수록 드러나는 죽림의 거대한 힘에 두려움을 느끼고 있었다.

"그나저나 방법이 없는 건가?"

잠시 여유를 갖고 전황을 살피는 강호포의 안색이 참담하게 일그러졌다.

그 많던 인원이 언제 존재했느냐는 듯 사라지고 남은 병력은 처음의 사분지 일도 되지 않았다. 그나마도 빠르게 줄고 있었다.

승리를 앞둔 죽림과 사자철궁의 사기는 하늘을 찌를 정도로 높았다. 그들 역시 상당한 피해를 입은 것은 틀림없었지만 아군에 비할 바가 아니었다.

"없다면 찾아야지."

불리한 전세를 돌릴 수 있는 가장 좋은 방법이 우두머리를 치는 것이라는 것은 만고불변의 이치였다.

강호포는 어딘가에서 싸우고 있을 감천우를 찾아 고개를 돌리다 순우관과 치열한 싸움을 펼치고 있는 그를 발견했다.

"제길, 선수를 빼앗겼군."

순우관이 자신보다 앞서 감천우를 찾아갔다는 것을 분개하던 강호포는 잠시 전장을 살피더니 천천히 걸음을 움직였다.

무림인으로서 자존심과 긍지, 체면을 생각하면 결코 있을 수 없는 일이었지만 그 모든 것을 잃는 한이 있더라도 감천우를 쓰러뜨려야 했다. 그것도 최대한 빨리. 그래야만 지금 이 순간에도 속절없이 쓰러지는 이들을 하나라도 더 구할 수가 있었다.

"자존심? 쳇, 개나 줘버리라고."

침을 탁 내뱉은 강호포가 전력으로 내달리기 시작했다.

끊임없이 이어지는, 선두에 선 동료가 무명신군이 휘두른 검에 난도질을 당하고 어육이 되어 쓰러져도 조금의 흐트러짐도 없이 펼쳐지는 팔룡추미진은 시간이 지나면서 점차 그 효과를 드러냈다.

아무런 성과도 내지 못했던 네 번의 돌격이 끝나고 다섯 번째 돌격에서 무명신군에게 다소간의 부상을, 여섯 번째 돌격엔 어깨에 큰 상처를 입힐 수 있었고, 일곱 번째 돌격에선 한 발의 화살을 다친 어깨에 다시금 적중시킬 수 있었다. 그리고 결정적으로 아홉 번째 돌격에선 고전하고 있는 묵철기마대를 지원하기 위해 은밀히 움직인 사자철궁의 노고수 다섯이 무명신군을 기습하는 틈을 이용해 그의 옆구리에 기어이 장창을 꽂아버리는 데 성공을 했다.

이 모든 것은 팔룡추미진이 뛰어난 합격진이라는 이유도 있었지만 호신강기를 뚫고 들어가 허벅지에 큰 상처를 만든 흑혈시와 그로 인해 몸속을 파고든 염왕친견이란 극독이 무명신군에게 큰 부담으로 작용했기 때문이었다. 특히 심장으로 치고 올라오는 염왕친견을 억제하기 위해 내력의 일정 부분을 안배해야 했던 것이 무명신군에겐 뼈아프게 작용했다.

상처를 만들어낸 영웅들은 무명신군의 반격에 시신조차 찾을 수 없을 지경이 되었으나 그들의 희생을 바탕으로 승기는 점점 묵철기마대로 기우는 것처럼 보였다.

모두들 그렇게 예측했고 자신했다.

하지만 허벅지와 어깨에 큰 부상을 당하고 옆구리에 창이 부러져 박혀 있었음에도 무명신군의 검은 좀처럼 무뎌질 줄을 몰랐다.

상처를 입으면 그의 몇 배에 달하는 대가를 적에게 치르게 해주었고 적이 아무리 강하게 돌격을 하고 공격을 해와도 단 한 걸음도 밀리지 않았다.

묵철기마대를 지원하기 위해 움직인 노고수들마저 하나둘 목숨을 잃고 말았다.

"이, 인간이 아냐. 인간일 수가 없어."

체념 어린 파곤의 눈동자 하나 가득 무명신군이 들어차 있었다.

부상에도 불구하고 무명신군은 그야말로 압도적인 힘으로 묵철기마대를 휩쓸고 있었다.

백 기의 기마대 중 남은 기마대는 고작 이십여 기. 그나마도 언제 잃을지 모르는 상황이었다.

도저히 넘을 수 없을 것 같은 압도적인 모습이었다.

그런 무명신군의 모습이 어쩌면 마지막이 될 돌격을 앞둔 묵철기마대를 두렵게 했다.

"부단주님."

패엽이 망설이는 파곤의 곁으로 다가왔다.

"이번 공격이 마지막이겠지?"

"아마도 그럴 것 같습니다."

패엽이 힘없이 고개를 끄덕였다.

"이길 수 있을까?"

"……."

패엽은 차마 대답을 하지 못했다.

이전이라면, 무명신군을 만나 지금과 같은 꼴을 당하기 전이라면 열이면 열, 백이면 백 당연히 그렇다고 대답을 했겠지만 지금은 아니었다.

"이기든 지든 어차피 마지막이야. 이번에 쓰러뜨리지 못하면 팔룡추미진 자체가 이루어지지 않을 테니까."

"그렇겠지요."

"자, 그럼 가볼까?"

파곤이 직접 나서자 패엽이 조금은 걱정스런 표정으로 물었다.

"괜찮겠습니까?"

"부상당했다고 더 이상 물러나 있을 상황이 아니라는 것은 자네도 알잖아. 어르신들도 다 쓰러진 마당에 죽이 되든 밥이 되든 여기서 끝을 봐야지."

"제가 앞장서겠습니다."

패엽이 파곤의 앞으로 말을 몰고 나서자 파곤이 고개를 흔들었다.

"아니. 돌격은 내가. 자네는 저 괴물의 마지막을 장식해야지. 아직 남아 있지?"

"예. 만약을 대비해서 아껴두었습니다."

"써야지?"

"이미 준비해 두었습니다."

패엽이 연노에 재어둔 흑혈시를 가리키며 싱긋 웃었다.

"반드시 뚫으라고."

"믿으십시오. 반드시 이곳에 선물하지요."

파곤이 자신의 미간을 가리키며 마주 웃었다.

"후우. 후우."

거칠게 숨을 내쉬는 무명신군은 팔방에서 자신을 향해 돌격해 오는 묵철기마대를 지그시 노려보았다.

내력은 이미 바닥났다.

제어하지 못한 독기가 결국 내부를 잠식하는 것도 부족해 심장 어귀까지 침투하였다.

독기로 인해 정신까지 혼미해질 지경이었다.

옆구리의 상처에선 끊임없이 피가 흘러내렸고, 숨을 내쉴 때마다 전신을 난도질당하는 느낌이었다.

그래도 멈출 수는 없었다.

자신이 무너지면 퇴로가 막힌 아군은 전멸을 면치 못할 것이다.

'마지막. 반드시 뚫는다.'

그는 알고 있었다. 지금의 공격이 묵철기마대의 마지막 공격이라는 것을. 그동안 많이 줄었다지만 숫자는 이십을 상회했다.

하나, 그가 많이 지친 만큼 그를 공격하던 묵철기마대 역시 정상인 사람은 없었다. 말도 지쳤고 사람도 지쳤다.

무명신군이 조금 전의 공격에서 한 뼘 정도 날이 부러진 검을 가슴 어귀로 끌어당기며 전진을 했다. 선공을 취하는 것이 적의 돌격을 그나마도 약하게 만들 수 있기 때문이었다.

무명신군의 검에서 서슬 퍼런 강기가 솟구쳤지만 창을 앞세워 돌격을 하는 기마대의 얼굴에선 추호의 두려움도 보이지 않았다. 수많은 동료들의 죽음을 접하면서 이미 죽음 자체의 공포를 초월한 듯 보였다. 게다가 지금껏 살아남았다는 것은 그만큼 고수라는 것을 의미했다.

쫭!

전방의 기마대와 부딪친 강기가 폭발을 일으키며 기마대를 쓸어갔다.

앞장세운 창날이 박살이 나고 박살난 파편이 암기가 되어 주인의 온몸에 빼곡히 틀어박혔다.

그사이 좌측에서 밀고 들어온 창이 무명신군의 허리를 노렸다.

황급히 몸을 틀며 창을 옆구리에 끼고 돈 무명신군이 창을 빼앗아 맞은편에서 돌격하는 기마대를 향해 던졌다.

많이 지쳤다고는 해도 무명신군의 내력이 담긴 창이었다.

빛살과도 같은 속도로 날아간 창이 목표가 된 사내의 목을 꿰뚫어 버렸다.

"큭!"

무명신군의 입에서 가벼운 신음이 터져 나왔다.

어느샌가 후미에서 접근한 창이 어깻죽지를 훑고 지나간 것이다.

허벅지를 다치는 바람에 움직임이 전처럼 영활하지 않았고 몸에 난 크고 많은 상처들이 그의 움직임을 더욱 굼뜨게 만들어 이전이라면 결코 당하지 않을 공격을 허용하는 경우가 생겨났다.

다시금 코앞까지 접근한 창날.

창의 움직임에 거스르지 않고 찔러오는 창과 나란히 몸을 누인 무명신군의 검이 기마의 다리를 베어가고 졸지에 앞다리를 잃은 기마가 비명을 지르며 고꾸라졌다.

몸을 일으킨 무명신군이 쓰러지는 기마에서 뛰어오르는 사내의 몸을 양단해 버렸다.

눈 깜짝할 사이에 여섯의 기마대를 쓰러뜨린 무명신군이 주인을 잃고 질주하는 말을 디딤돌 삼아 허공으로 치솟아올랐다. 그리고 마지막 남은 힘을 쥐어짜 무극진천검법 중 가장 광범위한 살상력을 지닌 비폭포망을 펼쳤다.

파스스스슷.

수십 가닥으로 갈라진 검기가 사방으로 흩어지는 기마대를 향해 날카로운 혀를 날름거리고, 그 기운에 걸린 기마대가 난도질을 당하며 쓰러질 때, 도가 아닌 검으로 펼치는 폭뢰붕천이 이어졌다.

꽈꽈꽈꽝!

무명신군이 일으킨 강기가 사방을 초토화시키기 시작하고 힘을 이기지 못한 검이 수백, 수천 조각으로 분쇄되며 비산했다.

그것이야말로 무명신군이 굳이 검으로 폭뢰붕천을 펼친 이유였다.

파편 하나하나가 무시무시한 암기가 되어 사방 십 장의 모든 생명체를 말살시켰다.

"끄끄끄."

파곤은 검의 파편이 뚫고 지나간 목의 상처를 부여잡고 끅끅거리다 천천히 무너져 내렸다. 그에 반해 양손을 교차하여 얼굴을 보호한 패엽은 간신히 죽음을 면할 수 있었다.

갑주를 종잇장처럼 갈라 버린 강기와 간단히 뚫고 들어온 파편에 극심한 부상을 당했지만 무명신군의 공격이 시작된 순간, 수하들 뒤에 몸을 숨겼기에 그나마 목숨은 부지할 수가 있었다.

그렇다고 그가 단순히 목숨이나 연명하고자 그런 비겁한 행동을 한 것은 아니었다.

거의 모든 동료, 수하가 목숨을 잃었고 세외를 호령하던 묵철기마대의 명성도 끝장난 지 오래였다. 그래도 마지막 남은 자존심을 지키기 위해, 파곤이 죽음을 당하기 전 내린 명을 지키기 위해 그는 어떻게든 살아남아야 했다.

마침내 무명신군의 공격이 끝났을 때, 몸이 감당하지 못할 정도로 무리를 한 덕에 중심을 잃고 비틀거리면서 결국 한쪽 무릎을 꿇고 땅에 손을 짚고 만 무명신군을 향해 패엽은 그가 낼 수 있는 가장 빠른 속도로 내달렸다.

패엽이 양손에 든 연노에서 화살이 발사되고 마지막까지 아끼고 아껴두었던 흑혈시까지 무명신군을 향해 발사되었다.

쐐애액!

가공할 파공음을 내며 짓쳐드는 화살.

만신창이가 된 몸으로 섬전처럼 쏘아오는 화살을 피하긴 힘들다고 판단한 무명신군이 한 줌 남은 진기를 이용해 풍뢰신장을 펼치자 발밑에 있던 모래들이 일제히 솟구쳐 오르며 그의 주변에 장막을 쳤다.

무명신군을 향해 쇄도하던 여섯 발의 화살은 모래에 힘없이 막히고 말았지만 흑혈시만은 달랐다.

단숨에 모래장막을 뚫고 무명신군의 목숨을 노렸다.

목숨이 경각에 달린 무명신군이 다급히 몸을 틀며 심장을 노리는 흑혈시를 왼손으로 낚아채고, 미간을 노리는 흑혈시는 고개를 틀어 간발의 차이로 피해냈다.

그러나 단전을 노리며 날아든 흑혈시는 결국 막아내지 못했다.

필사적으로 몸을 움직여 단전에 화살이 적중되는 참사는 면했지만 단전 바로 옆, 좌측 아랫배를 완전히 관통당한 것이었다.

"이놈!"

노호성과 함께 무명신군의 손을 떠난 흑혈시가 패엽을 향해 날아가고 패엽이 미처 피할 새도 없이 그의 목에 박혀 버렸다.

"끄끄끄꺼."

자신의 마지막 공격이 성공했다는 기쁨에, 마침내 무명신군을 쓰러뜨렸다는 자부심에 패엽은 목에 박힌 흑혈시를 기쁜 마음으로 뽑아내며 서서히 무너져 내렸다.

패엽을 끝으로 불패의 신화를 자랑했던 사자철궁의 묵철기마대는 세상에서 사라지고 말았다.

남은 것은 주인을 잃은 병장기들, 겨우 살아남은 몇 마리의 기마들과 이미 망자(亡者)라 해도 무방할 무명신군뿐이었다.

"드디어!"

파상공세 속에서 아군의 피해를 최소한으로 줄이기 위해 필사적으로 애쓰던 당초성은 무명신군이 마침내 묵철기마대를 쓰러뜨리면서 퇴로를 확보하자 목이 터져라 만세라도 부르고 싶은 심정이었다.

말이 좋아 지휘고 버티고 있는 것이지 반 시진, 아니, 일각 정도만 시간이 더 흘러도 두 발을 땅에 딛고 서 있을 수 있는 사람이 없을 정도로 아군의 피해는 막대했다. 물러설 곳도 없었다. 그런데 무명신군에 의해 단 하나뿐인 활로가 생긴 것이었다.

당초성이 고개를 홱 돌리며 소리쳤다.

"어서 신호를!"

당초성의 시선을 받은 사내가 기다렸다는 듯 뿔피리를 불었다.

삑! 삐이이! 삑!

짧게, 길게, 그리고 짧게.

미리 약속된 퇴각 신호였다.

하나, 잠시 잠깐 틈을 보여도 목숨을 잃을 수 있을 정도로 치열한 접전 속에서 몸을 빼기란 쉬운 일이 아니었다. 연이은 퇴각 신호에도 무사히 몸을 빼 물러나는 이들은 극소수에 불과했다. 이를 안타까워하며 발을 동동 구르던 당초성이 감천우를 격살하기 위해 움직이는 강호포를 발견한 것은 그야말로 천운이었다.

"어르신!"

당초성이 그를 불러 세운 뒤 단숨에 곁으로 달려갔다.

"퇴로가 뚫렸습니다."

강호포의 얼굴에 안도감이 흘렀다.

"잘됐구나. 이번 싸움은 틀렸다. 당장 퇴각을 하여라. 난 저놈을 끝장내고 따라붙으마."

강호포가 순우관을 밀어붙이고 있는 감천우를 가리켰다.

당초성이 무겁게 고개를 흔들었다.

"그럴 여유가 없습니다."

"여유가 없다니?"

강호포의 얼굴에 못마땅한 기운이 흘렀다.

"지금 급한 것은 저자의 목숨이 아니라 한 명이라도 더 살려서 이곳을 빠져나가는 것입니다."

"그러니까 저놈을 없애려는 것이다. 그러면 일이 훨씬 쉬울 게야."

"그사이에 다 죽습니다. 또한 어르신께서 검존 어르신과 합공을 하도록 놈들이 지켜만 보지도 않을 것이고요."

"하면 어쩌라는 것이냐?"

"지금 상황에선 퇴각도 원활하지 않습니다. 어르신께서 도와주셔야 할 것 같습니다."

"흐음."

잠시 잠깐 감천우와 아군 사이에서 갈등하던 강호포가 고개를 끄덕였다.

"알았다. 우선은 급한 불을 꺼야겠지."

당초성과 함께 발걸음을 돌린 강호포는 힘겹게 싸움을 하는 이들을 안전하게 퇴각시키기 위해 혼신의 힘을 다했다.

죽림의 봉공이 나서고 사자철궁의 고수들이 강호포를 막기 위해 필사적으로 노력했지만 당초성의 지원을 얻은 강호포는 그들을 힘으로, 때로는 직접적인 대결을 피해가며 교묘하게 아군을 지원하였다.

그 덕에 상당수 인원이 전장에서 무사히 몸을 뺄 수가 있었으니 무명신군이 퇴로를 확보한 지 정확하게 일각여가 흐른 뒤였다.

"실로 훌륭한 무공이군. 이름을 알 수 있겠는가?"

"무극멸절섬혼검(無極滅絶閃魂劍)이라 합니다."

"허, 무극검마(無極劍魔)의 무공이었던가?"

순우관이 놀란 눈을 치켜뜨며 말했다.

그도 그럴 것이 무극검마는 사황 이전, 검 하나로 무림을 공포로 몰아넣었던 전설적인 고수였기 때문이었다.

무극검마의 독문검법인 무극멸절섬혼검은 그가 무림에 출도하여 홀연히 사라질 때까지 단 한 번의 패배도 용납하지 않은 무적의 검법이었다.

"정수를 깨우치려면 아직 멀었습니다."

감천우의 말에 순우관이 고소를 지었다.

"말인즉슨 미완의 검도 감당하지 못했다는 말이군. 허허, 이거야 원. 부끄럽군."

"그럴 리가요. 명불허전, 과연 검존의 한 수 한 수는 후배의 안계를 넓히기에 부족함이 없었습니다. 덕분에 이런 영광의 상처까지 얻었군요."

감천우는 왼쪽 관자놀이에서 턱까지 이어진 흉측한 자상을 살짝 건드리며 말했다. 그 외에도 큰 부상이 많았지만 얼굴의 부상은 그 의미가 달랐다.

"그렇다면 그럭저럭 체면은 차린 건… 쿨럭!"

말을 이어가던 순우관이 가슴을 부여잡고 탁한 기침을 해댔다.

입을 틀어막은 손에서 흘러내리는 검붉은 피가 그의 심각한 부상을 말해주고 있었다.

사실, 지금껏 살아남은 것 자체가 말도 안 되는 일이었다.

가슴에 열십자의 끔찍한 자상을 입고 심장이 반으로 갈라진 상황에서 이렇듯 태연히 대화를 할 수 있다는 것은 순우관이 얼마나 심후한 내력을 지녔는지 단적으로 말해주는 것이었다. 물론 그 또한 한계에 다다랐지만.

"아무튼 유감일세. 나의… 능력 부족으로 진… 정한 화산의 검을 보… 여주지 못해… 서."

순간, 감천우의 눈가에 이채가 흘렀다.

명성 그대로 검존 순우관의 무공은 엄청났다. 무극검마의 무공을 익힌 이후, 은연중 마음에 품고 있던 자만심을 한순간에 날려 버릴 정도로 고절한 수준이었다.

한데 그것이 진정한 화산의 검이 아니란 말인가.

"너무… 아쉬워하… 지 말게. 화산의 검은 반드… 시 자네

앞에 나타날… 것이니 말이야. 멋진 승부… 가 될 것이네. 내 장담하지. 분명 멋… 진 승부가…….”

순우관은 말을 끝내지 못하고 고개를 떨구고 말았다.

환한 웃음을 짓는 영운설을 떠올리며 마지막 삶을 마감하는 순우관의 입가엔 부드러운 미소가 지어져 있었다.

“화산의 검이라… 기대가 되는구려.”

조용히 읊조린 감천우는 검존이라는 큰 산을 넘었다는 안도감과 함께 천천히 전장으로 고개를 돌렸다.

싸움은 이미 끝나 있었다.

정확하게 말하자면 질서를 잃고 무작정 퇴각하는 적을 섬멸하는 마지막 과정만이 남아 있었다.

감천우는 그 상황 자체가 이해가 되지 않았다.

“퇴각이라… 묵철기마대가 무너졌다는 말인가?”

굳이 대답을 들을 필요도 없었다.

무수히 쓰러진 기마를 미친 듯이 뛰어넘어 도주하는 적들과 그 중심에 우뚝 선 무명신군의 모습만으로도 모든 것이 명확했기 때문이었다.

“대체 이건…….”

과거 사자철궁을 공략하면서도 그 무서움을 알기에 철저하게 피했던 상대가 바로 묵철기마대였다.

설마하니 홀로 그런 무적의 기마대를 격파할 수 있는 존재가 있을 줄은 꿈에도 생각하지 못했다.

“묵철기마대가 무너지다니… 천하제일인. 무명신군은 과연

무명신군이라는 건가?'

단순히 퇴로가 열리고 패퇴하는 적을 놓치는 것이 문제가
아니었다. 그까짓 오합지졸은 수백을 놓쳐도 상관이 없었다.
하나, 묵철기마대를 잃은 손실은 그 어떤 것으로도 대체하기
가 힘들었다.

감천우는 무명신군이 어째서 모든 이들에게 천하제일인으
로 인정받는 것인지 너무도 뼈저리게 느낄 수 있었다.

"가라."

단호한 외침에 당초성은 당황함을 금치 못했다.

"어르신."

"가라니까. 내가 놈들을 막아보마."

"이미 한계시잖습니까?'

중독된 무명신군에게 지니고 있는 당문의 보물 만독신단(萬
毒神丹)을 복용시키면서 그의 상세를 살펴본 바, 무명신군이 당
장 목숨을 잃어도 이상할 것이 없다는 것을 확인한 당초성은
자신도 모르게 목소리를 높였다.

"한계? 네 녀석이 노부의 한계가 어딘지 아느냐?'

코웃음을 친 무명신군이 팔짱을 끼고 지켜보고 있는 강호포
에게 시선을 두었다.

"왜? 네놈도 나를 못 믿겠느냐?'

"이 녀석 말이 맞는 것 같습니다. 제가 놈들을 막지요. 어르
신께서 먼저 피하십시오."

무명신군의 눈에서 한광이 뿜어져 나오기 시작한 것은 강호포의 말이 끝나고 그가 더 이상 대화를 할 필요가 없다는 듯 몸을 빙글 돌리는 순간부터였다.

"광우(狂牛). 네 이놈!"

광마라는 별호를 광우라 바꿔 부를 수 있는 유일한 사람의 외침, 게다가 칼날 같은 기도가 사위를 휘감는 상황에서 강호포와 당초성은 감히 입을 열 수가 없었다.

"지금 나를 무시하는 것이냐?"

"그, 그게 아니라……."

강호포가 당황하여 말을 더듬을 때, 무명신군이 닥치라는 듯 미간을 좁히더니 갑자기 소매를 흔들었다.

"크아악!"

"크허허헉!"

외마디 비명과 함께 아군을 추격하던 사자철궁의 무사 다섯이 피분수를 뿜으며 날아가 처박혔다.

"훗, 노부가 다소 험한 꼴을 당했다고 별 시덥지 않은 것들마저 무시하려고 하는구나."

차갑게 비웃은 무명신군이 서늘한 눈빛으로 강호포와 당초성을 바라보았다.

"네놈들도 나를 무시하려느냐?"

순간, 숨도 쉬기 힘든 압박감이 강호포와 당초성을 향해 밀려들었다. 강호포는 그런대로 버티는가 싶었지만 당초성은 창백한 낯빛으로 온몸을 휘청거렸다.

"마지막 경고다. 가거라."

감히 거역할 수 없는 절대자의 기도.

강호포와 당초성은 아무런 대꾸도 하지 못했다. 대신 마지막 길을 가려는 무명신군을 향해 진심으로 허리를 꺾었다. 그들은 알고 있었다. 무명신군이 평소와 다름없는 기도를 뿜어내고는 있어도 그것이야말로 꺼지기 직전 마지막을 화려하게 빛내는 등잔불과도 같은 상태라는 것을. 그리고 그 끝이 어떻다는 것을.

'어르신의 모습, 영원히 잊지 않을 것입니다.'

당초성은 흐르는 눈물을 닦지도 못하고 달리기 시작했다.

강호포가 나직이 한숨을 내쉬며 어깨를 토닥였다.

"아무런 생각도 하지 말거라. 지금은 그저 우리가 해야 할 일만 생각하면 되는 것이야."

"예."

짧게 대답한 당초성이 처음보다 십분지 일로 줄어든 인원을 바라보며 입술을 꽉 깨물었다.

'반드시 살려내겠습니다.'

홀로 남은 무명신군에게 다짐을 하는 당초성의 눈가에선 피눈물이 흐르고 있었다.

'믿겠다.'

이심전심(以心傳心).

당초성의 결의를 온몸으로 느낀 무명신군이 흡족한 미소를 지었다.

미소가 사라졌을 때, 지그시 눈을 감은 무명신군을 중심으로 거대한 폭풍이 몰아치기 시작했다.

무명신군은 당초성이 복용시킨 만독신단의 힘을 빌려 발작하는 독을 일단 제어한 뒤 역기잠능대법(逆氣潛能大法)을 펼쳐 몸속에 잠자고 있던 선천지기를 폭발시켰다.

목숨을 담보로 해야 하기에 도극성에게도 가르쳐 주지 않은 역기잠능대법은 무명신군에게 잠시나마 원래의 힘, 아니, 그 이상의 힘을 돌려주었다.

선천지기의 막대한 내력을 통해 일으킨 삼원무극신공의 위력은 그야말로 경천동지할 정도였다.

두두두두.

대기가 흔들리고 지축이 울린다.

수백 마리의 기마가 질주하는 것 이상으로 거대한 울림이었다.

무명신군을 중심으로 휘몰아치던 폭풍이 거짓말처럼 멈췄을 때 하나의 검이 무명신군의 면전에 떠올라 있었다.

바라보는 것만으로도 눈이 시릴 정도로 차갑고 밝은 강기에 둘러싸인 검이었다.

감겨 있던 무명신군의 눈이 떠지는 것과 동시에 검이 사라졌다.

멀리서 무명신군을 바라보던 감천우를 비롯하여 그래도 명색이 고수라 불리던 자들은 그 순간, 자신도 알 수 없는 공포감, 들이치는 한기에 전신을 부르르 떨었다.

대체 어떤 일이 일어나려는 것인가!

숨도 쉴 수 없을 정도로 긴장된 순간은 무명신군에게서 백 장이나 떨어져 있던 사내의 입에서 비명이 터져 나오며 끝이 났다.

사내는 끝 모를 공포감에 덜덜 떨며 가슴을 부여잡고 있었 다.

사내의 가슴엔 강기에 둘러싸인 검이 박혀 있었다.

검은 곧 검신을 둘러싸고 있던 강기를 잃고 그저 평범한 철 검으로 변했다.

대체 언제, 어디서 검이 날아왔단 말인가!

검이 박힌 곳에서 피가 흘러내리고 있는 것을 보면 허상이 아님은 분명했다.

그것은 시작에 불과했다.

비명이 끝나는 시점에서 그의 바로 옆에 있던 자가 힘없이 무너져 내렸다.

그 옆에 사람도 쓰러졌다.

그리고 그 옆에 사람도…….

마치 귀신에라도 홀린 듯 아무런 이유도 없이 차례차례 쓰 러지는 사내들.

그렇게 쓰러진 자가 무려 칠십이었다.

눈앞에서 펼쳐진 괴사에 다들 입을 다물지 못했다.

그저 두렵고 경악에 찬 눈으로 쓰러진 자들과 무명신군을 번갈아 바라볼 뿐이었다.

잠깐의 시간이 지나고 힘없이 무너진 그들의 몸에서 조금씩 핏물이 배어 나오기 시작했다.

비로소 그들의 몸을 살펴볼 여유를 찾은 이들의 눈에 끔찍한 공포감이 깃들었다.

그들은 스스로 쓰러진 것이 아니었다.

독도 아니었다.

그들에겐 하나같이 가슴이 관통된 흔적이 있었다.

무명신군의 눈앞에서 둥둥 떠 있었던 검.

바로 그 검이 찰나지간에 그들의 심장을 모조리 갈라 버린 것이었다.

그 순간, 모두의 머릿속에 하나의 단어가 떠올랐다.

섬전을 능가하는 빠름.

추호의 반항도 용납하지 않고 공간 자체를 뛰어넘어 적을 격살시킬 수 있는 무공.

존재하되, 단 한 번도 모습을 드러내지 않았다는 꿈의 경지.

"이, 이기어검(以氣馭劍)!!"

감천우가 놀라 부르짖었다.

그것을 시작으로 이곳저곳에서 경탄과 놀라움의 함성이 터져 나왔다.

이기어검을 누가 시전했는지, 어쩌면 그 검이 자신들을 향할 수도 있다는 두려움 따위는 중요한 것이 아니었다.

그저 한 사람의 무인으로서 전설상으로만 내려오던 이기어검을 눈앞에서 보았다는 것에 무한한 동경과 감동 어린 탄성을 내지를 뿐이었다.

죽림과 사자철궁의 무인들이 놀라는 것과는 대조적으로 무명신군의 얼굴은 담담하기 그지없었다.

그는 이기어검을 시전했다는 것이 아니라 그로 인해 살아남은 이들이 무사히 도주할 시간을 벌었다는 것에 의의를 두고 있었다.

'후, 이것으로 체면은 세운 것인가?'

무명신군은 자신의 몸이 더 이상 버티지 못한다는 것을 알고 있었다.

시야는 이미 희미해졌고 정신마저 아득해지기 시작했다.

'이놈아, 난 최선을 다했다.'

도극성을 떠올린 무명신군의 입가에 미소가 떠오르는가 싶더니 몸이 순간적으로 흔들렸다.

중심을 잡아보려 하였지만 부질없는 짓이었다.

발버둥 치는 것 자체가 한심하고 의미없는 짓이라 여긴 무명신군이 모든 것을 놓았다.

그의 몸이 천천히 무너지기 시작했다.

그런데 무명신군의 몸이 앞으로 고꾸라지는 순간, 누군가 그를 부축했다.

'누… 구?'

눈을 뜨려고 하였지만 떠지지 않았다.

생각도 이어지지 않았다.

"처음 뵙습니다, 어르신. 이번에 아비에게 등 떠밀려 억지로 공공문 문주에 오른 옥비룡(玉飛龍)이라고 합니다. 이제부터는 제가 모시겠습니다. 일단 이것부터 챙기시죠."

자신을 공공문주라 칭한, 이제 겨우 약관에 불과해 보이는 옥비룡은 손에 든 단환을 무명신군의 입속으로 밀어 넣은 뒤, 그를 들쳐 업었다.

"그럼 갑니다."

말이 끝났을 때 청년의 몸은 이미 십 장 밖을 달리고 있었다.

뒤늦게 정신을 차린 이들이 그들을 쫓아보려고 하였지만 천하제일이라 일컬어지는 공공문의 등천무영신법은 추격 자체를 용납하지 않았다.

그저 두 사람의 체취만이 희미하게 남아 있을 뿐이었다.

第七十七章
무너지는 암흑마교(暗黑魔教)

좌중의 분위기는 심각했다.

질식할 것만 같은 긴장감에 숨조차 제대로 쉬지 못했다.

모든 이들의 시선이 오직 한 사람에게 향해 있었다.

영운설이 북해로 향하면서 임시적으로 대정련의 군사직을
맡아 정보기관인 명안을 진두지휘하고 있는 개방의 방주 구인
걸이었다.

"어떤가?"

련주 공진 대사가 엄연히 존재하고, 스스로 사양했음에도
결국 상석에 앉게 된 도성이 물었다.

"좋지 않습니다."

회의 중 날아든 급보를 확인하던 구인걸이 어두운 얼굴로

고개를 흔들었다.

"하면 역시 예상대로……."

"예. 움직인 것이 확실한 것 같습니다."

아침부터 하나둘 날아들기 시작한 전서구의 숫자가 오후가 되면서 폭증하기 시작하더니 결국 우려하던 일이 터지고 말았다. 얼마만큼의 힘을, 잠재력을 지니고 있는지 가늠조차 되지 않는 죽림이 본격적으로 움직였음이 최종적으로 확인된 것이다.

"아미타불! 규모는 어느 정도나 된다고 합니까?"

공진 대사의 물음에 구인걸이 고개를 흔들었다.

"단편적인 정보만으로는 파악하기 힘듭니다만 곳곳에서 발견되는 병력을 감안하면 우리가 예상한 것보다 큰 규모임은 확실합니다."

"이곳으로 바로 온답니까?"

무당파의 대장로 운각 진인의 물음에 구인걸은 또다시 고개를 흔들었다.

"그것 또한 파악하지 못했습니다."

"놈들이 움직이고 있다는 것을 확인했다면서 어디로 움직이는지 파악을 하지 못했다는 것이 말이 됩니까?"

운각 진인의 언성이 높아졌다. 비록 나이나 무림의 배분은 다소 높을지 몰라도 구인걸이 개방의 방주임을 감안하면 다소 무례한 행동이라 할 수 있었다. 하나, 누구 한 명도 그의 언행에 눈살을 찌푸리는 사람이 없었다. 의식조차 하지 못했다. 그만큼 답답한 심정이었다.

"면목없습니다. 하지만 이마저도 놈들을 감시하던 개방의 제자들과 명안의 무수한 요원들이 목숨을 잃으면서 겨우 얻은 정보입니다."

"그만큼 신중히, 그리고 작심하고 움직인다는 말이 되는군요."

점창 장문 단리웅(段里雄)이 심각한 표정으로 말했다.

"예. 어쨌건 조금 더 기다리면 놈들의 움직임과 목표하는 곳은 확실히 드러날 것입니다만 아무래도……."

구인걸이 말을 끊고 공진 대사를 바라보았다.

"이곳이 될 확률이 높다는 말이겠군요."

"그렇습니다."

"저들이 이곳으로 직접 온다고 가정했을 때 시간은 얼마나 있겠는가?"

도성의 물음에 잠시 생각에 잠겼던 구인걸이 입을 열었다.

"빠르면 칠 일, 늦어도 열흘이면 도착합니다."

"열흘이라… 생각보다 빠르지는 않군. 역시 소림 때문인가?"

"예. 놈들이 대정련을 목표로 하는 한, 소림을 그냥 지나칠 수는 없을 테니까요."

얼마 전, 암흑마교의 기습으로 인해 씻을 수 없는 치욕과 피해를 당했던 소림사에 다시금 밀려드는 암운에 공진 대사를 비롯하여 모든 이들의 낯빛이 어두워졌다. 어쩌면 그 상징성만을 따졌을 경우 대정련보다 더욱 중요한 곳이 소림사였기 때문이었다.

그들을 더욱 안타깝게 한 것은 그럼에도 불구하고 소림을 도울 방법이 전무하다는 것이었다.

*   *   *

꽝!

벌써 몇 번이고 시달림을 받은 문짝이 더 이상 버티지 못하고 힘없이 떨어져 나갔다.

신임 교주 장학선을 중심으로 적의 침입에 대해 논의하던 이들이 분분히 자리에서 일어났다.

"오셨습니까?"

문짝을 부수며 요란하게 등장한 인물이 장로 유관(柔寬)임을 확인한 신산이 황급히 고개를 숙였다.

"왔는가?"

장학선이 일견 부드러운 표정을 지으며 손을 흔들었지만 유관은 고개를 까딱이는 것으로 인사를 대신했다. 명색이 교주인 장학선 앞에서 할 행동이 아니었으나 유관이 어떤 사람인 줄 알기에 아무도 뭐라 하는 사람이 없었다.

장학선이 교주직에 올랐지만 유관은 아예 그를 무시하고 있는 것이다.

지옥혈마(地獄血魔) 유관.

암흑마교의 십대 장로이자 무림오마 중 한 명으로 실력만 따지자면 전대 교주였던 하후천이 목숨을 잃은 지금 암흑마교 최고의 고수라 할 수 있는 사람이었다.

유관은 오만한 자신감이 하늘을 찔러 그 누구에게도 고개를 숙이지 않는 것으로 유명한데 오직 전대 교주였던 하후천만이 그에게 간단한 예를 받을 수 있을 정도였다. 게다가 하후천의 묵인하에 암흑마교 내에서도 오직 그만을 추종하는 독자적인 무력단체를 지니고 있을 정도였다.

"상황이 어떠하냐?"

유관이 자리에 앉음과 동시에 질문을 던지자 신산이 얼른 대답을 했다.

"그다지 좋지 않습니다. 생각지도 못한 기습을 당한 터라 피해가 막심합니다."

"생각지도 못한 기습? 그럼 기습을 하면서 미리 알리고 한다더냐? 명색이 군사라는 놈이 한심하기는."

유관이 신산의 대답을 가볍게 비웃으며 다시 질문을 던졌다.

"어느 정도나 당한 거냐?"

"동편으로 천룡문(天龍門)이 뚫렸고, 서편의 승천루(昇天樓)도 무너진 것으로 확인되었습니다. 남쪽의 승마문(乘魔門)도 위급하다는 보고가 올라왔습니다."

"승마문까지? 내가 연락을 받을 때만 해도 그 정도는 아니었는데. 일이 이 지경이 되도록 대체 뭣들 하고 있었다는 말이냐?"

유관의 질책에 신산은 머리를 조아렸고 장학선은 헛기침을 하며 슬그머니 고개를 돌렸다.

"마곡(魔谷)은 어떠냐? 그쪽이라고 무사할 리는 없을 터."

유관이 북쪽 관문이라 할 수 있는 마곡에 대해 언급하자 신산의 얼굴이 조금은 밝아졌다.

"흑검전단주 건위의 보고에 따르면 적이 침입해 왔지만 무사히 물리쳤다고 합니다."

"건위가 그곳에 있었나? 흠, 그놈이라면 믿을 만하지."

그제야 안색을 편 유관이 고개를 끄덕이다 입가에 냉소를 머금고 장학선을 바라보았다.

"그래, 이 꼴을 보이려고 교주직에 오른 것이오?"

"말을 삼가시오!"

호법 추망이 벼락같이 소리를 치며 일어났다.

"삼가? 지금 삼가라 했나?"

유관의 살벌한 눈매에 추망이 슬며시 꼬리를 내렸다.

"내가 인정하는 암흑마교의 교주는 오직 전대 교주뿐. 그분이 돌아가신 이후, 난 누가 교주직에 오른다 해도 상관하지 않았다. 핏줄이나 정해진 후계 따위와 상관없이 암흑마교의 수장이라면 그만한 실력이 있어야 하니까. 해서 상관하지 않았다. 그건 그대들이 더 잘 알 것이다."

유관의 말에 장학선은 연신 헛기침을 해댔고 그의 주변에 있던 현 암흑마교의 수뇌들 또한 입을 다물었다. 그들은 알고 있었다. 만약 유관이 지난 일에 개입을 했다면, 그가 장학선 대신 담사월을 교주로 삼고자 했다면 그리되었을 가능성이 다분했다는 것을.

장학선이 생각보다 쉽게 암흑마교를 장악하고 교주직에 오른 것은 그 자신과 주변의 힘이 컸기도 했지만 유관의 무관심 또한 지대한 공헌을 했음은 부정할 수 없는 사실이었다.

"한데 결과가 이 꼴이라니. 천하를 도모한다는 암흑마교가 오히려 적에게 유린을 당하는 꼴이라니!"

유관의 노호성이 쩌렁쩌렁 울려 퍼졌지만 누구 하나 제지할 수 있는 사람이 없었다.

잠깐의 시간이 흐르고 유관의 노화가 다소 진정된 틈을 타 신산이 재빨리 입을 열었다.

"경계를 소홀히 한 죄는 제가 달게 받겠습니다만 우선 급한 것은 적을 격퇴하는 것 아니겠습니까?"

"경계를 소홀히 했다는 것은 인정하느냐? 어떻게 저 많은 인원이 이곳을 침입하는 동안 알아채지 못했는지… 나부산 인근에 풀어놓은 눈과 귀만 해도 수백에 이를 터인데."

"송구합니다."

신산은 변명 대신 거듭 머리를 조아렸다. 어설픈 변명으론 오히려 화만 살 터. 아예 납작 굽히고 들어가 유관의 도움을 받는 것이 여러모로 편하기 때문이었다.

"이보시게, 유 장로."

장학선이 부드러운 어조로 유관을 불렀다.

유관의 차가운 시선이 장학선에게 향했다.

"노부를 비롯한 수뇌들의 공과야 차후에 따져도 될 일. 군사의 말대로 지금 급한 것은 성지를 더럽히고 있는 적을 물리치는 것이 아니겠나?"

"도와달라는 말이오?"

"도와주게."

장학선이 교주의 체면을 버리고 정중히 청했다.

"흠."

잠시 침묵을 지키던 유관이 신산에게 물었다.

"어디가 가장 급하더냐?"

"승마문입니다. 동편과 서편과는 달리 승마문이 뚫리면 내원까지 순식간입니다."

"누가 막고 있느냐?"

"흑살전대(黑殺戰隊)가 막고 있습니다만 대주는 이미 목숨을 잃었고 오금(吳昤) 부대주가 수하들을 이끌고 고군분투하는 것으로 압니다. 또한 양소헌(陽素櫶) 호법을 비롯하여 모두 아홉 분의 호법이 움직이셨습니다만 양 호법님을 포함 벌써 네 분이 목숨을 잃은 것으로 압니다."

"양 호법이? 쉽게 당할 인물이 아닌데."

도법으로 일가를 이룬 양소헌은 유관도 인정하는 고수였다. 그런 그가 목숨을 잃었다고 하니 유관의 안색도 딱딱하게 굳었다.

"누가 그를 죽였느냐?"

"검후입니다."

"음."

유관의 입에서 묵직한 신음이 흘러나왔다.

유아독존(唯我獨尊)과 같은 그에게도 검후라는 이름은 결코 가벼운 것이 아니었다.

동시에 무한한 호승심이 끓어오르기 시작했다.

검후라면 그야말로 검의 전설. 죽기 전에 그와 같은 상대를 만나게 되었다는 것은 무인에겐 그야말로 축복이나 다름없었다.

"검후는 내가 맡겠다."

벌떡 일어나 선언하듯 말을 한 유관은 누가 뭐라 말을 하기도 전 미련없이 자리를 떴다.

순식간에 사라지는 그를 보며 신산은 안도의 한숨을 내쉬었고 몇몇 수뇌들은 분개한 표정으로 고개를 흔들었다.

장학선은 그저 자조의 웃음만을 지을 뿐이었다.

"으아악!"

"크헉!"

끔찍한 비명이 마곡을 뒤흔들었다. 대부분이 흑월문의 문도들의 입에서 터져 나오는 비명이었지만 암흑마교에서도 상당한 인원이 피를 뿌리고 있었다.

"이건 개망신이다. 동문과 서문, 남문까지 뚫은 마당에 우리가 맡은 이곳만 실패했다!"

한 쌍의 흑월륜을 들고 미친 듯이 날뛰는 고진이 수하들을 다그치며 소리쳤다.

"놈들의 저항이 거세다고 말하지 마라. 제 목숨 노리는데 그만한 저항도 없다는 것은 말이 안 되는 것이다. 놈들의 육로귀령진(六路鬼靈陣)이 절세의 합격진이라는 말도 하지 마라. 깨지 못할 합격진 따위는 없다. 공격, 공격해랏!'

피리리릿!

날카로운 파공성과 함께 빛살같이 날아간 흑월륜이 맹렬한 회전을 하며 적을 주살하기 시작했다.

흑월쌍괴에게서 전수받은 흑월천뢰륜법(黑月天雷輪法)은 무림에서도 상대하기가 까다롭기로 유명한 무공이었다.

마곡 수성을 책임지는 흑검전단 대원들의 무공이 뛰어나기는 해도 무림칠괴로 이름 높은 흑월쌍괴의 독문무공을 상대할 수 있을 정도는 아니었다.

살이 찢기고, 뼈가 잘리며, 피가 솟구쳤다.

고진의 흑월륜에 수하 다섯의 목숨이 순식간에 떨어지고 그들이 형성하고 있던 육로귀령진이 힘없이 무너지는 상황이 발생하자 흑검전단 삼대주 귀무상의 두 눈이 찢어질 듯 커졌다.

"괴물 같은 놈!"

그의 입에서 절로 욕설이 튀어나왔다.

그가 보기에 고진은 진정 괴물이었다.

여섯 명이 하나가 되어 펼치는 육로귀령진이 천하제일의 합격진은 아닐지라도 웬만한 고수는 뚫을 엄두도 내지 못할 정도로 뛰어난 합격진임은 틀림없었다. 그것은 수적으로 훨씬 우위에 있는 흑월문과 대정련의 연합군이 육로귀령진 때문에 이미 한 번 패퇴를 하였고 연이은 공격을 감행하면서도 마곡 안쪽으로 한 걸음도 전진하지 못하는 것만 보아도 증명되었다.

한데 선봉에 선 흑월문, 그리고 선봉에서도 가장 앞장서 수하들을 이끌고 있는 흑월문주는 뭔가 달랐다.

육로귀령진 때문에 막힌 수하들을 뒤로하고 홀로 적군의 포위망에 뛰어들었을 때, 귀무상은 지금과 같은 상황이 벌어지리라고는 상상도 하지 못했다.

무려 세 개의 육로귀령진이 고진에 의해 무너졌다.

고진도 그 과정에서 만신창이가 될 정도로 크고 작은 부상을 당했지만 문제는 그럼에도 그를 완벽하게 쓰러뜨리지 못했다. 그리고 그의 활약으로 인해 마곡을 완벽하게 틀어막고 있던 암흑마교의 수비망에 문제가 생겨 버렸다.

고진의 눈부신 활약으로 인해 그토록 견고했던 육로귀령진이, 마곡의 수비망이 곳곳에서 뚫리기 시작한 것이었다.

"드디어 뚫었군."

애써 담담한 표정으로 싸움을 지켜보던 잠격과 엽립이 회심의 미소를 짓고 그들 곁에서 전황을 주시하던 대정련의 인사들도 역시 안도의 한숨을 내쉬었다.

그들의 모습에서 육로귀령진이, 그리고 금성철벽과도 같았던 마곡의 수비벽이 얼마나 위력을 떨쳤고 흑월문과 대정련의 무인들을 압박하고 있었는지 여실히 느낄 수 있었다.

특히 선봉에 선 흑월문이 또다시 패퇴를 할 경우 그들을 대신해서 공격을 해야 했던 대정련 무인들의 입가엔 웃음이 가시지 않았다. 흑월문보다 전력에서 열세였기에 육로귀령진을 상대하는 과정에서 흑월문보다 더욱 큰 피해를 보게 되는 것은 불문가지였고 솔직히 뚫을 수 있을 것 같지도 않았기 때문이었다.

"아무리 견고한 벽이라도 틈이 생기면 결국엔 무너지는 법. 네가 해냈구나."

엽립이 비틀거리며 걸어오는 고진을 향해 환한 웃음을 지었다.

"못난 꼴을 보였습니다."

고진이 입가에 묻은 피를 쓰윽 닦으며 말했다.

"아니다. 너는 충분히 자랑스러워해도 될 자격이 있다. 한데 몸은 괜찮은 것이냐?"

잠격이 피투성이가 되어 돌아온 제자를 걱정스런 눈길로 바라보았다.

"이 정도는 아무것도 아닙니다."

고진은 고개를 빙글 돌리고 어깨를 살짝 추스르는 것으로 두 사부의 걱정을 덜어주었다.

사실, 그가 입은 부상은 결코 가벼운 것이 아니었다. 특히 왼쪽 팔과 옆구리의 자상은 큰 후유증이 걱정될 정도로 심했지만 그는 내색하지 않았다.

고진은 암흑마교의 기습으로 흑월문이 풍비박산이 난 이후,

문주직을 이어받았다.

흑월쌍괴는 고진을 위해 그들이 지닌 내력 중 상당량을 격체전공(隔體傳功)을 통해 그에게 전수했다. 고진이 개개인이 일류고수를 넘어서는 흑검전단의 육로귀령진을 단신으로 세 개나 파괴할 수 있었던 것은 그런 이유가 컸다.

나이 사십이 넘어도 언제나 천둥벌거숭이 같았던 제자의 진중한 모습을 흐뭇하게 바라보던 잠격이 흑월문도들이 목숨으로 뚫어낸 수비벽에 벌 떼처럼 달려드는 대정련의 무인들, 그리고 지친 모습으로 살짝 물러나는 수하들을 바라보며 한숨을 내쉬었다.

"육십이라… 많이도 당했구나."

이번 싸움에 참여한 흑월문의 제자는 모두 백삼십. 육십이라면 거의 절반에 육박하는 수였다. 목숨을 잃은 자만 육십이요, 부상자들까지 포함을 하면 전력의 삼분지 이 이상이 마곡의 수비진을 뚫기 위해 사라진 것이었다.

"어쩌겠나? 그저 그 아이들의 희생으로 암흑마교 놈들을 절단 낼 수 있다는 것을 다행으로 생각해야지. 너도 너무 가슴 아프게만 생각하지 말거라. 암흑마교가 건재하다면 그 이상의 피해도 불가피했을 게다."

"예, 알고 있습니다."

고진이 애써 무표정한 표정으로 대꾸했다. 하나, 수하들의 주검을 보는 그의 눈은 벌겋게 충혈되어 있었다.

'승부.'

소벽하의 눈이 가볍게 떨렸다.

지금 백수마령 왕결이 펼치는 무공이 강맹하기론 따를 것이 없다는 천붕폭뢰권(天崩爆雷拳)임을 알아본 것이다.

나이 스물에 무림에 출도하여 칠십 평생 오직 암흑마교의 전대 교주 하후천에게만 무릎을 꿇었다는 백수마령 왕결.

주먹 하나로 무림에 우뚝 선 권존 강륜과 붙어도 결코 우열을 가릴 수 없을 것이라는 세간의 평가대로 그의 전신에서 쏟아지는 기운은 실로 가공할 만한 것이었다.

단지 두 주먹을 좌우로 교차하며 비스듬히 세웠을 뿐인데도 주변을 압도하는 기운에 막 싸움을 끝내고 얼굴에 튄 피를 닦고 있던 장로 화검종이 자신도 모르게 침을 꿀꺽 삼켰다.

그저 바라보는 것만으로 온몸의 세포가 바짝 긴장하여 파르르 떨었다. 그건 비단 화검종만이 느끼는 감정은 아니었다. 어쩌면 전세와 상관없이 판도를 뒤집어 버릴 수 있는 싸움을 지켜보는 양측 무인들 모두의 심정이었다.

한데 정작 그를 상대해야 하는 소벽하는 담담한 표정을 짓고 있었다. 잠시 잠깐 움츠러들었던 어깨는 이미 당당하게 펴진 상태였고 차갑게 가라앉은 눈빛은 냉정하기 그지없었다.

소벽하가 허리 아래쪽에 늘어뜨렸던 묵룡도를 비스듬히 세웠다.

우우우웅!

소벽하의 내력이 묵룡도에 실리자 웅후한 도명이 전장을 달겄다.

상대가 여자라는, 나이가 어리다는 생각 따위는 이미 천 리 밖으로 내던진 왕결의 주먹 끝에 강기가 어리는 듯 보였다.

"합!"

힘찬 기합성과 함께 묵룡도가 사선으로 그어지고 칼끝에서 뿜어져 나간 묵빛 기운이 왕결의 심장을 노리며 날아갔다.

그녀와 왕결의 거리는 대략 육칠 장 정도였으나 그들과 같은 고수에게 그 정도의 거리 따위는 무의미했다.

묵룡도에서 발출된 도기는 단숨에 공간을 가르고 왕결의 코앞까지 밀려들었다.

"좋구나!"

탄성을 내지른 왕결이 피하지 않고 주먹을 내질렀다.

싸움을 지켜보는 이들의 눈엔 호기롭게 보일지 모르는 모습이었으나 제아무리 왕결이라 해도 소벽하의 무공에 호기 따위를 부릴 여유는 없었다. 그저 기선을 빼앗기지 않게, 기세에 밀리지 않기 위해 필사적으로 대응했을 뿐이었다.

천붕폭뢰권이라는 명칭답게 폭음을 동반한 권강이 소벽하가 발출한 도기를 가볍게 막아냈다.

쿠쿠쿠쿵!

굉음과 함께 엄청난 충격파가 사방을 강타했다.

그사이 거리를 좁힌 소벽하가 왕결의 머리 위로 묵룡도를 내리꽂았다.

왕결도 지지 않고 두 주먹을 연거푸 뻗으며 공격에 정면으로 맞서 나갔다.

또 한 번의 충격파가 주변 모든 이들의 심장을 뒤흔들었다.

"아직 멀어… 헙!"

두 번의 공격을 막아내고 기세를 올리던 왕결이 기겁을 하며 자세를 바로잡았다.

어느샌가 사방을 옥죄며 밀려드는 엄청난 기운을 느낀 것이었다.

묵천마라심결을 극성으로 끌어올린 소벽하.

투명하게 변한 묵룡도에서 절로 경외심을 가지게 만드는 도명이 울려 퍼졌다.

그녀가 펼치려는 무공이 무엇인지 확인한 화검종이 두 눈을 치켜뜨며 소리쳤다.

"묵룡비월도(墨龍飛月刀)!"

묵룡도에서 솟구친 아홉 줄기 도강이 달빛을 가르며 승천하는 용의 모습과 같다고 하여 이름 붙여진 무공.

수라마제 좌패천의 독문무공이자 지금껏 단 한 번도 꺾인 적이 없는 것으로 평가받는 무적의 도법이 바로 묵룡비월도였다.

'밀리면 죽는다.'

소벽하가 일으키는 기세를 꺾지 못하면 그야말로 끝장이었다.

엄청난 위기감이 왕결을 휘감았고 그는 그가 모을 수 있는 모든 힘을 두 주먹에 끌어모으더니 지금의 그를 만든 천붕폭뢰권의 절초들을 연거푸 펼쳤다.

두 주먹에서 뿜어져 나오는 강기가 순식간에 온 공간을 지배하기 시작했다.

강기와 강기가 서로 부딪치며 엄청난 폭음을 만들어냈다.

부딪친 강기는 소멸하는 대신 오히려 무수한 파편을 만들어내며 소벽하의 모든 방위를 차단하면서 그녀를 압박해 들어갔다.

묵룡도에서 몇 가닥 투명한 도강이, 마치 서로의 꼬리를 물고 승천하는 듯한 비룡의 모습이 살짝 비치는가 싶더니 이어천하를 뒤흔드는 굉음이 터져 나왔다.

쿠쿠쿠쿠쿠쿵!

"피해랏!"

화들짝 놀란 화검종이 주변 수하들에게 소리치며 황급히 호신강기를 펼쳤다.

강기의 폭풍을 동반한 충격파가 좌중을 휩쓸었다.

방원 십 장이 초토화되기 시작했다.

화검종의 경고에 미리 몸을 피한 자들은 그나마 무사했지만 그 충격파에 휩쓸린 이들은 비명도 지르지 못하고 허무하게 목숨을 잃고 말았다.

충격파가 좌중을 휩쓸고 있을 즈음, 묵직한 신음성이 충격파를 타고 흘러나왔다.

백수마령 왕결이었다.

그의 모습은 처참 그 자체였다.

간신히 몸을 지탱하고는 있지만 옷은 이미 갈가리 찢겨져 나갔고 그나마도 혈의(血依)로 변한 지 오래였다.

피투성이가 된 얼굴, 입에선 잘게 잘린 내장 조각이 묻어난 피를 연거푸 토해내고 있었다.

그를 상징하는 두 주먹은 완전히 뭉개져 아예 형체를 잃어버릴 정도였는데 왕결은 눈앞의 결과를 받아들이기 힘든 듯 멍한 눈으로 고깃덩이로 변해 버린 주먹을 바라볼 뿐이었다.

무인으로서 사실상 생명이 끝난 왕결에 비해 소벽하는 상당히 멀쩡한 모습이었다.

왼쪽 어깨와 옆구리 어귀에 살짝 보이는 부상, 그리고 다소 피곤한 모습을 제외하고는 그다지 큰 타격을 입지 않은 것 같았다.

게다가 승리한 사람의 표정치고는 꽤나 담담했다.

어쩌면 그것은 당연한 결과라는 자신감의 표현일 수도 있었다.

"그… 것이 묵룡비월도?"

입을 열기 전, 피를 한 바가지나 토해낸 왕결이 간신히 호흡을 가다듬으며 물었다.

소벽하가 가볍게 고개를 끄덕였다.

"좌패천이 어째서 일마라 불리는지 알 것 같군. 대단한 무공이었어."

소벽하의 무공을, 아니, 좌패천의 무공을 인정하는 왕결의 말은 진심이었다.

방금 전, 싸움에서 그는 승리를 기대하지 않았다.

솔직히 소벽하의 실력은 그가 생각하는 것 이상으로 강했다.

그렇다고 이렇듯 일방적인 패배 또한 생각하지 않았다.

최소한 상대에게도 큰 타격 정도는 줄 수 있으리라 여겼다.

목숨을 잃는다면 그 대가로 팔다리 중 하나는 가져갈 수 있으리라 여겼다.

결과는 처참했다.

심장이 갈라지고, 온몸의 경맥이 가닥가닥 끊어지는 상황에서 상대는 고작 어깨와 허리 쪽에 가벼운 부상 정도를 입는 것에 그쳤다.

말이 부상이지 엄밀히 말하자면 그 차이는 하늘과 땅 차이만큼 크다고 할 수 있었다. 변명의 여지가 없는 완패였다.

소벽하는 왕결의 말에 가만히 입을 열었다.

"노선배의 무공도 강했습니다."

소벽하의 말이 자신에 대한 비웃음이란 생각에 인상을 찌푸리던 왕결은 그녀의 얼굴에서 진심을 읽고는 광소를 터뜨렸다.

"홋. 크하하하하!"

한참이나 웃음을 터뜨리던 왕결의 웃음은 검붉은 토혈(吐血)과 함께 멈춰졌다.

"즐… 거운 승부… 였다."

서서히 초점을 잃어가는 왕결의 눈이 잿빛 하늘로 향하다가 그대로 꺾였다.

왕결이 소벽하에게 목숨을 잃는 순간, 암흑마교의 동쪽 관
문은 수라검문에 의해 완벽하게 무너진 것이나 다름없었다.

'대단하군.'

유관은 진심으로 감탄을 했다.

검후를 처음 대했을 땐 여리디여린 그녀의 외모에 다소간
방심을 한 것도 사실이었다.

검후의 전설이 과대평가된 것이라 실망도 했다.

하나, 그녀와 정면으로 맞서는 순간, 자신의 생각이 얼마나
어리석은 것인지 뼈저리게 느낄 수 있었다.

그녀의 전신에서 흘러나오는 기도는 가히 일대종사의 풍모
에 못지않았다.

'이 정도일 줄은 상상도 못했군. 훌륭하다. 정말 훌륭해.'

유관은 차갑게 가라앉은 검후의 검은 눈동자를 보며 전신에
소름이 돋는 느낌을 받았다.

그녀는 이미 하나의 검으로 화(化)한 상태였다.

스윽.

검후가 한 걸음 접근했다.

유관은 물러나지 않았다.

그 역시 한 걸음 움직여 검후와의 거리를 좁혔다.

다시 한 걸음씩.

유관과 검후의 거리가 서서히 좁혀지기 시작했다.

아직까지 제법 거리가 남아 있었지만 목숨을 담보로 한 싸움은 이미 시작된 것이나 다름없었다.

두 사람이 뿜어내는 무시무시한 기운에 주변에서 벌어지던 모든 싸움이 일제히 중지되었다.

심지어 암흑마교의 호법들, 그리고 그들을 상대하던 검각의 금장, 은장파파와 해남파의 장문까지도 무기를 거두고 물러날 정도였다.

입을 여는 사람은 아무도 없었다.

숨소리조차 들리지 않았다.

부상을 당해 고통에 신음하던 이들마저도 필사적으로 입을 틀어막았다.

그렇게 질식할 것만 같은 정적이 이어지고 마침내 두 사람의 거리가 삼 장여까지 좁혀졌을 때, 유관의 검이 움직였다.

마치 춤을 추듯 느릿느릿한 움직임이었다.

겉으로 보이는 것과 달리 차갑게 가라앉은 검후의 눈동자가 살짝 떨렸다.

그녀가 느끼기에 유관의 검은 지금껏 경험해 보지 못한 빠른 검이었고 날카로운 검이었으며 허점이 보이지 않는 완벽한 검이었다.

당연했다.

그저 춤을 추듯 단순히 찌르는 듯 보이는 검엔 유관이 지금껏 갈고닦은 무공의 정수가 담겨 있었다.

고요함과 활화산 같은 뜨거움이 담긴 그의 눈빛이 검후의 일거수일투족을 옭아맸고, 검끝에서 흘러나온 날카로움은 하늘마저 갈라 버릴 정도였다.

느릿느릿한 춤사위가 끝나고 유관의 검이 검후의 코앞까지 접근했을 때, 파천폭멸검(破天爆滅劍)의 절초가 검후의 목숨을 노렸다.

파스스스슷!

혼백마저 얼려 버릴 것 같은 무시무시한 검강의 위력에 피아를 가리지 않고 모든 이들의 몸이 그대로 굳었다. 심지어 검후의 실력을 절대적으로 믿고 있던 금장, 은장파파의 안색마저 딱딱하게 굳을 정도였다.

마침내 검후의 검이 움직였다.

불패의 신화가 담긴 검이었다.

태산을 압도하는 힘으로 폭풍처럼 밀려드는 검강을 막기엔 어딘지 약해 보이는 검이었다.

하나, 그녀의 검끝이 검강과 부딪치고 모든 이들의 예상대로 당연히 산산조각이 나야 함에도 불구하고 굳건히 버텼을 때, 오히려 검강을 가른 검이 유관을 향해 쇄도를 하고 그 검을 피해 유관이 필사적으로 몸을 트는 순간, 사람들은 비로소 검후의 전설을 상기할 수 있었다.

그렇다고 싸움이 끝난 것은 아니었다.

검후의 검을 피해 잠시 물러나는 것처럼 보였던 유관이 그녀의 검을 피해 다시금 역공을 펼쳤다.

조금 전보다 더욱 강맹한 검강이 검후를 노리며 날아들었지만 검후의 검이 또다시 검강을 갈랐다.

승리를 확신한 검각과 해남파, 대정련의 무인들이 환호성을 지르는 순간, 파천폭멸검의 마지막 초식 폭멸탄강(爆滅彈罡)이 작렬했다.

사람들은 수백, 수천의 강기를 목격했다.

그 강기가 일제히 검후를 향해 쏟아졌다.

"아!"

누군가의 입에서 탄식 어린 외침이 터져 나왔다.

탄식이 끝나기도 전, 노도와 같은 강기의 해일이 검후를 완벽하게 뒤덮었다.

"와아아아!"

"이겼다!"

암흑마교의 무인들 입에서 함성이 터져 나왔다.

"아, 안 돼!"

도윤이 망연자실한 표정을 지으며 고개를 흔들었다.

대정련의 무인들이 고개를 떨궜다.

그러나 오직 검각의 검수들만은 아무런 미동도 없이 결과를 기다렸다.

그들의 얼굴엔 추호의 의심도 없었다.

오직 검후에 대한 절대적인 믿음만이 있을 뿐이었다.

그 믿음은 배반당하지 않았다.

나지막한 외침이 있었다.

그것을 들은 사람은 오직 유관뿐이었다.

외침이 끝나는 순간, 한줄기 기운이 강기를 뚫었고 잠시 후, 검후를 뒤덮었던 강기의 해일이 힘없이 사라졌다.

대체 어찌 된 일이란 말인가?

사람들은 눈앞에 펼쳐진 광경을 이해할 수가 없었다.

당연히 쓰러져야 할, 온몸이 난자되어 흔적도 찾기 힘들 정도로 무참히 쓰러져야 할 검후는 검을 가슴에 품은 자세로 고요히 서 있었고 반면에 승자가 되어야 할 유관이 자루만 남은 검을 들고 입술 사이로 핏물을 흘리며 몸을 비틀거리고 있었다.

"그, 그것이 무엇이냐?"

유관이 아직도 믿기지 않는다는 표정으로 물었다.

"검심일연(劍心一連)."

"검… 심일연이라……."

두어 번 되뇐 유관이 검을 툭 던지며 패배를 인정했다.

"졌다."

그 말을 끝으로 천천히 몸을 돌린 유관이 저 멀리 불타는 전각의 모습을 확인했다.

"이것으로… 끝인가?"

현재 암흑마교에 자신보다 강한 사람은 존재하지 않았다. 아니, 존재하더라도 최소한 전대 교주의 수준이 아니면 검후를 막지 못하리라.

"허허허."

유관은 암흑마교의 몰락을 예견하곤 허망한 웃음과 함께 천천히 무너져 내렸다.

검후는 이미 숨이 끊어진 유관을 향해 가볍게 예를 차렸다.

비록 적이지만 두려울 정도로 강한 상대였다. 만약 검심일연을 대성하지 못했다면 결코 물리칠 수 없었을 것이다.

가볍게 숨을 내뱉었다.

비로소 참고 있던 고통이 전신으로 밀려들었다.

검막을 뚫고 들어온 검의 파편이 몸 이곳저곳에 박힌 탓이었다.

검후는 자신도 모르게 인상을 찌푸렸지만 언제 그랬냐는 듯 무심한 얼굴로 돌아왔다.

그녀는 자신의 고통을 결코 내색할 수가 없었다.

그녀는 검후였다.

第七十八章
열화굉천뢰(熱火轟天雷)

"왜?"

"뭐가?"

"왜 자꾸 그런 눈으로 쳐다보냐고?"

"그냥."

도극성이 말끝을 흐리자 곽월이 피식 웃음을 터뜨렸다.

"그렇게 심각한 표정 하지 마라. 팔 하나 없다고 어떻게 되지 않아. 솔직히 염라대왕 앞에 있어도 모자랄 판에 이렇게 살아 있잖아. 그것만으로도 충분하다."

애써 밝은 표정을 지었지만 천하제일의 살수로 명성을 떨쳤던 곽월에게 있어 오른팔을 잃었다는 것은 어쩌면 목숨을 잃는 것 이상으로 치명적이었다.

"다른 데는 괜찮은 거냐?"

"생각보다는 괜찮다. 멀쩡하다고도 할 수는 없지만 이만해도 감지덕지지."

"약발이 제대로 받았나 보다."

도극성이 영운설이 전해준 자소단을 떠올리며 싱긋 웃었다.

"그러게. 대환단이니 자소단이니 이름만 들어봤지 정말 이런 효과가 있을 줄은 상상도 못했다. 솔직히 부상을 회복하고 나면 전보다 내력 하나만큼은 예전과 비교할 수도 없을 정도로 늘어날 것 같은데."

"내력만 늘면 뭐해? 팔이……."

도극성이 차마 말을 잇지 못하자 곽월이 환한 표정으로 왼팔을 흔들었다.

"너무 걱정하지 마라. 내게는 아직 이 녀석이 있다. 비록 오른팔보다는 못하지만 그런대로 쓸 만해. 제대로 수련만 하면 오른팔보다 더욱 뛰어난 위력을 발휘할 수도 있어."

"가능하겠냐?"

"물론. 노력은 결코 배신하는 법이 없으니까. 죽도록 노력하다 보면 좋은 결과를 얻을 수 있겠지. 난 그렇게 믿고 있다."

가만히 곽월의 눈을 보던 도극성이 고개를 끄덕였다.

"그래. 너라면 할 수 있을 거다."

"그러니까 이제부터라도 그런 눈은 하지 말라니까. 자꾸 동정을 받는 것 같아 영 그렇다."

"알았어."

"그건 그렇고 확실하게 끝장을 낸 거냐?"

"그래. 네가 놈들의 수장을 잡아주는 바람에 갇혀 있던 이들도 확실하게 구했고 싸움도 승리할 수 있었다. 그래도 피해가 너무 컸어."

"대충 얘기는 들었다. 대단한 혈투였던 모양이다. 목숨을 건진 사람이 삼십도 안 된다니 말이야."

"그래. 삼십 명도 그나마 그 인간의 활약 덕에 겨우 살릴 수 있었던 거야."

"그러게. 이곳에선 완전 영웅이 된 모양이더라."

"뭐, 솔직히 그만한 자격은 있다."

도극성이 쓴웃음을 지으며 말했다.

그의 말대로 장영은 북해빙궁 사람들에게 영웅 대접을 받아도 충분할 만큼 처절한 싸움을 보여줬다.

도극성은 밀옥을 깨고 그곳에 갇혀 있던 북해빙궁의 수호신들이라 일컬어지는 백사풍을 구출한 뒤 그들과 함께 설왕곡에 도착했을 때 눈앞에 펼쳐진 참극을 아직도 잊지 못하고 있었다.

그 많았던 인원이 모조리 싸늘한 시신이 되어 쓰러져 있었다.

소문주를 도와 사실상 북해빙궁을 이끌고 있던 장로 북리단도 목숨을 잃었고 그 누구보다 치열한 싸움을 펼쳤던 북리잠도 온몸에 화살이 꽂힌 채 무릎을 꿇은 자세로 목숨을 잃었다.

살아남은 이들은 부상을 당한 북리연과 북리연을 지키기 위해 애쓰는 한설, 빙설당의 일부 대원들뿐이었다.

그들 모두를 보호하며 그때까지 눈부신 활약을 펼친 사람이 바로 장영과 삼혼이었다.

장영은 온몸이 피투성이가 된 채로, 왼쪽 팔이 부러져 덜렁거리고 등에 두 자루의 검을 꽂은 상태에서도 실로 가공할 무위를 뽐내고 있었다.

도극성이 설왕곡에 도착하기 전까지 그와 삼혼에게 목숨을 잃은 적의 수가 무려 백여 명에 육박했고 그중에는 죽림의 봉공도 끼어 있었다.

하지만 제아무리 강력한 무위를 자랑하는 장영이라도 분명 피륙으로 이루어진 인간인 이상 분명 한계가 있었다. 도극성이 도착했을 땐 이미 그 한계를 넘은 상태로 만약 조금만 늦었더라도 장영 또한 목숨을 장담할 수 없었을 것이다.

어쨌든 장영과 삼혼 덕에 북해빙궁이 설왕곡의 싸움에서 승리를 거둔 것은 분명한 사실이었고 그가 무림에서 어떤 존재로 대접을 받고 있느냐와는 상관없이 북해빙궁에서 장영은 그 누구보다도 대단한 영웅으로 추앙받고 있었다.

"그렇다고 너무 억울해하지는 말아라. 네 활약 또한 그에 못지않은 것으로 평가받고 있으니까. 다른 누구도 아니고 놈들의 수장을 날려 버린 사람이니까 말이야."

"그 덕에 요 꼴이 되었지만."

곽월이 횡하니 빈 소매만 덜렁거리는 오른쪽 팔을 툭툭 치며 웃었다.

"헛소리는 하지 말고. 몸조리나 잘해."

"가게?"

"그래. 군사가 그 인간을 데리고 또 무슨 일을 벌인다고 하던데."

"무슨 일을?"

곽월이 호기심 어린 표정을 지었다.

"포로로 잡힌 놈들 있지? 그놈들을 심문한다고 하더라."

"아주 적격이네."

곽월이 피식 웃음을 터뜨리고 말았다.

도극성이 집법전에 도착했을 때는 이미 한참이나 취조가 이어진 후였다.

"어서 오세요."

영운설이 도극성에게 자리를 권했다.

"아직입니까?"

"예. 다들 입이 무겁네요. 그다지 원하지 않았지만 어쩔 수 없이 마지막 방법을 동원해야겠어요."

영운설이 한설당주 주운경의 고문으로 피투성이가 된 포로들을 안쓰럽게 바라보며 한숨을 내쉬었다.

"그러고 보니 사도천주가 보이지 않는군요."

"북해빙궁에서 설빙단(雪氷丹)을 사용했다지만 결코 가벼운 부상이 아니니까요. 그래도 곧 오실 겁니다."

"설빙단이라……."

장영이 북해빙궁의 보물이라 할 수 있는 설빙단을 취했다는 사실이 마냥 반갑지만은 않은지 도극성의 입꼬리가 살짝 치켜 올라갔다.

도극성이 자소단과 설빙단 중 어느 것이 약효가 더 뛰어날까 잠시 생각을 하는 도중 온몸을 붕대로 칭칭 감고 그 위에 설산대호(雪山大虎)의 가죽으로 만든 외투를 걸친 장영이 등장했다.

"오셨군요."

"날 부른 것을 보니 아직인 모양이군."

"예. 아무리 취조를 해도 입을 다물고 있군요. 한데 몸은……."

"괜찮아. 설빙단인가 뭔가 하는 것이 제법 효과가 있더군. 겉은 이래 봬도 내상은 다 나았어."

"잘되었군요. 하면 사황의 주술을 사용하는 데 아무런 무리도 없다는 말인가요?"

"물론. 다만 아무래도 내가 익힌 것이 주술 쪽보다는 무공쪽으로 치우쳐서… 실패해도 원망은 하지 마."

"그럴 일은 없으면 좋겠군요. 아무튼 부탁드려요."

영운설이 살짝 고개를 숙이자 어깨를 한 번 추켜올린 장영이 포박되어 있는 죽림의 포로들을 향해 걸어갔다.

잠시 뜸을 들이는가 싶던 장영의 몸에서 피보다 더욱 진한 혈무가 피어오르더니 포로들을 휘감기 시작했다.

포로들이 공포에 질린 눈으로 고개를 흔들고 몸을 비틀며 발버둥을 쳤지만 혈무를 피할 길은 없었다.

그 혈무의 중심에 사기(邪氣)로 가득한 장영의 눈이 번뜩였다.

"저게 뭡니까?"

도극성이 가만히 물었다.

"음, 사령제심안(邪靈制心眼)이라고 일종의 섭혼술(攝魂術)이지요. 잘만 되면 우리가 원하는 모든 정보를 얻을 수 있을 거예요. 다만 부작용이……."

영운설이 말끝을 흐렸지만 섭혼술이라면 말 그대로 혼을 빼앗긴다는 것. 도극성은 그녀의 말뜻을 금방 이해할 수가 있었다.

"대충 된 것 같군."

장영이 길게 숨을 내뱉으며 말했다.

어느새 혈무는 말끔히 걷혀 있었다.

"두 명은 견디지 못하고 죽었어. 하지만 이들만으로도 충분할 것 같은데."

이마에 송골송골 땀이 맺혀 있는 것을 보면 섭혼술을 펼치는 것이 결코 쉬운 일은 아닌 듯싶었다.

영운설과 도극성이 장영이 가리키는 이들에게 시선을 돌렸다.

외관상 크게 차이는 없었지만 다소 벌어진 입하며 더없이 크게 확장된 동공에서 초점을 찾을 수 없는 것이 정상적인 상태는 분명 아니었다.

"원하는 것이 있으면 무엇이든 물어봐. 아예 모르는 것을 제외하고는 술술 뱉어낼 테니까. 단, 그때 말했듯이 일각뿐이야. 그 이상은 불가능해."

장영은 일각 후에 그들이 어떤 모습이 될지 굳이 언급을 하지 않았으나 집법당에 있는 그 누구라도 그들의 운명은 짐작하고 있었다.

*   *   *

갑작스레 날아든 비보(悲報)에 이른 아침부터 한데 모여 본격적인 죽림의 발호에 대한 대책을 논의하던 이들은 그야말로 망연자실할 수밖에 없었다.

사자철궁과 죽림의 연합군을 막기 위해 움직였던 병력의 패퇴.

그것도 전멸에 가까운 피해를 당했다고 하니 이만한 비보도 없었다.

"당 소협의 전갈에 따르면 검존, 권존, 당온 어르신께서 목숨을 잃으셨다고 합니다."

구인걸의 말에 사람들은 그와 함께 들어온 이진한의 눈시울이 어째서 붉게 물든 것인지 이해를 할 수가 있었다. 모르긴 몰라도 사부의 죽음 앞에서 피를 토하는 심정으로 울고 또 울었을 것이다.

"무명신군은, 무명신군께선 어찌 되셨다고 하는가?"

도성이 다급한 음성으로 물었다.

"생사불명(生死不明). 하나, 퇴각하는 이들을 보호하기 위해 끝까지 남으셨다고 하니 아마도……."

구인걸은 차마 말을 잇지 못하고 고개를 떨궜다.

"대체 얼마나 살아남았다는 것입니까?"

종남파의 장문인 곡상천이 떨리는 음성으로 물었다.

"현재 목숨을 부지한 사람은 이백이 채 안 된다고 합니다."

"이, 이백!"

"세상에!"

대정련의 수뇌들은 생존자의 수가 처음 동원된 인원의 십분지 일에 불과하단 말에 경악을 금치 못했다.

"그나마도 무명신군께서 묵철기마대가 막고 있는 퇴로를 홀로 뚫어내지 못하셨다면 모조리 목숨을 잃었을 것이라 했습니다."

"놈들의 피해는 얼마나 된다고 합니까?"

운각 진인은 보다 냉정하게 현 상황을 파악하고자 했다.

어차피 연합군은 무너진 상황이고 그 과정에서 과연 적에게 얼마나 많은 피해를 입혔는지 확인하는 것은 차후 전세를 가늠할 수 있는 중요한 요소였다.

"우선 사자철궁의 가장 핵심적인 전력이요, 그들이 지닌 힘의 절반 이상이라 할 수 있는 묵철기마대가 무명신군의 손에 모조리 목숨을 잃었다는 것은 실로 다행이 아닐 수 없습니다.

그 밖에도 여러 어르신들의 활약으로 죽림과 사자철궁의 노고수들이 많이 목숨을 잃었습니다."

"놈들도 생각보다 많은 피해를 당했구려."

"예. 최소한 전력의 오 할 이상은 사라진 것으로 보입니다."

적의 피해도 컸다는 말에 안도하던 이들은 그럼에도 불구하고 오 할 이상의 전력이 남았다는 말에 다들 할 말을 잃고 말았다.

무려 이천의 병력이 소모되었음에도 그 정도의 전력이 살아남았다는 것은 애당초 그들의 힘이 얼마나 엄청난 것이었는지를 증명하는 것이기 때문이었다.

"오 할이라……."

도성이 지그시 눈을 감으며 중얼거렸다.

그의 뇌리에 문득 무명신군의 오만한 얼굴이 떠올랐다.

따지고 보면 무림은 무명신군에게 엄청난 은혜를 입고 있었다.

다들 무명신군이 천하제일무공을 앞세워 수십 년이 넘는 세월 동안 횡포를 부린다고 생각했지만 무명신군은 그 누구보다 앞서 무림에 흐르는 암류를 파악하고 있던 사람이었다.

그 암류가 단지 암흑마교뿐만이 아니라는 것이 안타까운 일이긴 했지만 어쨌건 무명신군이 활약하는 동안 암흑마교는 제대로 발호를 하지 못했고 무명신군에게 시달린 각 문파는 비약적인 발전을 했다.

다른 사람들은 결코 인정하지 않을지 몰라도 먼저 간 불성과 자신은 알고 있었다.

'정녕 그렇게 가신 것이오?'

도성의 상념은 공진 대사의 불호로 인해 깨지고 말았다.

"아미타불! 하면 사자철궁은 지금 어디로 움직이고 있는 것입니까?"

"난주를 지나 서안(西安)으로 방향을 잡은 것으로 보입니다."

말을 하던 구인걸이 이진한의 눈치를 살짝 살폈다.

이진한은 난주를 지난 적의 움직임이 서안으로 향한다는 말에 미간을 찌푸렸다.

이진한뿐만이 아니었다.

종남파의 장문 곡상천도 심각한 표정이었다.

적이 서안으로 향했다면 그건 곧 화산과 종남을 치겠다는 말이나 다름없었다.

도리어 난주와 지리적으로 가장 가까웠던 공동파의 장문인 덕일 진인(德溢眞人)은 의외로 담담한 모습이었다. 이는 육반산산맥(六盤山山脈)이라는 거대한 산이 공동파를 둘러싸고 있는 바, 그렇잖아도 오랜 시간을 허비한 죽림이 공동파를 치기위해 또다시 시간을 허비하지는 않을 것이기 때문이었다.

"두 분 장문인께선 어찌 생각하시는 몰라도 피해야 합니다."

구인걸은 나름 조심스레 입을 열었지만 돌아오는 반응은 가히 좋지 않았다.

"지금 본산을 비우고 놈들을 피해 도망치라는 말이오?"

곡상천이 노기 띤 얼굴로 묻자 구인걸이 차가운 표정으로
되물었다.

"하면 놈들과 정면으로 맞서겠다는 말씀입니까? 현재 종남
파의 상당한 전력이 이곳에 와 있습니다. 본산에 남아 있는 전
력으론 결코 놈들의 상대가 되지 못합니다. 설마하니 이곳의
병력을 빼서 움직이겠다는 말씀은 아니겠지요?"

"필요하다면."

곡상천이 입술을 꽉 깨물며 말했다.

"말도 안 되는!"

운각 진인이 벌떡 일어나며 소리쳤다.

"왜 말이 안 된다고 생각하시는 겁니까? 본산이 위기에 처
했습니다. 아니 그렇습니까?"

주변의 분위기가 좋지 않게 흘러가는 것을 느낀 곡상천이
같은 입장이라 할 수 있는 이진한에게 도움을 요청했다. 하나,
이진한은 침묵을 지킬 뿐이었다.

"장문인."

곡상천이 다시금 그를 불렀다. 가만히 고개를 돌린 이진한
이 착 가라앉은 음성으로 입을 열었다.

"떠나시기 전, 사부님께선… 대의를 택하라 당부하셨지요.
아마도 지금과 같은 일을 염두하신 듯합니다. 지금 대정련에
있는 화산파의 병력과 종남파의 병력을 이끌고 놈들과 맞서
싸운다면 피해는 크겠지만 그래도 본산은 무사히 지킬 수 있
을 겁니다. 하지만 현재 대정련의 주축은 다른 분들께는 외람

되지만 소림과 무당을 비롯해 화산과 종남이라 할 수 있습니다. 한데 두 문파의 병력이 빠져나간다면 대정련의 전력은 크게 약화될 수밖에 없을 것이고 그렇잖아도 호시탐탐 대정련을 노리고 있는, 이미 도발의 움직임이 포착된 죽림은 이 좋은 기회를 놓치지 않을 것입니다. 우리 모두가 함께해도 감당하기 힘들 것으로 예상되는 죽림의 본진입니다. 막을 수 있으리라 보십니까? 만약 대정련이 무너진다면 이후엔 어찌 되는 겁니까? 저들이 여세를 몰아 화산과 종남을 친다면 감당할 수 있는 것입니까?"

곡상천은 아무런 말도 할 수가 없었다.

"지금은 모든 힘을 한곳으로 모아야지 결코 분산시켜서는 안 되는 때입니다."

"하면 본산을 포기하시겠다는 말씀입니까?"

"예. 처음엔 굴욕적일지 모르나 그것이 궁극적으론 화산을, 무림을 구하는 길이라 믿습니다. 하니 장문인께서도 생각을 바꿔주시지요."

"음."

곡상천은 곤란한 표정을 지으며 생각에 잠겼지만 화산이 움직이지 않는 이상 종남파가 움직일 일은 없다는 것을 알기에 다들 한시름 놓은 표정이었다.

바로 그때였다.

문이 벌컥 열리면서 한 사내가 뛰어들었다.

그가 명안 서열 삼위이자 개방의 오결제자인 교원(喬遠)임을 확인한 구인걸이 인상을 확 구겼다.

"이 자리가 어떤 자리라고 감히! 대체 무슨 일이기에 그리 경망을 떠느냐?"

구인걸의 호통에도 아랑곳없이 교원은 손에 든 서찰을 흔들며 소리쳤다.

"이겼습니다. 우리가 이겼습니다."

"이기다니? 그게 무슨 소리야?"

번개같이 서찰을 낚아챈 구인걸의 얼굴이 환희로 물든 것은 순식간이었다.

"이겼습니다. 하하하하! 우리가 이겼습니다."

구인걸마저 교원과 똑같은 소리를 외쳐 대자 다들 궁금함을 참지 못했다.

"대체 뭐가 이겼다는 말입니까?"

곡상천의 표정엔 짜증이 묻어났지만 말투에선 기대감이 잔뜩 느껴졌다.

"소 문주가 승리의 소식을 전해왔습니다. 암흑마교를 무너뜨렸다고 합니다."

"그, 그게 정말입니까?"

곡상천의 눈이 휘둥그레지고 연이어 질문이 터져 나왔다.

"확실한 겁니까? 우리가 암흑마교를 쓰러뜨렸다고요?"

공진 대사의 음성도 절로 떨렸다.

"틀림없습니다. 적의 저항을 완벽하게 무력화시키고 암흑마교의 본거지를 장악했다고 하는군요."

"아미타불! 아미타불!"

공진 대사는 더없이 기쁘고 충격적인 소식에 연신 불호를 되뇌었고 저마다 기쁨의 함성을 내질렀다.

감숙에서 들려온 비보로 인해 침울했던 분위기는 어느새 사라졌다.

"우리 측의 피해는 얼마나 발생했다고 하는가?"

잔뜩 들떴던 좌중의 분위기가 조금 가라앉기를 기다렸던 도성이 넌지시 물었다.

"자세한 것은 적혀 있지 않으나 생각보다 큰 피해는 없었던 것 같습니다. 역시 해남파와 흑월문의 합류가 결정적이었던 것 같습니다."

"허허, 군사의 혜안이 실로 놀랍군. 그 누구도 해남파와 흑월문을 끌어들일 생각을 하지 못했는데 말이야."

도성은 지난날, 무명신군과 모든 이들 앞에서 암흑마교를 보다 손쉽게 공략하기 위해선 흑월문과 해남파의 힘을 끌어내야 한다고 주장하던 영운설을 떠올리며 감탄을 금치 못했다.

"그러게 말입니다."

맞장구를 치던 구인걸이 슬며시 주변을 둘러보더니 도성을 향해 은밀히 전음을 보냈다.

[북해에서의 일도 성공적으로 끝난 것 같습니다. 조금 전 도착한 전갈에 의하면 북해를 접수하고자 했던 죽림의 야욕도 끝장이 났고 북해빙궁에서 오히려 우리와 함께 싸우기 위해 병력을 파견한다고 하더군요.]

[그런 소식이 있었나? 참으로 다행스런 일이로군. 한데 어째서 그런 기쁜 소식을 공표하지 않은 것인가?]

[그녀의 당부 때문입니다. 아마도 죽림을 향해 역공작을 펼칠 생각인 모양입니다. 련주께는 제가 따로 알릴 터이니 어르신께서도 모른 체해주십시오.]

[알겠네. 그리하지.]

영운설의 당부라는 말에 도성은 구인걸의 요청을 선선히 받아들였다.

[감사합니다.]

살짝 고개를 숙이는 구인걸에게 도성은 가볍게 미소를 지어주었다.

둘이 주고받는 의미심장한 미소를 발견한 사람은 아무도 없었다.

*　　　*　　　*

쨍그렁.

날카로운 파열음과 함께 벽에 부딪친 술잔이 산산조각이 나며 사방으로 흩어졌다.

한동안 말이 없던 호연백이 긴 한숨을 내쉬었다.

"후~ 결국 일이 그렇게 되었군."

"죄송합니다."

제갈현음이 모든 것이 자신의 잘못인 양 납작 엎드려 죄를

빌었다.

암흑마교의 몰락.

소재를 파악하지 못해 애를 먹었던 소벽하와 검후의 움직임
을 파악한 직후, 이미 그와 같은 결과를 예상하고는 있었지만
막상 암흑마교가 완벽하게 무너졌다는 보고를 받았을 땐 꽤나
큰 충격을 받고 말았다.

단 한 명의 포로도 없이 모조리 몰살당한 완벽한 패배였다.

끝까지 대항을 한 암흑마교도 대단했지만 남녀노소를 가
리지 않고 살아 있는 생명체라면 모두 숨을 끊어버린 적의 독
심(毒心)도 대단했다.

"암흑마교의 본진이 무너졌으니 경덕진에 있는 자들도 얼
마 버티지 못하겠구나."

"그럴 것입니다. 대정련에서 은밀히 추가 병력을 파견한데
다가 소벽하와 검후까지 북상을 한다면 옴짝달싹도 해보지 못
하고 무너지고 말 것입니다."

"구해야겠지?"

"예. 비록 암흑마교의 본진은 무너졌다지만 경덕진에 집결
되어 있는 전력을 감안하면 반드시 도와야 합니다."

"도울 방법을 찾아봐. 그렇다고 너무 무리하지는 말고. 여
차하면 사석(捨石:바둑에서 다른 것을 얻고자 버리는 돌)으로 활
용을 하면 될 테니까."

"알겠습니다."

"아, 그리고 천우에게 명령은 제대로 전했느냐?"

"예. 화산과 종남은 조만간 흔적도 없이 지워질 것입니다."

"그래야지. 대정련에 모여 있는 놈들이 병력을 빼줬으면 좋겠는데 말이야."

"그것은 기대하지 않으시는 것이 좋을 듯싶습니다. 제아무리 머리가 아둔한 인사라 해도 본산을 지킨다고 대정련에서 병력을 빼면 어떤 결과가 벌어질지는 알고 있을 테니까요."

호연백이 콧방귀를 뀌며 말했다.

"흠, 과연 그럴까? 본산에 대한 애착이 남다른 인사들이라. 뭐, 상관은 없겠지. 어차피 끝장나게 되어 있으니까. 하북팽가에 대한 공격은 언제부터 시작한다더냐?"

"오늘 밤에 시작될 것입니다. 팽가를 시작으로 하북 산동은 곧 초토화될 것입니다."

"시간은 얼마나 걸릴까?"

"대정련의 영향력이 워낙 광범위하여 생각보다는 오래 걸릴 것 같습니다. 하북과 산동, 산서와 안휘, 절강 북부의 적까지 모조리 섬멸하는 데 보름, 섬멸 후 다시 재집결하는 데 닷새를 잡고 있습니다. 그사이 본진은 소림과 개방을 압박할 것입니다."

"그다음이……."

"대정련입니다."

호연백이 흡족한 미소를 짓다 다시 물었다.

"한데 전력이 너무 분산되는 것은 아닐까? 행여 놈들이 전면전으로 나설 수도 있고."

"전면전을 두려워하는 것은 오히려 대정련입니다. 암흑마교를 치기 위해 대규모 병력을 차출했고 경덕진에도 생각 밖으로 많은 인원을 보냈으니까요. 함부로 도발하지는 못할 것입니다. 솔직히 지금 당장 공략을 한다고 해도 끝장을 낼 수가 있습니다만 말씀하셨다시피 병력이 분산된 터라 생각보다 피해가 클 수가 있어 뒤로 미뤄뒀을 뿐입니다. 단, 놈들이 먼저 도발을 하면 주저없이 응징할 생각입니다."

"좋아. 북해도 모든 정리를 끝내고 곧 출발을 한다고 하니 시간을 잘 맞추면 그때까지 도착할 수 있겠군."

"조금 빠듯하기는 해도 봉 이좌의 성격상 분명 제시간에 도착할 것입니다."

"그렇겠지. 천우 녀석의 활약을 지켜만 보고 싶지는 않을 테니까 말이야. 어쨌건 네가 보다 신경을 써야 할 것이다. 지난번과 같은 실수를 되풀이해서는 안 될 것이야."

"명심하겠습니다."

제갈현음이 굳은 표정으로 대답했다.

하나, 그는 또다시 실수를 하고 있었다.

북해의 상황을 정확하게 파악하지 못하는 엄청난 실수를.

*   *   *

암흑마교가 대정련과 수라검문, 검각의 연합군에 의해 몰락했다는 소식이 전해진 지금, 사도천의 심장부, 일심전은 묘한 기류에 둘러싸여 있었다.

담사월을 돕기 위해 움직인 대정련의 무인들은 저마다 활짝 웃으며 대승을 축하하는 분위기였지만 정작 담사월이나 도존 갈천수의 표정은 어두웠다. 장학선과 같은 배신자들의 죽음이야 반길 일이긴 해도 고향과도 같은 암흑마교가 쑥대밭이 되었다는 소식엔 마음이 심란할 수밖에 없었다.

청성파의 대장로 천선자가 그런 담사월 등의 불편한 심기를 확인하곤 주의를 환기시켰다.

"험험, 그만들 하지. 지금 그런 얘기를 하자고 모인 것은 아니지 않은가."

공동파의 장로 덕명 진인이 천선자의 말에 호응을 했다.

"옳은 말씀입니다. 비록 큰 승리를 거두었다고는 하나 눈앞의 대적이 사라지는 것은 아닙니다. 웃고 떠들 상황은 아니지요."

천선자와 덕명 진인의 말에 뭔가 느낀 것이 있는지 다들 입을 다물었다.

좌중의 분위기가 어색해지자 담사월이 애써 밝은 표정을 지으며 말했다.

"어쨌거나 더 이상 지원군이 올 일이 없어서 다행입니다. 빈대 하나 잡자고 초가삼간 태우자는 것도 아니고 무슨 놈의 병력을 그리 증원하는지."

담사월이 이틀 전, 독염과 독전 두 장로가 이백의 병력을 이끌고 적진에 합류했다는 것을 다소 과장된 표정으로 상기시키자 좌중에서 웃음이 터져 나왔다.

암흑마교의 몰락으로 행여나 분란이라도 일어날까 걱정했던 무광은 담사월의 재치로 분위기가 바뀌자 안도의 한숨을 내쉬었다. 운섬 역시 같은 생각이었는지 평소의 그답지 않게 연거푸 석 잔의 차를 들이켰다.

분위기가 다시 차분히 가라앉을 즈음 덕명 진인이 입을 열었다.

"이제 어찌해야 합니까?"

곳곳에서 의견이 터져 나왔다.

"지금처럼 버티기만 해도 놈들은 자연스레 물러날 것입니다."

"물러나는 것으로 되겠습니까? 완벽하게 섬멸해야 합니다."

"전력만 따지면 저들이 우리를 상회합니다. 어떻게 섬멸을 한다는 말입니까?"

"저들은 지금 큰 혼란에 빠져 있을 터. 그 틈을 노려 역공을 펼치면 큰 성과를 얻지 않겠습니까?"

"궁지에 몰린 쥐는 고양이도 문다고 하였습니다. 어설프게 공격을 감행했다가 큰 피해를 입을 수도 있습니다."

"그렇다고 그냥 보낼 수도 없지 않습니까? 저만한 전력이라면 두고두고 화를 불러올 것입니다. 당장 죽림에 투항을 한다고 가정하면 큰일이 아닙니까?"

중구난방(衆口難防), 오만 가지 의견이 소낙비처럼 쏟아졌다.

잔뜩 찌푸린 얼굴로 대화를 듣고 있던 갈천수가 침묵을 지키고 있는 예당겸에게 고개를 돌렸다.

"대장로께선 어찌 생각하시오?"

일순, 좌중의 시선이 예당겸에게 향했다.

어찌 보면 담사월 이상으로 발언권이 센 사람이 갈천수라 할 수 있었는데 그가 예당겸에게 의견을 물었다는 것은 나름 의미있는 행동이기 때문이었다.

가볍게 차를 들이켠 예당겸이 너털웃음을 지으며 말했다.

"노름 격언 중에 이런 말이 있소. 목을 칠 수 있을 때 확실히 쳐야 된다는. 주저하다간 오히려 상대에게 주도권을 주는 수가 생기는 법."

"하나, 상대의 전력이 우리보다 강하니 자칫하면 큰 낭패를 볼 수도 있소."

"기세는 분명히 우리에게 있소. 작전만 잘 세운다면 큰 문제는 없을 것이라 보오."

"흠."

잠시 숙고하던 갈천수가 담사월을 바라보았다.

"어찌 생각하느냐?"

담사월은 조금의 주저함도 없이 대답했다.

"제 생각도 그렇습니다. 저들을 이대로 보내면 하늘엔 여전히 두 개의 태양이 존재하게 됩니다. 다소 버겁기는 해도 기회가 온 이상 끝장을 봐야 할 것입니다."

담사월과 예당겸이 생각보다 강하게 공격을 주장하고 나

서자 수세적인 입장을 취하던 이들도 내심 동요를 하는 듯했다.

거기에 쐐기를 박고자 입을 연 사람이 현음궁주 산정호였다.

"전력이 열세라고 하지만 너무 걱정하지 마십시오. 해결할 방법이 준비되어 있으니."

산정호의 말에 예당겸이 반색을 하며 소리쳤다.

"성공했군!"

"예, 성공했습니다."

산정호의 어깨엔 힘이 잔뜩 들어가 있었다.

다들 둘의 대화가 무엇을 의미하는 것인지 궁금해하던 찰나 현음궁의 무인들이 묵직한 철궤를 조심스레 방 안으로 운반했다.

"이게 무엇인지 아십니까?"

알 리가 없는 이들은 침묵으로 산정호의 다음 설명을 기다렸다.

의미심장한 미소를 지은 산정호가 철궤를 열었다.

철궤 안에는 주먹만 한 쇠구슬이 십여 개가 넘게 들어 있었다.

"그게 무엇입니까?"

담사월이 궁금증을 참지 못하고 물었다.

산정호가 살짝 떨리는 음성으로 입을 열었다.

"사도천이 놈들의 손에 무너지고 목숨을 부지하고자 굴욕적으로 쫓기던 중 우연찮게 하나의 책자를 손에 넣을 수 있었소. 처음엔 대수롭지 않게 여기던 책자는……."

산정호는 책의 내용이 어쩌니, 제대로 해독을 하기 위해 얼마나 고생을 했느니 하며 한참을 떠들어댔다.

결국 주변의 분위기가 좋지 못하게 흘러간다고 여긴 예당겸이 넌지시 그를 말렸다.

"그쯤 해두지. 중요한 것은 과정이 아니라 결과니까."

"흐흐흐, 그렇긴 하지요."

겸연쩍은 웃음을 흘린 산정호가 쇠구슬 하나를 들더니 당당하게 소리쳤다.

"소개하겠소. 이것이 바로 우리의 기억 속에만 존재하는 벽력가의 열화굉천뢰요."

꽝!

묵직한 망치로 뒤통수를 맞는 느낌.

예당겸을 제외한 모든 이가 공통적으로 느끼는 충격이었다.

암흑마교의 마화염폭, 당가의 독왕뢰와 더불어 무림의 삼대금기 화탄으로 불리는 열화굉천뢰가, 영원히 사라졌다고 여기던 무기가 난데없이 등장한 것이었다.

"그, 그것이 진정 열화굉천뢰란 말이오?"

천선자가 경악에 찬 얼굴로 물었다.

"그렇습니다. 열화굉천뢰가 틀림없습니다."

"하면 그 책자라는 것이……."

"예. 바로 벽력가의 비전이었습니다. 열화굉천뢰를 만들 수 있는."

"그것이 어, 어찌 그대들의 손에……."

"말씀드리지 않았습니까? 실로 우연히 손에 넣은 것이라고."

군이 사실을 말하자면 실로 우연찮게 발견한 벽력가의 마지막 후손을 주살하고 얻은 것이지만 산정호에겐 군이 그것까지 밝힐 이유는 없었다.

"위력은 어떻습니까? 정말 열화굉천뢰의 위력을 제대로 되살린 것입니까?"

덕명 진인의 물음에 산정호는 자신있게 고개를 끄덕였다.

"많은 시행착오가 있었지만 어느 정도는 비슷하다고 자신할 수 있습니다. 단 한 개로 칠팔 장은 초토화를 시켰으니까요."

"허!"

위력시험까지 마쳤다는 산정호의 말에 그저 탄성을 내지를 수밖에 없었다.

하나, 아군에 든든한 무기가 확보되었음에도 안색이 어두워지는 사람들까지 있었다. 그들 대부분은 열화굉천뢰를 확보한 사도천의 성장을 두려워하는 대정련의 사람들이었다.

"우리가 열화굉천뢰를 사용하게 되면 저들도 마화염폭을 사용하지는 않겠소?"

천선자가 다소 우려 섞인 어조로 묻자 산정호가 갈천수를 바라보며 물었다.

"암흑마교에서 보유한 마화염폭이 어느 정도나 됩니까?"

잠시 망설이던 갈천수는 담사월이 고개를 끄덕이는 것을 확인하곤 입을 열었다.

"그다지 많지는 않소. 마화염폭이 위력은 뛰어나나 워낙 만들기가 까다로운데다가 독왕뢰의 존재 때문에 함부로 사용하지 못해 굳이 양을 늘릴 필요가 없었으니까."

"하면 우리가 이것을 사용해도 역으로 반격당할 일은 거의 없다고 봐도 무방하겠군요."

"아마도 그럴 것이오."

갈천수의 대답으로 사실상 공격이, 그리고 열화굉천뢰의 사용이 결정되었다.

이후에도 금지화기를 사용한다는 데 다소 논란은 있었지만 죽림이라는 거대한 적에게 또다시 엄청난 전력을 보태줘서는 안 된다는 대세에 묻히고 말았다.

일심전에서 공세냐 수성이냐를 놓고 갑론을박을 벌이고 있을 즈음 암흑마교 측에서도 그에 못지않은 설전이 벌어지고 있었다.

두 가지 안을 놓고 의견이 팽팽하게 대립을 하고 있었는데 하나는 끝까지 공세를 펼쳐 암흑마교의 자존심을 지키자는 것이었고 다른 하나는 암흑마교의 본산이 무너진 상황에서 계속된 공격은 오히려 고립만을 초래할 뿐 아무런 이득이 없으며 차라리 물러나 훗날을 기약하자는 의견이었다.

전자의 의견을 주도하는 사람은 적혈부왕 태무룡이었고 후자의 의견은 천외독조가 주도하였다.

암흑마교 측에서 가장 영향력이 크다고 할 수 있는 암존 독청웅은 별다른 말이 없었다.

암존이 아무런 의견을 개진하지 않자 독전과 독염 두 장로 또한 중립을 지키고 있었다.

"적의 움직임이 심상치 않다는 보고가 올라오고 있네. 이쯤 되면 가부간 결정을 지어야 하지 않겠나?"

태무룡이 독청웅을 바라보며 말했다.

독청웅이 별다른 대답을 하지 않자 천외독조가 목소리를 높였다.

"다시 말하지만 여기서 싸우는 것은 아무런 도움이 되지 못하네. 지금은 물러날 때야."

"대체 어디로 물러나자는 말인가? 우리가 돌아가야 할 곳은 이미 폐허로 변했어."

"이만한 전력으로 어디 가선들 자리를 잡지 못할까."

"놈들이 우리가 곱게 물러나는 것을 보고만 있을까? 자네라면 순순히 보내주겠나?"

태무룡의 말에 천외독조는 아무런 대꾸도 하지 못했다.

"그렇다고 무작정 싸우자는 의견도 옳지는 않은 것 같습니다."

보다 못한 독전이 천외독조를 두둔하고 나섰다.

"지금껏 무수한 공격을 퍼부어도 실패했습니다. 피해도 이만저만 본 것이 아니지요. 솔직히 지금 제대로 싸울 수 있는 아이들도 많지 않습니다. 내색은 하지 않지만 다들 지쳤어요."

"하면 독전 자네 의견도 이 친구와 같은가? 그냥 도망치자고?"

"아니. 그건 아니지만……."

독전이 서슬 퍼런 태무룡의 태도에 슬그머니 꼬리를 내렸다.

"이도 저도 아니면 대체 뭐냐고? 놈들의 공격이 언제 시작될지 모르는데 언제까지 결정을 미룰 것이냔 말이야."

"죽… 림으로 가는 것은 어떻겠습니까?"

독염이 머뭇거리며 말했다.

"죽림?"

태무룡의 눈꼬리가 하늘 높은 줄 모르고 치솟았다.

그가 비록 장학선의 명으로 경덕진을 치고자 왔지만 그것은 단지 암흑마교의 많은 실력자들이 그를 지지해서 교주의 지위에 올렸기 때문이지 그 이상도 이하도 아니었다. 오히려 그는 암흑마교와 죽림은 하나라고 주장하는 장학선의 태도에 깊은 반감을 가지는 사람 중 하나였다.

"지금 암흑마교를 죽림에 갖다 바치자는 말인가?"

"그럴 리야 있겠습니까? 단지 지금 우리를 도울 수 있는 힘을 지닌 곳은 죽림뿐이라는 생각에… 게다가 따지고 보면 죽림과 암흑마교가 남은 아니지 않습니까? 뿌리가 같은……."

"무슨 소릴! 어디를 봐서 죽림과 우리가 같은 뿌리란 말인가? 죽림의 림주가 비록 본 교의 출신이고 전대 교주의 사형이

긴 하지만 그건 이미 과거의 일. 교에서 축출된 자와 우리를
동일시하지 말게."

"아니, 뭐. 그냥 그렇다는 겁니다."

태무룡의 태도가 워낙 강경하자 독염도 입을 다물더니 무슨
말 좀 해보라는 듯 독청웅을 바라보았다.

결국 아무리 설전을 벌여봐야 결정권은 독청웅에게 있다고
판단한 태무룡이 더없이 진중한 음성으로 다시 물었다.

"대체 자네의 생각은 뭔가? 이제는 말을 할 때도 되지 않았
나?"

"……."

"자네 정말……."

"나는……."

독청웅이 입을 열자 발작이라도 할 듯 열을 올렸던 태무룡
이 얼른 입을 다물었다.

"나는 이미 결정을 하였다네. 단지 그것이 나만의 결정이 될
것인지, 아니면 모든 이의 결정도 될 수 있는 것인지 고민했을
뿐."

"그게 무슨 말인가?"

두 동생과 태무룡, 천외독조를 비롯하여 회의에 참석하고
있는 십여 명의 호법들을 일일이 바라보던 독청웅이 담담히
입을 열었다.

"나는 죽림의 사람이네."

그야말로 폭탄과도 같은 발언이었다.

그의 말을 이해하지 못한 태무룡이 멍한 눈으로 서 있었고, 천외독조는 경악에 찬 얼굴로, 심지어 두 동생마저도 놀란 눈을 치켜뜨고 있었다.

"벌써 오 년은 된 이야기지."

비로소 이해를 한 태무룡이 노한 얼굴로 소리쳤다.

"죽림의 사람이라니! 하면 간자였단 말인가?"

"……."

당장에라도 달려들 것만 같은 태무룡에게 손짓을 한 천외독조가 싸늘하게 물었다.

"자네 그게 무슨 의미인지 아는가?"

"물론. 하나, 내 행동에 후회는 없다네."

"그걸 지금 말이라고 하는가!"

버럭 소리를 지른 태무룡이 혈부를 움켜쥐었다.

일촉즉발의 위기. 하나, 가만히 그를 응시하는 독청웅의 얼굴엔 아무런 변화가 없었다.

"이!"

거대한 혈부를 머리 위로 치켜세운 태무룡.

깜짝 놀란 독염과 독전이 독청웅을 보호하고자 하였으나 독청웅은 고개를 흔들어 그들을 만류했다.

"내려치지 않을 거면 그냥 내려놓고 내 얘기나 듣게. 그다지 긴 이야기도 아니니까."

"허!"

너무도 태연스런 독청웅의 태도에 태무룡은 기가 막힐 뿐이었다.

"이야기? 좋아. 원한다면 들어주지. 하지만 반드시 나를 납득시켜야 할 것이야."

태무룡이 혈부를 탁자에 꽂은 뒤에야 주변을 휘감았던 살기가 겨우 사라졌다.

"그래, 오 년 전부터 죽림의 개가 되었다고? 왜? 돈에 매수를 당한 것인가? 아니면 무공? 그도 아니면 암흑마교의 교주 자리라도 준다던가?"

태무룡의 빈정거림에 독청웅은 짧게 대답했다.

"약속을 지키기 위해서."

"약속? 약속이라니?"

태무룡이 거칠게 되물었다. 그런 태무룡의 태도와는 상관없이 독청웅은 담담히 말을 이어갔다.

"내 하나만 묻지. 자네와 내가 싸우면 누가 이길 것 같나?"

"싸워봐야지만… 자신은 없다."

태무룡이 솔직히 말했다.

그의 솔직함에 빙그레 웃음 짓던 독청웅의 얼굴에 어느 순간, 허탈함이 배어 나왔다.

"십 초였네. 정확히 십 초."

"십 초… 라니?"

독청웅의 태도에 의구심을 가진 태무룡이 조심스레 되물었다.

"십초지적밖에 안 된다는 말이네. 후후, 세간의 사람들이 암존이니 뭐니 떠들어대던 나 독청웅이 말이야."

독청웅은 그날의 패배가 떠오르는지 씁쓸한 미소를 지으며 탁자 위에 놓여 있던 술잔을 들이켰다. 그리곤 경악에 물든 눈으로 바라보고 있는 태무룡과 좌중의 인물들을 둘러보더니 다시 입을 열었다.

"현 죽림의 림주와 비무를 했지. 솔직히 진다는 생각은 해보지 않았네. 질 수가 없었지. 하지만 결과는 참패. 나의 공격은 완벽하게 무위로 돌아갔고 결국 십 초 만에 아무것도 해보지 못하고 패하고 말았네."

"그, 그게 정말인가? 자, 자네가……."

"믿기지 않는 모양이지? 자네가 그 정도인데 당시 내가 받은 충격은 어땠을 것 같나?"

"하면 죽림의 사람이 되었다는 것이……."

"그때의 약속이야. 언제고 죽림이 세상에 모습을 드러내는 날 도움을 주기로 했지. 단, 암흑마교의 일만큼은 제외를 하기로 했네. 자존심을 굽히고 목숨을 버리는 한이 있어도 그것만큼은 할 수가 없었으니까."

씁쓸히 웃는 독청웅의 모습에 태무룡은 아무런 말도 할 수가 없었다. 그저 천하의 암존을 십 초 만에 패퇴시킬 수 있는 고수가 존재한다는 말에 놀라고 또 놀랄 뿐이었다.

"지난 후에 알게 된 것이지만 나뿐만이 아니네. 태상장로를 비롯하여 무수히 많은 이들이 죽림에 포섭이 되었더군. 여기에도 몇 있군."

독청웅이 몇몇 호법의 눈을 바라보며 말을 했다.

"어쩐지… 그래서 그렇게 쉽게 교주직을 차지할 수 있었던 것이로군. 젠장."

태무룡은 비로소 이해가 간다는 듯 인상을 구겼다.

"한데 왜 이제 와서 그런 말을 하는 것인가?"

지금까지도 놀라움을 감추지 못한 천외독조가 물었다.

"방금 말했듯이 난 죽림을 돕기로 약속을 했으니까. 하지만 자네들은 아니지 않은가?"

태무룡과 천외독조를 번갈아 바라보는 독청웅의 눈에 진지함이 더해졌다.

"암흑마교의 본진이 무너진 지금, 나는 과거의 약속을 지키기 위해 죽림으로 갈 생각이네. 물론 나를 따르는 자들이 있다면 함께."

자신이 할 말을 모두 끝마친 독청웅의 표정에선 개운함마저 느껴졌다.

'쯧쯧, 제법 마음고생이 있었던 모양이군.'

암존이라는 별호에 걸맞지 않는, 평소 날카로운 인상과 독심으로 뭇 무림인들에게 꽤나 두려움을 주었던 독청웅의 본래 모습과 전혀 어울리지 않는 표정에 태무룡은 씁쓸함마저 느꼈다.

"자넨 어찌할 생각인가?"

태무룡이 천외독조에게 물었다.

"뭐를?"

"암존이 싸움을 포기한 이상 이번 싸움은 끝난 것이나 마찬가지잖아."

"그렇긴 하지."

"하지만 난 죽림으로 갈 생각이 없네."

"혼자라도 싸울 셈인가?"

"아니. 그럴 수야 없지."

태무룡은 잠시 독청웅을 바라보다 말을 이었다.

"소교주에게 갈 생각이네."

"자, 자네!"

"명색이 태상장로였다는 자가 죽림의 주구라니. 허, 그런 자를 교주로 삼았단 말이군. 나 원. 결과를 놓고 보면 애당초 명분도 없는 싸움이었어. 몰랐다면 모를까 진실을 알게 된 이상 지금이라도 바로잡아야지."

"그렇… 군."

그 누구보다 암흑마교에 충성심이 강한 태무룡이었기에 천외독조는 그의 선택을 충분히 이해할 수 있었다.

"소교주가 받아줄까?"

"그거야 모르지."

"죽을 수도 있어."

"어떤 결과가 나오든 감내해야겠지. 그렇다고 함께 가자고는 못하겠군. 자네 또한 자네의 선택을 하게나."

"흠."

천외독조는 쉽게 판단을 할 수가 없었다.

솔직히 그의 뿌리는 암흑마교라기보다는 백독곡으로 태무룡 같은 충성심은 애당초 존재하지 않았다.

잠깐의 시간이 흐르고 천외독조가 홀가분한 표정으로 입을 열었다.

"나 역시 죽림으로 갈 생각은 없네. 물론 소교주에게 갈 생각도 없네."

"그럼?"

"고향으로 돌아가야지. 이 지저분한 싸움에 끝까지 참여하고 싶지는 않군."

천외독조의 말에는 독청웅에 대한 힐난이 섞여 있었다.

"원하는 대로."

고개를 끄덕인 태무룡이 독청웅에게 물었다.

"괜찮겠지?"

"물론. 난 자네들의 결정에 이의를 제기할 생각도, 자격도 없는 사람이니까."

"자네들도 선택을 해야 할 것 같군."

태무룡이 난감한 표정으로 서 있는 호법들을 바라보며 말했다.

하나, 선택은 끝난 것이나 다름없었다. 대부분의 호법들은 이미 죽림의 사람들이었으니까.

"자, 뜻이 다른 사람들끼리 이렇게 마주 보고 있는 것도 고역이야. 구질구질하게 놀지 말고 어차피 찢어질 것이라면 빨리 찢어지자고."

혈부를 어깨에 들쳐 메고 벌떡 일어난 태무룡이 좌중을 둘러보며 소리쳤다.

"좋은 생각."

천외독조가 동조하며 일어났다.

"다시 만나게 되면 적으로 보겠군."

독청웅의 말에 태무룡이 피식 웃으며 대꾸했다.

"아마도 그렇겠지."

"이런 날이 오게 될 줄은 몰랐네."

"그러게. 젊어서야 그놈의 호승심 때문에 많이 부딪치기는 했지만……."

태무룡이 탁자에 박힌 혈부를 빼들며 말했다.

"크크, 조심해야 할 거야. 이놈에겐 눈이 없어."

"그런 위협은 나에게 안 통해."

"그거야 두고 보면 알게 되겠지."

"기대하지."

그렇게 엇갈린 행보를 하게 된 두 사람.

수십 년 동안 이어진 우정, 경쟁심, 그리고 회한이 뒤섞인 시선이 허공에서 부딪칠 때, 하늘에선 조용히 비가 내리기 시작했다.

第七十九章
배신(背信)의 끝

　공격이 결정되고 최소한의 피해로 승리를 거두기 위해 면밀히 작전 계획을 짜느라 분주한 일심전에 생각지 못한 급보가 날아든 것은 가랑비로 시작된 비가 폭우로 변한 직후였다.

　"지금 뭐라고 했느냐? 누가 와?"

　두 눈을 휘둥그레 뜨고 혹여 잘못 들은 것은 아닐까 의심하며 되묻는 갈천수의 모습에서 그가 지금 얼마나 놀라고 있는지 알 수 있었다.

　"태무룡 장로님께서 오셨다고 했습니다."

　"그게 사실이냐? 태 장로가 진정?"

　"예. 백기를 들고 홀로 찾아오셨습니다."

　"허!"

갈천수가 어이가 없다는 듯 헛바람을 내뱉었고, 놀란 눈으로 이야기를 듣던 이들 역시 단독으로 적의 심장부로 찾아오는 태무룡의 대담함에 혀를 내둘렀다.

"무슨 이유로 찾아오셨다고 하던가?"

담사월이 조용히 물었다.

"그것까지는 아직 모르겠습니다. 소교주님을 뵙고 싶다는 말씀만 전하라고 하셔서."

"만나보겠느냐?"

갈천수의 물음에 담사월은 당연하다는 듯 고개를 끄덕였다.

"물론이지요. 태 장로께서 이런 행동을 하시는 것을 보면 중대한 일이 있을 겁니다."

다소 우호적인 암흑마교의 사람들과는 달리 대정련이나 사도천의 수뇌들은 보다 잔뜩 경계하는 반응을 보였다.

"다른 생각이 있는 것은 아닌지 모르겠군요."

덕명 진인의 말에 산정호가 얼른 맞장구를 쳤다.

"어쩌면 암흑마교의 본진이 무너진 상황에 대해 위기감을 느끼고 이쪽의 생각을 알아보고자 하는 것일 수도 있습니다."

예당겸은 생각이 조금 다른 듯했다.

"태무룡 같은 인물이 그런 꼼수를 쓴다고는 생각하지 않네. 적이지만 존경스러운 인물이야."

"사람 속은 모르는 법입니다."

산정호는 여전히 의구심을 버리지 않았다.

"어떠한 의도를 지녔든 상대가 적혈부왕이라면 그래도 일단 예를 갖추는 것이 맞다고 보오."

천선자의 말에 갈천수와 예당겸이 동의를 표하자 산정호와 덕명 진인도 한걸음 물러났다.

"저와의 만남을 원했으니 제가 직접 나가보도록 하지요. 장 로님은 어디에 계시냐?"

"정문 초소에 계십니다."

"그건 예의가 아닌 것 같고. 음, 은월정(闇月亭)이면 적당할 것 같군. 그쪽으로 모셔라."

태무룡을 정문을 지나 외원으로 들어서기 전 제법 거대하게 조성된 정원의 은월정으로 안내하란 명을 내린 담사월이 가볍게 심호흡을 하며 말했다.

"그럼 다녀오겠습니다."

"혼자 괜찮겠느냐?"

갈천수가 다소 걱정스런 표정으로 묻자 담사월이 빙긋이 웃었다.

"꺼릴 것이 뭐 있겠습니까? 염려하지 마십시오."

그 길로 일심전을 나선 담사월은 바삐 걸음을 놀려 은월정으로 향했다.

담사월이 은월정에 도착했을 땐 태무룡은 이미 그곳에 도착해 홀로 술잔을 기울이고 있었다.

"왔으면 앉거라."

담사월의 기척을 느낀 태무룡이 단숨에 잔을 비운 뒤 말했다.

"조금 늦었습니다. 오래 기다리셨습니까?"

"노부 역시 막 도착했다. 한잔하려느냐?"

담사월은 태무룡이 건네는 술잔을 말없이 받았다.

호박빛 액체의 향기로운 술이 술잔 가득 채워지자 가볍게 예를 표한 뒤 잔을 비운 담사월이 잔을 건넸다.

태무룡 역시 아무런 말도 없이 잔을 받았다.

주거니 받거니 그렇게 넉 잔의 술을 마신 뒤, 태무룡이 마침내 입을 열었다.

"노부가 무엇 때문에 찾아왔는지 궁금하지 않느냐?"

"기다리면 말씀해 주시겠지요."

담사월의 대답에 피식 웃음을 터뜨린 태무룡이 다시금 잔을 비운 뒤 물었다.

"소식은 들었느냐?"

무슨 소식인지 묻지 않아도 알 수 있었다.

"예."

"참으로 어이가 없는 일이다. 어찌 이런 일이 벌어진 것인지."

태무룡이 허탈하게 웃자 담사월의 얼굴이 굳어졌다.

뭔가가 목구멍까지 치솟았지만 애써 참았다.

그것을 본 태무룡이 한숨을 내쉬었다.

"하긴 내가 무슨 낯으로 그런 말을 할까. 결국 모든 것이 진실을 제대로 보지 못하고 휘둘린 노부들의 잘못인 것을."

담사월이 어딘지 모르게 이상하다는 느낌을 받을 때 태무룡이 담사월의 눈을 똑바로 응시하며 말했다.

"투항을 하면 받아주겠느냐?"

"예? 그, 그게 무슨……."

담사월이 이해를 하지 못하고 머뭇거리자 태무룡이 씁쓸히 웃었다.

"받아주지 않아도 상관없다. 솔직히 받아달라고 하는 말도 염치없는 짓이지. 하나, 노부는 그렇다 쳐도 다른 아이들은 받아주기 바란다. 한 이백 되려나."

"대체 무슨 말씀을 하시는 겁니까? 설마, 지금 투항하시겠다는 말씀입니까?"

"그래. 말 그대로다."

"이유가 뭡니까?"

"이유? 이유라… 이제야 진실을 알게 되었다고나 할까? 그러니까 말이다……."

태무룡은 독청웅으로부터 전해 들은 말과 그들의 결정을 최대한 담담히 풀어놓았다. 허탈함 때문인지 말미에 가서 음성이 살짝 떨렸다.

"……."

태무룡의 설명이 끝났지만 담사월은 쉽게 입을 열 수가 없었다.

암흑마교에 벌어진 모든 일이 죽림의 치밀한 계획하에 이루어진 것이라니!

장학선이 죽림을 지지하고 나설 때부터 어느 정도 개입되었을 것이란 예상은 했지만 지금 수뇌부를 이루고 있는 대다수의 장로, 호법들이 죽림의 사람이라는 것은 생각도 못했다. 더구나 독청웅 장로가 죽림의 림주에게 십 초를 견디지 못하고 굴복했다는 것은 큰 충격이었다.

한참 만에 정신을 수습한 담사월이 놀란 가슴을 애써 진정시키며 말했다.

"잠시만 기다려 주시지요. 혼자 결정하기엔 버겁군요."

"그렇겠지. 다녀오너라. 이곳에서 결정을 기다리고 있으마."

태무룡은 흔쾌히 고개를 끄덕이며 천천히 술잔을 잡았다.

담사월은 그 즉시 일심전으로 달려갔다.

그를 기다리던 수뇌들은 태무룡의 투항이라는 생각지도 못한 상황에 놀라면서도 그 저의를 의심하느라 한참 동안이나 설왕설래를 했다.

하나, 천외독조가 몇몇 무리를 이끌고 진영을 이탈했다는 것과 전체적인 분위기가 수상하다는 정보가 전해지고 뒤이어 내부에 잠입해 있던 정보원으로부터 태무룡의 말과 한 치도 틀림없는 상황이 포착되었다고 전해지자 의심은 확신이 되었다.

태무룡의 투항은 받아들여졌고 그 즉시, 퇴각하는 적을 공격하기 위한 움직임이 시작되었다.

*　　　*　　　*

"확실한 겁니까?"

곽월의 부상이 생각보다 빠르게 호전되고 있음에 기뻐하던 도극성의 표정이 딱딱하게 굳었다. 애써 침착하려고 노력했지만 되묻는 음성은 자신도 모르게 떨리고 있었다.

"예."

영운설이 슬픈 음성으로 대답했다.

"정말 돌아가신 겁니까?"

도극성을 대신해 곽월이 물었다.

"그건 확인하지 못했어요. 하지만 정황상……."

영운설은 차마 말을 잇지 못했다.

그녀 역시 화산파의 큰 어른이신 검존 순우관의 장렬한 죽음에 더없이 침통한 표정이었다. 눈가가 붉게 물들고 퉁퉁 부은 것을 보면 이미 많은 눈물을 흘린 것처럼 보였다.

"그럼 아직 모르는 거군요."

침울한 표정을 애써 지운 곽월이 도극성을 위로했다.

"걱정하지 마라. 어르신이 보통 분이냐? 분명 살아계실 거다."

"음."

무겁게 고개를 끄덕인 도극성이 영운설에게 물었다.

"놈들이 공개적으로 밝힌 사실인가요?"

"예? 무엇을……."

"할아버지께서 돌아가셨다고요."

"아니요. 그건 아니에요. 다만 당시 어르신의 부상이… 게 다가 아군이 모두 쓰러진 상황에서 홀로 남으신 상태라 그렇게 추측하는 것이지요."

"조금 이상하군요. 적의 입장에서 할아버지의 존재는 그야 말로 거대한 산과 같은 것. 만약 할아버지께서 쓰러지셨다면 대대적인 선전을 했을 텐데요."

영운설은 도극성의 말에 딱히 반박을 하지 못했다.

"제 말이 억측일지도 모르지요. 하나, 저는 제 눈으로 확인 하기 전까지 절대 믿지 못합니다. 돌아가셨다는 말을 들은 것 이 벌써 세 번째라서요."

살짝 떨리는 도극성의 음성엔 무명신군의 생존에 대한 강한 희망이 담겨 있었다.

"나 역시 같은 생각이다. 결코 쉽게 돌아가실 분이 아니지."

곽월이 도극성의 어깨를 잡으며 말했다.

"저도 믿고 싶군요."

도극성의 말대로 될 가능성이 희박하다는 것을 알면서도 영 운설 역시 희망을 버리고 싶지는 않았다. 무명신군은 그야말 로 죽림과 암흑마교에 대항하는 무림인들의 정신적 지주나 다 름없었기 때문이었다.

"자, 이제 가야지요. 다들 기다리고 있겠습니다."

곽월이 침상에서 몸을 일으키며 말했다.

"그 몸으로 괜찮겠냐?"

"내 몸이 어때서? 좀 삐그덕거리긴 해도 이젠 끄떡없다."

영운설은 싱긋 웃는 곽월을 보면서 눈앞의 남자가 정말 천하제일살수 묵혈이 맞는지 의심스러웠다.

무림을 벌벌 떨게 만들었던 살수의 것이라고 하기엔 입가에 머문 웃음이 너무도 천진했기 때문이었다.

"연합군을 무너뜨린 사자철궁과 죽림은 서안을 향해 움직이고 있어요."

"서안 쪽이라면 화산과 종남의 세력권인데 그들은 어찌한다고 하지?"

장영이 흥미롭다는 표정으로 물었다.

화산이라는 말에 살짝 미간을 찌푸린 영운설이 금방 원래의 표정으로 돌아오며 말했다.

"지금 화산이나 종남의 힘으로는 저들을 막을 수 없어요."

"옥쇄를 각오하고 싸울까?"

"아니요. 본산을 포기할 거예요."

"호~ 쉽지 않을 텐데?"

소위 명문정파라는 이들의 자존심을 너무도 잘 알고 있던 장영이 믿을 수 없다는 듯 되묻자 영운설이 다소 냉랭한 어조로 대꾸했다.

"그만큼 죽림의 힘은 강하니까요. 한데 힘을 모으지 않고 자존심 따위를 지키자고 각개격파를 당했다간 결코 이길 수 없는 상대라는 것을 알기 때문에 그렇지요."

"흠. 대단하군."

장영은 영운설의 입에서 자존심 따위라는 말이 나올 줄은 상상도 하지 못한 듯 조금은 민망한 표정으로 고개를 돌렸다.

"계속할게요. 저들이 화산과 종남을 치는 사이 죽림의 본진은, 아니, 본진이라 할 수는 없겠네요. 어쨌건 죽림은 하북과 섬서, 산서, 산동을 본격적으로 공략할 것으로 보여요. 이미 그런 움직임이 파악이 되었고요."

"본진은 대정련을 치는 겁니까?"

도극성이 물었다.

"아마도요. 하지만 그들 역시 부담이 있기에 흩어진 전력이 합류하기를 기다릴 수도 있어요. 개인적으로 확률은 희박하다고 봐요."

"대정련이 이길 수 있는 겁니까?"

곽월의 물음에 영운설은 고개를 흔들었다.

"힘들어요. 모든 전력이 합류를 한다면 싸워보지도 못하고 패퇴할 것이고 지금 당장 붙는다고 해도 버텨낼 가능성은 거의 없어요."

"화산과 무당, 소림, 종남의 힘에 군소문파의 모든 힘이 대정련에 몰려 있습니다. 당시엔 충분히 버틸 수 있다고 하지 않았습니까?"

"그랬지요. 하지만 조금 상황이 바뀌었어요."

곽월이 이해할 수 없다는 표정을 짓자 도극성이 영운설을 대신해 설명했다.

"우리가 북경으로 출발한 뒤, 다소 상황이 변했다. 지금 대정련엔 네가 알고 있는 것의 절반도 미치지 못하는 전력이 있을 뿐이야."

"……."

도극성은 곽월은 물론이고 장영마저 놀라는 표정을 짓자 얼른 말을 이었다.

"군웅대회가 끝난 이후에도 많은 논의가 있었던 모양인데 그때 암흑마교를 공격하는 안이 결정된 것 같더라."

"그건 이미 결정된 것이잖아. 암흑마교의 소교주를 돕기 위해 경덕진으로……."

"아니. 그게 아니라 나부산에 있는 암흑마교의 본진을 직접 치는 계획이 만들어졌어."

"암흑마교의 본진을? 그게 가능하다고 생각했단 말이야?"

장영이 어이가 없다는 눈으로 바라보자 영운설은 묘한 웃음으로 대답을 대신했다. 그 웃음을 본 장영의 눈이 화등잔만 해졌다.

"설마, 성공했단 말은 아니겠지?"

"성공했어요."

"말도 안 돼. 암흑마교의 본진을 치려면 적어도 수백의 정예는 필요할 것이고 그만한 인원이 움직이는데 저놈들이 바보가 아닌 이상 그것을 모를 리가 없잖아."

"많은 분들의 노력이 있었지요. 희생도 많이 따랐고. 하지만 암흑마교의 이목을 피해 그들의 본진이 있는 나부산에 도착한 것은 틀림없는 사실이에요. 아직까지 별다른 소식은 없지만 조만간 결과가 어찌 되었는지 알 수 있을 거예요."

"승산은 있는 겁니까? 다른 곳도 아니고 암흑마교입니다."

곽월이 물었다.

"물론이지요. 방금 전, 정예들이 대거 이탈해서 대정련의 전력이 예전보다 못하다고 했지요? 그건 암흑마교도 마찬가지예요. 우리의 기만술 덕에 암흑마교는 경덕진에 예상보다 훨씬 많은 전력을 투입했어요. 게다가 이번 작전엔 수라검문과 검각, 대정련 외에 또 다른 세력이 참여해요."

"또 다른 세력? 그만한 곳이 아직도 남아 있단 말이야?"

장영이 고개를 갸웃거리자 영운설이 힘주어 고개를 끄덕였다.

"해남파와 흑월문이 함께 하기로 했어요."

"해… 남파? 흑월문?"

장영의 표정이 기괴하게 변했다.

"암흑마교의 힘이 아무리 강력하다 해도 해남파와 흑월문까지 나선 이상 무너지지 않을 수 없을 거예요."

장영은 영운설의 말을 인정하지 않을 수가 없었다.

흑월문이 사도천이나 수라검문처럼 암흑마교에 쫓겨 다니며 겨우 목숨을 연명하고 있는 상황이나 결코 만만한 문파가 아니었고 해남파의 저력은 누구나 인정하는 것이었다. 더구나 그들에겐 암흑마교가 무너져야 생존할 수 있다는 절박한 이유까지 있었다.

"그럼 대체 상황이 어찌 돌아가는 거야?"

장영은 쉽게 판세가 읽히지 않는지 머리를 감싸 쥐었다.

"사자철궁 쪽을 제대로 막지 못했지만 암흑마교를 제대로 공략한다면 현재까지는 우리 쪽이 약간은 우위에 있다고 봐요. 하나, 죽림의 본진이 움직이는 지금부터가 본격적인 싸움의 시작이라 할 수 있어요. 어차피 어느 한쪽이 쉽게 끝낼 싸움도 아니고 앞으론 더욱 치열한 수 싸움이 있을 거예요. 중요한 것은 죽림이 아직 이곳의 상황을 제대로 파악하지 못하고 있다는 것이지요."

"그리 말을 하는 것을 보니 저쪽에서 연락이 온 모양이군."

"예. 최대한 빨리 병력을 몰고 남하하여 본진과 합류하라더군요."

"어떤 의심이나……."

"아니요. 저들은 이곳에 신경 쓸 여력이 없어요. 게다가 천주님 덕분에 저들에게 보내는 서찰을 완벽하게 조작할 수 있었으니까요. 의심하기는 쉽지 않을 거예요."

"흐흐흐, 제대로 뒤통수를 때릴 수 있다는 말이군."

"그런 셈이지요. 단, 북해의 군웅들께서 도와주신다는 전제하에요."

영운설의 시선이 북해빙궁의 신임궁주 북리검에게 향했지만 대답은 그가 아니 북리연의 입에서 흘러나왔다.

"물론이지요. 다른 것은 몰라도 북해빙궁만큼 은원을 확실히 하는 곳은 없어요. 그렇지 않나요?"

북리연의 말에 사실상 북해빙궁의 가장 원로라 할 수 있는 빙천현푼 문주 추관숙이 힘주어 고개를 끄덕였다.

"은혜는 열 배로, 원한은 백배로 갚아주는 것이 북해의 율법이지요."

죽림에 맺힌 것이 많은지 원한 운운하는 추관숙의 음성은 섬뜩하기까지 했다.

"백사풍을 비롯하여 우리가 지원할 수 있는 인원은 대략 백 명 정도예요. 놈들에게 당한 피해가 워낙 커 많은 인원을 동원할 수는 없지만 그래도 적지 않은 도움이 될 거예요."

"백사풍이라니… 천군만마나 다름없어요. 련주님을 대신해 감사를 드려요."

설왕곡에서 죽림의 정예에 밀리지 않는, 아니, 오히려 압도를 하던 백사풍을 직접 보았기에 영운설은 그들을 지원하겠다는 북리연의 말에 기쁨을 감추지 못했다.

"출발은 언제 할 생각인가요?"

"가능하다면 지금 당장이라도 출발했으면 싶어요. 무림의 상황이 워낙 급박하게 돌아가는 통에 마음이 급하군요."

영운설의 말에 북리연이 빙긋이 웃었다.

"이렇게 늦은 밤에요? 호호, 북해의 밤은 매섭답니다. 익숙한 우리도 견디기 힘들 정도로요. 이쪽에서도 나름 준비를 해야 하니 출발은 내일 아침에 하는 것이 어떨까요?"

"그렇게 하지요."

급한 김에 그리 말은 했지만 영운설 역시 밤에 출발하는 것이 무리라는 것을 알기에 선선히 고개를 끄덕였다.

북리연이 문득 고개를 돌려 곽월을 바라보았다.

"한데 루주께서도 가시는 건가요?"

"물론입니다."

"그 몸으론 무리지 싶은데요."

북리연이 아직도 온몸을 붕대로 감고 있는 곽월의 모습을 보며 인상을 찡그렸다.

"이 정도 생채기야 뭐 별것 아닙니다. 그리고 아까 원한은 백배로 갚는 것이 북해의 율법이라 하셨습니까? 우리도 비슷한 성향을 지녀서… 아직 갚으려면 멀었거든요."

살에 푹 파묻힌 눈으로 웃음 짓는 곽월, 하나 그와 함께 웃을 수 있는 사람은 오직 도극성뿐이었다.

곽월의 깊숙이 묻힌 두 눈에서 타오르는 살의에 저마다 흠칫 놀라며 자신도 모르게 긴장을 했기 때문이었다.

그리고 그날 밤, 암흑마교의 몰락을 알리는 전서구가 도착하여 출발을 앞둔 이들의 마음을 가볍게 만들었다.

*   *   *

"죽림이 본격적으로 움직이고 있다는 소식입니다."

소벽하가 대정련에서 날아온 전서를 활짝 펼치며 말했다.

"목표는 대정련인가?"

잠격의 물음에 소벽하가 고개를 끄덕였다.

"그렇겠지요. 지금쯤이면 저들도 이곳의 상황을 알았을 것입니다. 그건 곧 대정련의 전력이 예전과 다르다는 것을 확인했다는 것과 같고요."

"이곳 일로 제대로 허를 찔린 격이니 이를 갈겠군. 대정련이 위험하겠어."

"암흑마교를 잃었으니 그에 상응하는 뭔가를 얻으려 하겠지요. 기회를 놓치지 않으려 할 겁니다."

"우린 어찌해야 하는 것이오?"

단사정이 물었다.

이번 싸움에서 노익장을 과시하며 맹활약을 펼쳤지만 암흑마교의 호법과의 싸움에서 적지 않은 부상을 당한 단사정의 안색은 보는 이가 안쓰러울 정도로 좋지 않았다.

"최대한 빨리 북상하여 경덕진에 남아 있는 암흑마교의 잔당을 치라고 하는군요."

"음, 그쪽에도 남아 있었군."

단사정이 긴 수염을 가볍게 쓰다듬으며 고개를 끄덕였다.

"하면 언제 출발하시려오?"

"빠르면 빠를수록 좋겠지요. 이미 북상할 길도 알아보았습니다."

소벽하가 장강 이남의 지형이 제법 자세하게 그려진 지도를 펼치며 말했다.

"이대로 산을 넘어 북진을 하면 구련산맥(九連山脈)과 나부산맥(羅浮山脈) 사이를 관통하는 용문하(龍門河)가 나옵니다. 용문하를 이용하여 북동진하면······."

소벽하는 몇몇 하천과 산, 여러 지명을 거론하며 경덕진까지 갈 수 있는 최단거리를 자세히 설명했다. 말이 좋아 최단거리지 온갖 하천과 험준한 산세를 생각하면 꽤나 험한 길이 될 것은 분명했다.

"최대한 빨리 이동을 한다면 아마 닷새 정도면 도착할 수 있으리라 봅니다."

닷새라는 말에 다들 입을 쩍 벌렸다.

그야말로 죽을힘을 다해 달리고 또 달려도 과연 닷새 만에 도착할 수 있을지 의심스러운 거리였기 때문이었다.

"꽤나… 힘든 여정이 되겠군."

단사정이 고개를 절레절레 흔들었다.

"예. 해서 인원을 조금 추릴 생각입니다."

"그래야 할 것 같소. 노부처럼 부상을 당했거나 무공이 떨어지는 사람은 도저히 따라갈 수 있는 길이 아니니."

"솔직히 우리도 조금 힘들 것 같습니다."

고진이 무거운 표정으로 입을 열었다.

"이번 싸움에서 본 문의 전력이 삼분지 이 이상 날아갔습니다. 남은 사람들도 태반이 부상자들이고. 더 이상 싸움을 계속하기엔 무리가 있습니다."

어찌 생각해 보면 자신의 잇속만을 챙기고 꼬리를 빼는 것이라 여길 수도 있었지만 이번 암흑마교와의 싸움에서 흑월문이 얼마나 큰 희생을 감내했고 그만한 공을 세웠는지 익히 알기에 다들 고개를 끄덕이며 인정했다.

"대신 노부들이 함께 하겠다."

흑월쌍괴가 이구동성으로 말했다. 이미 얘기가 된 것인지 고진은 별다른 말을 하지 않았다.

"두 분께서 도와주신다면 더할 나위 없이 좋지만 무리하지 않으셔도 됩니다."

"무리라고 할 것도 없지. 어차피 흑월문은 이놈에게 넘겼으니 부담도 없고."

잠격의 말이 끝나기도 전에 도윤이 벌떡 일어났다.

"해남파 역시 함께 하겠습니다. 기왕 시작한 것이니 끝장을 봐야지요."

흑월문은 그렇다 쳐도 해남파만큼은 함께 하기를 기대했던 소벽하의 얼굴이 활짝 펴졌다.

"말씀만으로도 고맙습니다만 괜찮으신가요? 해남파의 피해도 만만치 않다고 들었는데요."

"저를 포함해 삼십은 충분히 움직일 수 있습니다."

도윤이 자신만만한 표정으로 말했다.

소벽하가 흑월쌍괴와 도윤에게 진심으로 고개를 숙였다.

"죽림과 암흑마교에 대항하는 전 무림 동도를 대신해서 감사를 드립니다. 다들 두 분 노선배님과 해남파의 후의(厚意)를 잊지 않을 것입니다."

소벽하의 음성이 어찌나 정중했는지 도윤은 물론이고 흑월쌍괴마저도 엄숙한 표정을 지을 정도였다.

　　　　　*　　　　*　　　　*

　"대체 무슨 일이더냐?"

　이동이 갑자기 느려진 것을 이상히 여긴 호법 가극렬(可極烈)이 미간을 찌푸리며 물었다.

　"적입니다."

　누군가가 대답했다.

　"적? 대체 누가……."

　가극렬이 미처 질문을 끝내기도 전에 그의 눈에 힘없이 무너지는 수하들의 모습이 들어왔다.

　"웬 놈… 헉!"

　노호성을 토해내던 가극렬이 놀란 눈을 치켜뜨며 입을 다물었다. 혹여 자신이 잘못 본 것은 아닌지 다시금 차분히 적을 살폈다.

　'젠장.'

　눈앞의 적이 갈천수임을, 자신이 잘못 본 것이 아니라는 것을 확인한 가극렬이 자신도 모르게 뒷걸음질 쳤다.

　갈천수가 애도 사혼을 비스듬히 누이고 무심한 눈길로 바라보며 물었다.

　"자네가 선봉인가? 암존은 어디에 있나?"

　"모, 모르오."

　갈천수는 두 번 묻지 않았다.

　"곧 알게 되겠지."

갈천수가 가극렬을 향해 사혼을 겨누었다.

"음."

그저 칼끝이 심장을 향했을 뿐인데도 가극렬은 숨 막히는 압박감을 받아야만 했다. 하나, 그 역시 실력으로 암흑마교의 호법이 된 인물이었다. 애써 압박감을 털어내고 투쟁심을 불태웠다. 그렇다고 일대일로 싸울 정도로 무모한 모험을 하지는 않았다.

"공격, 공격해!"

가극렬의 외침에 주변을 에워싸고 있던 수하들이 일제히 공격을 시작했다.

상대의 공격이 시작되자 갈천수의 칼이 춤을 추기 시작했다.

어둔 밤을 밝히는 도광이 사방으로 뻗어나가고 갈천수를 공격하던 이들은 제대로 방어도 하지 못하고 피를 뿌렸다.

"움직여라. 멍청하게 있다간 당해!"

가극렬이 다급히 끼어들었지만 세 호흡이 지나기도 전에 여섯 명의 인원이 더 목숨을 잃었다. 그나마 가극렬이 몸을 돌보지 않고 필사적으로 매달렸기에 망정이지 그렇지 않았다면 피해는 몇 배로 불어났을 것이다.

가극렬이 있음에도 무려 십여 명의 목숨을 더 빼앗은 갈천수의 칼은 독염이 장내에 도착하면서 비로소 멈춰졌다.

"자네가 어떻게……."

"어떻게? 그럼 배신자들이 쉽사리 도망치도록 놔둘 줄 알

왔나?"

"……."

배신자라는 말에 독염은 말문이 막혔다.

"투항하라는 말은 필요가 없는 것이겠지?"

"아마도."

"그럴 줄 알았지."

갈천수가 한쪽 입술을 치켜 올렸다.

"하지만 자네 혼자 가능할 것 같지는 않은데."

"혼자? 그럴 리가. 하지만 배신자들을 처리하는데 혼자면 족하다."

버럭 소리를 지른 갈천수가 독염을 향해 달려들었다.

갈천수에 비해 다소 모자란 감이 있었지만 암흑마교의 십대 장로 중 한 명인 독염의 실력은 가극렬과 비할 바가 아니었다.

둘의 싸움은 그야말로 용호상박. 금방 끝날 승부가 아니었 다.

"역시 쉽게 보내주지 않을 셈이군."

갈천수와 독염이 생사결을 벌이고 있다는 소식을 들은 독청 응이 한숨을 내쉬었다. 보고에 따르면 갈천수 혼자 나타났다 고 하지만 그럴 리가 없었다.

"곧 적이 들이닥칠 것이다. 다들 긴장을 늦추지 말고 경계에 만전을 기하라."

한데 독청응의 말이 끝나기를 기다렸다는 듯 사방에서 엄청난 폭음이 들려왔다.

쿠쿠쿠쿠쿠쿵!!

꽝! 꽝! 꽝!

그야말로 하늘이 무너지고 땅이 뒤집히는 듯한 진동이 온 산을 뒤흔들었다.

독청웅은 본능적으로 호신강기를 펼치며 온몸을 보호했다.

천지가 개벽하는 듯한 굉음은 한참이나 이어지다 겨우 사그라들었다.

호신강기를 펼쳤음에도 내부가 진탕될 정도로 무시무시했던 충격파가 끝난 뒤에야 비로소 주변을 살필 수 있었던 독청웅. 그의 눈에 즐비하게 늘어선 수하들의 시신이 들어왔다.

단순히 목숨을 잃은 것이 아니었다.

그들 대부분의 시신은 차마 말로 표현하기 힘들 정도로 무참히 훼손되어 있었다. 사지가 뜯겨 나간 시신은 그나마 양호했다. 갈가리 찢겨 형체조차 알아보기 힘든 시신이 대부분이었다.

대체 무엇에, 또 얼마나 많은 인원이 당했는지 판단하기도 힘든 상황에서 또다시 천지를 흔드는 함성 소리가 들려왔다.

"적이다!!"

누군가의 외침이 끝나기도 전, 사방에서 모습을 드러낸 이들은 그동안 암흑마교의 공격에 시달릴 대로 시달린 담사월의 수하들과 대정련의 무인들이었다.

슈슈슈슉!

수백 발의 화살이 일시에 날아들었다.

밤하늘을 가르고 날아든 화살은 폭발로 인해 여전히 정신을 차리지 못하고 있던 암흑마교의 무인들에겐 실로 치명적이었다.

"정신들 차려라! 흔들리지 말고 적의 공격에 대비해라!"

십수 명의 수하들이 속수무책으로 당하는 모습을 본 독청옹이 이를 부득 갈며 노호성을 터뜨렸다.

그의 외침이 효과를 본 것인지, 아니면 비로소 폭발의 충격에서 벗어난 것인지 암흑마교의 무인들은 독청옹을 비롯하여여러 호법들을 중심으로 전열을 가다듬기 시작했다.

그것으로 부족하다고 판단한 독청옹이 적진을 향해 내달렸다.

그를 향해 무수한 화살이 집중되었다.

하지만 달리 암존이 아니었다.

별다른 동작을 하는 것 같지도 않았음에도 맹렬한 기세로 그를 노렸던 화살은 아무런 위력도 발휘하지 못하고 맥없이 튕겨져 나갔다. 물론 몇몇 화살이 그의 몸에 생채기를 남기기도 했지만 그 정도는 문제도 아니었다.

화살비를 뚫어낸 독청옹이 본격적으로 손을 쓰기 시작했다.

쉬쉭!

사랑하는 여인의 밀어처럼 은밀한 파공성과 함께 앞장서 달려오던 대정련의 무인들이 속절없이 쓰러졌다.

도대체 어디에 그 많은 암기들이 숨겨져 있는 것인지 사방에 뿌려지는 암기의 수는 일일이 헤아리기가 힘들 정도였고 각각의 암기에 담겨 있는 날카로움은 암존의 명성을 재확인시켜 주는 것이었다.

"막아랏!"

덕명 진인이 다급히 소리쳤다.

하나, 막으라고 막히는 공격이 아니었다.

암흑마교의 장로를 떠나 무림오존으로 인정받는 암존 독청웅이 그야말로 살아남기 위해, 수하들의 목숨을 구하기 위해 필사적으로 날린 암기들이었다. 그 위력이란 가히 폭풍과도 같았다.

슈슉!

슈슈슉!!

은밀하면서도 날카로운 파공성에 이어지는 참담한 비명들.

더구나 암기의 위력을 극대화시킬 수 있는 어둠과 여전히 쏟아지고 있는 강한 빗줄기는 대정련의 무인들로 하여금 변변한 대항도 해보지 못하고 맥없이 쓰러지게 만들었다.

독청웅이 홀로 적진에 뛰어든 지 고작 반 각 만에 삼십이 넘는 인원이 목숨을 잃고 쓰러졌다. 그사이 완벽하게 포위되어 우왕좌왕하던 암흑마교 무인들도 독전의 지휘하에 완벽하게 전열을 가다듬었다.

"실로 괴물이로고."

덕명 진인은 대정련의 무인들을 무수히 쓰러뜨린 뒤, 서서히 물러나는 독청웅을 보며 허탈함마저 느끼고 있었다.

무림오존.

　명성은 익히 들었지만 어째서 그들의 명성이 사해를 진동시키는지 오늘에야 비로소 제대로 알게 된 것이다.

　바로 그때였다.

　소기의 목적을 달성하고 물러서는 독청옹을 가로막는 사람이 있었다.

　"그냥 가시면 섭하지요."

　담사월이었다.

　"음."

　담사월을 확인한 독청옹의 미간이 살짝 찌푸려졌다.

　지난 며칠간, 적지 않은 싸움을 했지만 전장에서 담사월을 직접 만난 것은 이번이 처음이었다. 늘 그의 상대는 갈천수였다.

　"오랜만이구나."

　"먼발치에서 몇 번을 뵈었습니다."

　"그랬더냐?"

　독청옹이 씁쓸히 웃었다.

　"사정 얘기는 들었습니다."

　"사정이라고 할 것도 없다. 배신자의 변명일 뿐."

　"그렇게 생각하고 있습니다."

　싸늘히 웃은 담사월의 몸에서 거대한 기운이 일렁이기 시작하더니 곧 묵빛 강기가 그의 몸을 휘감았다.

　"파천… 묵뢰강."

담사월이 일으킨 강기를 한눈에 알아본 독청웅의 눈에 감탄과 회한이 깃들었다.

암흑뇌력기를 극성으로 익혔을 때에만 펼칠 수 있다는, 단순한 호신강기를 뛰어넘어 상대의 몸은 물론이고 정신까지 말살시킨다는 필살의 기공.

오직 암흑마교의 교주에게만 내려오는 최강의 기공이 바로 파천묵뢰강이었다.

"많이 컸구나."

어리게만 보았던 담사월의 성장에 진심으로 기뻐한 독청웅이 품에서 금빛으로 빛나는 일곱 자루의 비도를 꺼내 들었다.

비도를 본 담사월의 얼굴에 절로 긴장감이 감돌았다.

갈천수와의 싸움에서도 사용하지 않았다는 금성칠도(金星七刀), 그것이야말로 독청웅에게 암존이란 별호를 얻게 만든 최강의 무기였기 때문이었다.

들고 있던 검을 꽉 움켜쥔 담사월이 한 번의 움직임으로 팔방을 점할 수 있다는 묵운보로 몸을 흔들며 독청웅에게 달려들었다.

그의 입에서 힘찬 외침이 터지며 연혼천멸십삼류의 절초 천지멸절이 펼쳐졌다.

전신을 휘감고 있는 묵빛 강기와는 이질적인 붉은 기운이 검끝에서 뻗어 나와 독청웅에게 폭사되었다.

독청웅이 손에 든 비도를 뿌리듯 던졌다.

일직선으로 날아간 비도가 담사월이 뿜어낸 붉은 기운과 정면으로 부딪쳤다.

담사월의 공격을 간단히 막아낸 비도가 독청웅의 손으로 되돌아가는 순간, 담사월의 두 번째 공격이 시작됐다.

첫 번째 공격에 비해 붉은 기운은 더욱 짙어졌고 기세 또한 한층 배가되었다.

'천지겁멸(天地劫滅).'

독청웅의 눈이 살짝 빛났다.

다소 무리를 하더라도 막고자 하면 못 막을 것은 없었다. 하나, 굳이 정면으로 부딪쳐 위기를 자초할 필요는 없었다.

독청웅의 신형이 연기처럼 사라졌다.

담사월이 뿌린 검기가 독청웅이 있던 곳을 중심으로 반경 삼 장여를 초토화시켰지만 담사월은 독청웅이 이미 빠져나갔다는 것과 눈으로 좇아가기도 힘든 속도로 자신의 좌측으로 파고들었다는 것을 간파하고 있었다.

독청웅이 비도를 뿌리려는 찰나, 기쾌하게 방향을 튼 검기가 오히려 그를 노리며 짓쳐들었다.

깜짝 놀란 독청웅이 땅바닥을 구르듯 몸을 틀었다.

검기에 살짝 스친 등에서 핏줄기가 솟구쳤다.

그것으로 위기가 끝난 것은 아니었다.

또다시 방향을 튼 검기가 독청웅의 가슴 어귀로 파고들었다.

황급히 비도를 뿌리며 수비를 하는 독청웅.

금성칠도가 방패처럼 회전하며 수비망을 구축했지만 완벽

하지 않았다.

"크으으."

독청웅의 입에서 나지막한 신음이 흘러나오고 좌측 옆구리
에서 붉은 피가 흥건히 배어 나왔다.

"허!'

비록 죽림의 림주에게 십 초 만에 무릎을 꿇었지만 독청웅
은 당금 천하에 자신을 곤란케 할 수 있는 고수는 많지 않다고
자신했다. 그리고 그 안에 담사월은 당연히 존재하지 않았다.

결과는 참담했다.

설마하니 담사월에게 이토록 일방적으로 밀릴 줄은 생각지
도 않았던 독청웅의 얼굴엔 놀라움과 더불어 황당함마저 깃들
어 있었다.

독청웅은 옆구리에서 흘러나오는 피를 지혈할 생각도 하지
않고 착 가라앉은 눈으로 담사월을 바라보았다.

"많이 강해졌구나."

"덕분에요."

담사월이 짧게 대꾸했다.

"기쁘다. 네가 있어 암흑마교의 미래는 어둡지 않구나. 하
지만 아직 끝나지 않았다."

말이 끝남과 동시에 금성칠도가 허공으로 솟구치더니 사방
으로 흩어졌다.

흩어졌다고 여기는 순간, 담사월의 목숨을 노리며 일제히
날아들었다.

쐐애애액!

대기를 가르며 짓쳐드는 금성칠도는 이른 새벽 숲을 잠식해 가는 안개처럼 은밀했고 폭풍우를 뚫고 한줄기.빛으로 세상을 밝히는 뇌전보다 빨랐으며 위력 또한 그에 못지않았다. 게다가 그 어떤 말로도 표현하기가 힘들 정도로 기묘하게 움직이는 바람에 담사월이 묵운보를 필사적으로 펼치며 몸을 흔들고, 검을 들어 막아내려고 해도 좀처럼 떨궈내지를 못했다.

'무슨 놈의 비도가……'

마치 생명이라도 있는 것처럼 집요하게 방향을 틀며 날아드는 금성칠도를 보며 담사월은 혀를 내두를 수밖에 없었다.

그런 식으로 끌려가다간 애써 잡은 승기를 놓칠 수 있다고 판단한 담사월은 스스로 최강이라 자부하는 파천묵뢰강을 믿고 모험을 감행했다.

담사월이 암흑내력기를 극성으로 운용하며 온몸의 내력을 일시에 끌어모으는 순간, 금성칠도가 그의 몸을 파고들었다.

퍽! 퍽! 퍽! 퍽!

둔탁한 마찰음이 연거푸 터지는가 싶더니 담사월의 몸을 중심으로 이내 폭음과 같은 굉음이 터져 나왔다.

하나, 그의 몸에 작렬했던 금성칠도가 날아오던 속도보다 배는 빠르게 튕겨져 나갔다.

극성으로 펼친 파천묵뢰강이 금성칠도를 막아낸 것이었다.

단순히 막아낸 정도가 아니라 그 충격파를 고스란히 독청웅에게 돌려보냈다.

전력을 다해 담사월을 압박하던 독청응이 갑작스럽게 밀려
드는 강기에 깜짝 놀라는 사이, 금성칠도의 압박에서 벗어난
담사월이 맹렬히 검을 움직이고 검의 궤적을 따라 무수한 검
기가 천지를 가득 메우기 시작했다.

독청응의 얼굴이 딱딱하게 굳었다.

천지멸절, 천지겁멸, 천지명멸(天地明滅), 천지뇌벽(天地雷
霹) 등으로 이어지는 연혼천멸십삼류.

암흑마교를 대표하는 최강의 무공을 담사월이 대성했음을
직감했기 때문이었다.

이를 악문 독청응이 담사월을 향해, 천지를 뒤덮은 검기의
막에 금성칠도를 던졌다.

한데 그 운용 방법이 이전과 확연히 달랐다.

한꺼번에 손을 떠났지만 담사월을 향하는 금성칠도는 마치
하나의 검이 된 것처럼 일렬로 늘어서서 날아갔다.

꽝!

거대한 충돌음과 함께 첫 번째 비도가 힘없이 튕겨져 나갔
다.

꽝!

또 한 번의 충돌과 함께 두 번째 비도가 튕겨져 나가고 담사
월이 일으킨 검막이 눈에 띌 정도로 흔들렸다.

그렇게 세 번의 충돌이 더 이어졌다.

그때마다 검막이 크게 요동쳤다.

마침내 담사월의 검기막을 뚫어낸 두 자루의 비도가 거의

무방비나 다름없는 담사월의 목숨을 노렸다.

독청웅은 승리를 확신했다.

암흑마교의 미래를 위해서 공격을 멈출까도 생각했지만 자신의 실력도 감당하지 못하는 담사월이라면 암흑마교의 미래는 없다는 생각에 공격을 멈추지 않았다.

하나, 그것은 독청웅의 착각에 불과했다.

검기막을 뚫어냈다고 여긴 두 자루의 비도는 사실 허상에 불과한 것이었으니, 어느 순간 먼지로 화하여 사라지고 말았다.

"헉!"

독청웅이 경악에 찬 외침을 내뱉을 때, 붉은 기운이 그의 전신을 훑고 지나갔다.

무참히 잘린 사지가 허공으로 치솟고 천하를 오시하던 암존 독청웅은 비참한 꼴로 바닥을 굴렀다.

끊어진 사지에서 솟구치는 피비가 사방을 붉게 물들였다.

비참한 꼴로 바닥을 굴렀지만 독청웅은 비명을 지르거나 고통의 신음을 내뱉지 않았다.

도리어 담사월의 실력에 찬사를 보냈다.

"후, 훌륭했다."

독청웅의 말에서 진심을 느낀 담사월은 지그시 눈을 감았다.

이겼지만 기쁘지 않았다.

배신자를 처단했다는 통쾌함보다는 알 수 없는 분노가 전신을 지배했다.

"마지막을……."

담사월이 독청웅을 향해 천천히 걸음을 옮겼다.

"사부님께 용서를 비십시오."

담사월의 검이 독청웅의 심장에 박혔다.

담사월은 자신의 검이 가슴에 박히는 순간, 독청웅의 입가에 미소가 지어진 것을 놓치지 않았다.

"후~"

길게 한숨을 내뱉은 담사월이 전장을 향해 고개를 돌렸다.

때마침 무광의 일지선공에 목이 꿰뚫려 무너지는 독전의 모습이 들어왔다.

담사월의 미간이 절로 찌푸려졌다.

비록 배반자라 하나 암흑마교의 장로였던 인물이 소림의 젊은 무승에게 허망히 목숨을 잃는 모습엔 뭔가 모를 분함을 느낀 것이다.

독청웅이 쓰러지고 독전마저 목숨을 잃자 전세는 급격하게 기울었다.

애당초 열화굉천뢰에 절반이 넘는 인원이 한꺼번에 목숨을 잃으면서 싸움은 끝난 것이나 다름없었다.

第八十章
혈풍난세(血風亂世) -1

　동시다발적으로 일어난 무차별적인 공격.

　하북의 패자인 팽가가 죽림의 풍운당(風雲堂) 전룡대(戰龍
隊)에게 두 시진 만에 초토화가 되고 팽가와 우호관계에 있
던 인근 군소문파들까지 금룡(金龍)과 신룡(神龍)대에 멸문지
화를 당했다. 게다가 지난 세월 은밀히 영향력을 행사하며
수족으로 끌어들인 많은 문파들이 죽림의 깃발 아래 일제히
봉기하니 하북은 열흘도 되지 않아 죽림의 손에 떨어지고 말
았다.

　풍운당이 하북을 점령하고 있을 때, 뇌전당(雷電堂)은 산서
를 공략했다.

　가장 먼저 전화가 닥친 곳은 항산파(恒山派)였다. 한때 구파

일방과 어깨를 나란히 했을 정도로 거대했던 명문검파였지만 옛 명성을 잃고 군소문파로 전락한 지금 그들에겐 죽림의 정예들을 막을 힘이 없었다.

단숨에 항산파를 짓밟은 뇌전당은 태원(太原)의 이름난 명문정파 정심무관(正心武官)을 굴복시키고 이어 대호문(大呼門), 검협문(劍俠門), 대천도문(大天刀門) 등 대정련에 적극 협조하는 문파들을 무참하게 쓸어버렸다.

산동에서도 산서, 하북은 비교도 되지 않을 정도의 끔찍한 혈풍이 몰아닥치고 있었다.

가장 먼저 공격을 받은 곳은 제남에 뿌리를 두고 있는 악가였다.

대정련으로부터 죽림의 준동이 시작되었다는 전갈을 받고 만반의 준비를 갖추고 있던 악가는 무려 천이나 되는 적의 숫자를 보고 경악을 금치 못했으나 그들 모두가 약관도 되지 않는 애송이(?)란 보고를 받고는 실소했다.

마음 급한 죽림의 수뇌부가 미처 준비되지 않은 병력을 동원했다고 여긴 것이다.

하나, 자신들의 생각이 틀렸다는 것을 확인하는 데 오랜 시간이 걸리지 않았다.

그들은 무공이 완벽하지 않은 대신 모두 폭신단이라는 희대의 영약(?)을 복용한 상태였다.

아편을 주원료로 하는 폭신단은 중추신경계통에 영향을 미쳐 시각과 반응적 능력 및 판단에 장애를 야기하는 아편과는 달리 첨가되는 여러 약물들로 인해 오히려 신체의 능력을 극대화시키는 작용을 했다.

무엇보다 신체의 고통에 무감각해지고 죽음에 대한 공포가 존재하지 않아 평범한 사람이라 해도 두려움을 모르는 인간병기처럼 변모시킬 정도로 무시무시한 효과를 자랑했으니 무공을 익힌 이들의 위력은 말로 표현하기가 두려울 정도였다.

폭신단의 약효에 취한 웅비대가 악가를 덮쳤다.

전통의 명문답게 악가는 남녀노소 모든 세가의 일원이 혼연일체가 되어 적과 맞서 싸웠다.

하지만 수적으로 열세인데다가 팔다리가 끊어져도 고통스런 비명 대신 허연 이를 드러내며 달려드는 웅비대원들의 광기를 감당하기란 애당초 불가능한 것이었다.

싸움이 시작되고 정확히 한 시진, 악가에 살아 있는 생명체는 존재하지 않았다.

악가를 무너뜨린 웅비대는 그 병력을 둘로 나누어 산동을 종횡(縱橫)하기 시작했다.

하나는 태산을 거쳐 종으로 남하를 시작했고, 다른 하나는 청도를 목표로 횡으로 질주하며 산동을 피바다로 만들고 있었다.

섬서에서도 참극이 전해져 왔다.

난주에서 수비진을 무너뜨린 사자철궁과 죽림의 정예들이 화산과 종남파의 본산을 완벽하게 유린했다는 것이었다.

다행히 두 문파가 굴욕을 감수하고 충돌을 피한 덕에 인명 피해는 크지 않았지만 수백 년 역사를 자랑하던 화산과 종남파가 주춧돌 하나까지 남김없이 철저하게 파괴되었다는 소식은 무림인들에게 큰 슬픔과 충격을 안겨줬다.

그렇게 전 무림이 죽림의 공포에 시달리고 있을 때, 하북과 산서, 산동이 초토화되고 화산파와 종남파가 힘 한번 써보지 못하고 무너지는 동안에도 대정련은 움직일 수가 없었다. 개방을 흔적도 없이 지워 버리고 소림까지 진격한 죽림의 본진이 대정련을 강하게 압박하고 있었기 때문이었다.

하나, 대정련도 반격을 준비하고 있었다. 겉으로 드러나지 않도록 은밀하고도 신중하게.

*　　　　　*　　　　　*

합비 남쪽 소호(巢湖) 인근.

달빛에 은은히 빛나는 소호와 접한 절벽 위로 암흑마교의 본산을 무너뜨리고 경덕진으로 향했던 소벽하 일행이 모습을 드러낸 것은 자정이 넘을 무렵이었다.

오랜 여정 끝에 다들 지쳤는지 제각기 흩어져 수목과 암석에 몸을 기댄 채 휴식을 취하고 있는 이들의 얼굴엔 피곤이 찌들어 있었다. 그래도 긴장을 늦추지 않고 은연중 번뜩이는 예기를 뿜어내는 것을 보면 실로 역전의 전사들이라 칭할 만했다.

무리와 조금 떨어진 곳.

소벽하와 검후, 해남파의 장문 도윤을 비롯하여 사흘 전, 그들보다 먼저 도착해 있던 담사월 등이 한데 모여 앞으로의 일정에 대해 진지한 논의를 하고 있었다.

"적이 고하(高河)까지 왔다고 하셨나요?"

허리까지 내려오던 긴 머리카락을 짧게 자르고 새하얗던 피부마저 까맣게 태운 소벽하가 다소 차가운 음성으로 물었다.

어쩔 수 없이 손을 잡게 되었다지만 수라검문을 몰락케 만든 암흑마교를, 게다가 좌패천을 폐인으로 만든 소일첨이 눈앞에 있는 상황에선 제아무리 소벽하라 하더라도 감정을 쉽게 추스르지는 못하는 것 같았다.

소일첨과 생사결을 벌였던 화검종은 노골적으로 적의를 드러내기까지 했다.

당시 화검종에게 패해 간신히 목숨을 건진 소일첨도 마냥 좋은 얼굴은 아니었다.

"험험, 대답은 노부가 하겠소."

수많은 싸움을 함께하며 점점 사라졌지만 경덕진에서 사도천과 암흑마교의 무인들이 처음에 얼마나 서로를 무시하고 경원시했는지 익히 알고 있던 예당겸이 좌중의 냉랭한 분위기에 얼른 개입을 하고 나섰다.

"시간이 꽤 되었으니 한참 전에 고하를 지나쳤을 것이오."

"인원은 몇이나 되나요?"

"대략 천오백에 육박한다고 하오."

"천오백이요? 제가 듣기로 그보다는 적었는데 이상하네요.

악가에서도 꽤나 큰 피해를 당했다고 들었고 이후, 대정련 산동지부를 치면서도 많은 수가 줄었다고 들었거든요."

생각보다 훨씬 많은 수에 다소 당황한 표정을 지은 소벽하가 의문을 표하자 예당겸이 설명을 덧붙였다.

"문주의 말이 맞소. 하나, 그건 웅비대만을 말하는 것이오. 순수 웅비대의 수만 따지자면 대략 칠백 정도 될 것이오만 놈들이 산동과 강소 북부를 휩쓸면서 많은 문파들이 그들에게 굴복했소. 처음부터 죽림의 입김이 작용하는 문파들도 있었고."

"그래서 그토록 많은 인원이……."

"솔직히 그들은 별문제가 되지 못할 것이오. 문제는 웅비대인가 뭔가 하는 괴물들이지."

예당겸은 경덕진에서 이곳까지 오는 동안 전해 들은, 상식적으론 도저히 이해되지 않는 웅비대의 괴력을 상당히 경계하는 모습을 보였다.

"그래도 천오백이면 버거운 숫자로군요."

소벽하가 나직이 한숨을 내쉬며 주변을 둘러보았다.

암흑마교를 무너뜨리고 나부산에서 함께 움직인 인원이 대략 삼백 정도였고 담사월과 예당겸이 이끌고 온 인원은 약 오백 정도였다. 대정련 합비지부를 중심으로 인근 문파들의 지원도 있겠지만 이미 암흑마교와의 싸움에서 상당한 피해를 당했기에 기대할 정도는 아니었다. 수적으로 너무 열세였다.

"많기는 해도 감당하지 못할 정도는 아니지요. 노선배님 말씀대로 웅비대만 조심하면 됩니다. 그들이 핵심이지요."

"그렇… 군요."

자신의 말에 소벽하가 동의하는 모습을 보이자 담사월이 환한 웃음을 지으며 말했다.

"아무래도 긴 여정으로 힘드실 터이니 놈들은 우리가 맡도록 하겠습니다."

담사월의 말에는 그 어떤 의미도 없었다. 그저 경덕진에서 이동을 한 자신들보다 거의 세 배가 넘는 길을 달려온 사람들을 위하고자 하는 순순한 마음뿐이었다.

하지만 그 웃음이 문제였다.

같은 말이라도 그 사람의 말투, 표정에 의해서 상대에게 전해지는 뜻은 전혀 달라질 수도 있는 법이었다.

담사월은 서로에게 쌓인 감정의 골은 잠시 접어두고 함께 잘해보자는 의미로 지은 웃음이었지만 받아들이는 사람은 그렇지 않았다. 특히 성질 급하기론 무림의 으뜸이라 할 수 있는 화검종이 대뜸 반발을 했다.

"뚫린 입이라고 말은 잘하는구나. 누가 지쳤다는 것이냐? 우리로선 놈들의 상대가 되지 않으니 알아서 비키라는 말이더냐?"

난데없는 힐난에 담사월은 멍한 얼굴이었다.

설마하니 자신의 말이 그런 식으로 호도될 줄은 꿈에도 몰랐다는 표정이었다.

듣다 못한 소일첨이 버럭 소리를 질렀다.

"뚫린 입? 네놈이 지금 누구에게 함부로 말을 지껄이는 것이냐? 소교주는 그저 네놈들을 배려해서 하는 말이거늘!"

"네… 놈?"

화검종의 눈에서 살광이 터져 나왔다.

소일첨의 눈에서도 그에 못지않은 기세가 뿜어져 나왔다.

금방이라도 서로에게 살수를 날릴 것만 같은 순간, 그들 사이로 검후가 끼어들었다.

"두 분. 그만하시지요."

"감히 누구보고 그만두라 마라……."

자신과 화검종 사이에 끼어든 사람이 누구인지 미처 확인하지 못하고 버럭 소리를 지르던 소일첨은 검후의 서늘한 눈동자를 대하자마자 황급히 입을 다물고 말았다.

'무, 무슨 놈의 눈빛이…….'

검후의 무표정한 얼굴에 소일첨은 자신도 모르게 침을 꿀꺽 삼키고 말았다.

뇌리엔 머리에서 발끝까지 양단되는 자신의 모습이 환상처럼 떠올랐다.

어쩔 줄을 몰라 하는 소일첨을 살려준 것은 갈천수였다.

"물러나는 것이 좋겠네."

갈천수는 소일첨을 옭아매고 있는 검후의 날카로운 기세를 조심스레 밀어내며 슬그머니 소일첨을 잡아끌었다.

그런 갈천수를 보며 암흑마교의 인물들은 물론이고 그들과 함께 온 사도천의 수뇌들 또한 경악을 금치 못했다.

갈천수가 지금처럼 조심하는 모습을 본 적이 없는 터. 그건 곧 가녀리게만 보이는 검후의 무위가 그들은 감히 상상도 할 수 없는 수준이라는 것을 의미했다.

"장로님도 그만하세요. 우리끼리 싸우고자 온 것은 아니잖아요."

소벽하가 화검종을 나무라는 것으로 에둘러 검후를 달랬다.

소벽하에게 잠시 시선을 둔 검후가 한 발 뒤로 물러났다. 동시에 좌중을 휘감았던 기파가 거짓말처럼 사라졌다.

"이것 참. 지난번보다 훨씬 강해졌구려. 선녀 같은 얼굴로 그리 무시무시한 기세를 뿜어대니 이거 어디 겁나서 근처라도 가겠소?"

담사월이 능글맞은 웃음을 지으며 말했다.

어찌 보면 희롱이라 여길 수도 있는 담사월의 언행에 살벌한 분위기가 간신히 수습되었다고 안심하던 이들의 안색이 흙빛으로 변했다.

심지어 갈천수마저 언제라도 출수할 수 있는 자세를 취하며 긴장된 표정으로 검후를 바라봤다.

한데 금방 사단이 나리라는 모든 이들의 예상과는 달리 검후는 아무런 행동도 취하지 않았다.

행동을 취하기는커녕 오히려 살짝 한숨을 내쉬며 고개를 돌려 버리고 말았다.

다들 영문을 몰라 고개를 갸웃거릴 때, 오직 암흑마교의 소교주가 아닌 전직 호화단주로서 담사월의 화려한 경력을 알고 있던 금장파파와 은장파파만이 서로의 얼굴을 바라보며 오만상을 찌푸릴 뿐이었다.

"자자, 이제 그만들 하시고 제대로 계획을 세워봅시다. 숫자도 열세인데 이런 식으로 하다간 낭패를 볼 것이오."

예당겸이 어수선한 분위기를 다시금 봉합하고자 서둘러 나섰다.

더 이상 감정싸움을 해봤자 득될 것은 하나도 없다고 판단한 소벽하가 화검종을 비롯한 수라검문의 수뇌진들에게 신중히 행동할 것을 요청하고 담사월 또한 소일첨 등에 자제를 당부한 뒤에야 비로소 진지한 논의가 시작되었다.

* * *

"으윽!"

뒤에서 다가선 칼날에 가슴이 꿰뚫린 한 사내의 눈에 죽음의 기운이 서렸다.

"사, 사형!!"

문중에서 가장 실력이 뛰어나던, 온몸이 피투성이가 되고 사지가 찢겨져 나갈 때까지 싸우고 또 싸우던 사형이 목숨을 잃자 그와 함께 어깨를 맞대고 있던 사내의 입에 절망의 탄성이 터져 나왔다.

"너무 아쉬워할 것 없다. 어차피 네놈도 함께 갈 테니까."

싸늘한 음성이 귓가에 들려왔다.

동시에 사형의 죽음에 절망하고 있던 종남파의 제자는 하체에서 뜨거운 불길이 치솟는 듯한 느낌을 받으며 그 자리에 주저앉았다.

그것이 무릎 위 양다리가 잘려 나간 것임을 의식도 못하는 사이 그는 연이어 날아온 검에 목을 관통당하며 목숨을 잃고 말았다.

그의 죽음을 끝으로 죽림과 사자철궁의 선발대를 공격했던 대정련의 공격조 삼십은 모조리 숨이 끊어지고 말았다.

"죽림. 역시 강하구려."

종남파의 대장로 신한(辛翰)이 제자들의 죽음을 안타깝게 바라보며 입술을 꽉 깨물었다.

"죽림에서도 최정예라고 하더군요. 하긴, 그랬으니 사자철궁을 굴복시켰겠지요. 특히나 저들의 수장이라는 자는 죽림의 후계자라는 정보가 있습니다."

멀리서 싸움을 지켜보던 화산의 장로 한고초(韓孤草)가 무거운 표정으로 말했다.

"후~ 하나같이 고수가 아닌 자들이 없소이다. 이천 명이나 되는 인원이 어째서 저들을 막지 못했는지 알겠소."

"긴 여정과 오랜 싸움으로 인해 저들도 많이 지쳤습니다. 전력 또한 많이 약해졌지요. 막을 수 있습니다."

무명신군의 활약으로 겨우 목숨을 구명하고 다시금 죽림을

막기 위해 나선 당초성이 쓰러진 이들을 상대로 일일이 확인
사살을 하는 모습을 차갑게 노려보며 말했다.

"그래도 이 정도 병력으로는 무리겠지?"

"예. 하지만 경덕진에서 대정련으로 향하던 병력 중 일부가
이쪽으로 달려오고 있고 본산을 내려온 무당파와 아미파의 정
예들이 곧 도착한다는 전갈이 왔습니다. 그 정도 전력이면 놈
들을 끝장낼 수 있습니다."

"오! 그게 정말인가?"

한고초와 신한이 반색을 하며 되물었다.

"물론입니다. 그들이 도착하는 순간, 이곳 낙하(洛河)는 놈
들의 피로 물들 것입니다."

복수라는 이름으로 되살아난 당초성의 얼굴엔 섬뜩한 살기
가 피어오르고 있었다.

                    *   *   *

"뭐야, 아직도 연락이 없어?"

풍운당 전룡대주 진구(晉玖)가 짜증 가득한 얼굴로 소리쳤
다.

평소 폭급하기로 유명한 진구가 성질을 내자 밑의 수하들은
어쩔 줄을 몰라 했다.

"그, 그것이……."

"전서구는 띄웠느냐?"

"예? 예. 세, 세 번씩이나 띄웠는데 아무런 답이 없었습니다."

"그럼 직접 달려가 보든가 해야지. 마냥 이렇게 기다리고 있으란 말이냐! 전령이란 놈 어딨어?"

진구가 독사 같은 눈빛을 뿜어내며 소리쳤다. 그렇잖아도 겁에 질려 있던 전령이 엉거주춤 앞으로 나섰다. 그가 앞으로 나서기가 무섭게 진구의 주먹이 허공을 갈랐다.

"컥!"

입에서 핏줄기를 뿜어낸 전령이 떼굴떼굴 구르는 모습을 보고 나서야 화가 조금 누그러진 듯 진구가 힘겹게 몸을 일으키는 전령과 수하들을 향해 소리쳤다.

"금룡대와 신룡대는 이미 당주님과 더불어 본진과 합류키 위해 회군을 시작했다! 한데 우리만 아직 이 촌구석에 처박혀 있다. 찾아라. 빨리 연락을 해서 그 녀석들을 눈앞으로 데려오란 말이다!"

다시금 성질이 뻗치는지 점점 언성이 높아지는 진구의 눈에선 살기마저 뿜어져 나오고 죽은 듯이 납작 엎드린 이들은 서로의 눈치만을 살피기에 바빴다.

사실, 진구가 그토록 길길이 날뛰는 것도 어쩌면 당연했다.

하북팽가를 무너뜨린 이후, 풍운당주는 풍운당에서 가장 호전적인 전룡대로 하여금 하북의 중요 거점 중 하나인 장가구(張家口)를 점령하라 명을 내렸고 전룡대는 풍운당주의 기대대로 장가구에서 대대로 명성을 떨치던 두 개의 가문을 흔적도 없이 지워 버렸다.

문제는 장가구 인근 군소문파들을 굴복시키러 떠났던 수하들이 하루가 지나고 이틀이 지났음에도 아무런 연락도 없이 돌아오지 않는다는 것에 있었다.

대정련을 향해 움직인 본진과 합류키 위해 풍운당주는 회군을 명했고 신룡대와 금룡대는 신속하게 이동을 시작했지만 인원이 분산된 전룡대는 그럴 수가 없었다.

장가구를 접수하기 위해 희생된 숫자를 제외한 전룡대원의 수는 대략 백십 명. 그중 무려 육십과 연락이 두절된 것이니 움직이려야 움직일 수가 없는 것이었다.

"빌어 처먹을 놈들. 돌아오기만 해봐라. 아주 갈아 마셔주마."

진구는 이를 부득부득 갈며 온몸을 부르르 떨었다.

바로 그 순간이었다.

그의 귓가로 조용히 속삭여 오는 음성이 있었다.

"미안하지만 그렇게는 안 될 것 같은데. 내가 이미 모조리 갈아버려서 말이야."

"누구냐!"

번개같이 몸을 돌리며 칼을 휘두르는 진구의 모습은 방금 전, 수하들을 잡아먹지 못해 안달하는 그런 얼간이의 모습과는 전혀 딴판이었다.

"호오. 제법인데."

진구의 재빠른 반응에 놀라는 듯하면서도 오히려 비웃고 있는 사내는 바로 장영이었다.

진구는 자신의 칼이 그저 물을 휘젓듯 내저은 손에 가로막힌 것에 경악을 금치 못했다. 그 찰나의 순간에 칼을 통해 전해온 힘이 내부를 진탕시킬 땐 두려움에 모골이 송연해졌다.

"누, 누구냐?"

애써 평정심을 유지하려고 하였으나 엉덩이를 뒤로 빼며 묻는 진구의 음성은 가늘게 떨리고 있었다.

"나?"

장영이 씨익 웃었다.

장영은 어떤지 몰라도 그 웃음에 진하디진한 살기를 느낀 진구와 그의 수하들은 식은땀을 흘렸다.

"내가 누군지 궁금하단 말이……."

장영의 말은 이어지지 못했다. 어디선가 귀청을 찢을 듯한 비명이 터져 나왔기 때문이었다.

"굳이 대답을 하지 않아도 될 것 같군."

씨익 웃은 장영이 잔뜩 굳은 얼굴로 서 있는 진구를 향해 걸음을 옮겼다. 기세에 눌린 진구가 자신도 모르게 뒷걸음질 치다가 급기야 수하들을 향해 고함을 내질렀다.

"뭐, 뭣들 하느냐! 마, 막아랏!"

진구의 외침에 퍼득 놀란 전룡대원 다섯이 진구를 보호하기 위해 장영 앞에 섰다. 하나, 미처 무기를 휘둘러 보기도 전에 장영의 손에서 흘러나온 붉은 기운이 그들의 몸을 삼켜 버리더니 조용히 목숨을 앗아갔다.

"괴, 괴물 같은 놈!"

진구는 아무런 대항도 하지 못하고 쓰러지는 수하들을 보며
치를 떨었다.

장영과 맞서 싸운다는 생각은 천 리 밖으로 사라진 지 오래
였다.

진구는 수하들을 동원하여 인의 장막을 치더니 뒤도 안 보
고 그대로 내빼 버렸다.

"뭐 저런 놈이 다 있지?"

장영은 뒤도 안 돌아보고 도망치는 진구를 보며 어이없다는
표정을 지었다. 설마하니 명색이 죽림의 신진고수요, 전룡대
의 대주라는 자가 저토록 비겁하고 한심한 인물일 줄은 상상
도 못한 것이었다.

"쯧쯧, 네놈들도 참 고생이 많았겠다."

장영은 진구로부터 버려진 전룡대원들을 보며 동정 어린 시
선을 보냈다.

전룡대원들의 눈에 잠시나마 희망의 빛이 어리는 순간, 붉
은 기운이 그들을 덮쳐 갔다.

죽음에 이르기 직전, 그들의 귓가로 장영의 음성이 들려왔
다.

"먼저 간다고 너무 억울해하지는 마라. 저놈 역시 무덤자리
찾아간 것이니까."

"후아~ 장난 아니네."

멀리서 싸움을 지켜보던 청년이 손에 든 술병을 흔들며 탄

성을 내질렀다.

세상에서 가장 재밌는 구경 중 하나가 싸움 구경이라 했던가. 그것도 난다 긴다 하는 무림인들의 목숨을 건 싸움이었으니 보고 있노라면 절로 흥분할 만했다.

"진 숙부, 저놈들이 저리 약했었나?"

청년의 질문에 옆에 앉아 안주를 뜯고 있던 사내가 고개를 흔들었다.

"말도 안 되는 소리지. 약한 놈들이 어떻게 장가구를 집어삼켜? 그리고 죽림에서 키운 놈들치고 약한 놈들이 있을 것 같아?"

청년의 술병을 낚아챈 사내가 입으로 술병을 가져갔다.

입가로 질질 흐르는 술을 보며 인상을 찡그린 청년이 다시금 물었다.

"하면 저 인간들이 강한 것이란 말이네?"

"강하지. 백사풍이라면 북해빙궁에서 정말 난다 긴다 하는 놈들만을 뽑아 특별히 육성한 놈들이야. 개개인의 무공만 따지자면 과거 수라검문의 충혼대나 암흑마교의 흑혈대 이상일걸. 그러니 전룡대 따위가 상대가 될 리가 없지."

"흠, 그런 백사풍을 애들 장난처럼 보이게 만드는 저 인간은 그럼 대체 얼마나 강하다는 말이야?"

청년이 혼란스런 전장에서도 가히 발군의 실력을 보이는 도극성을 가리키며 물었다.

"글쎄. 그거야 나도 모르지. 하지만 분명한 건 저 친구나 대정련의 군사, 그리고 사도천의 천주의 실력이라면 현 무림에서 스무 손가락 안에는 충분히 들어갈 수 있다는 거지."

모래알처럼 많은 무인들 중에서 스무 손가락이면 그야말로 최고의 고수라 해도 과언이 아니었다.

"제길, 뭐 그리 강해."

양 손가락으로 숫자를 헤아려 보던 청년이 신경질적으로 손을 털었다.

"그러니까 잘해. 자칫하면 말도 제대로 꺼내보지 못하고 아차 하는 순간에 목이 날아가는 수가 생기니까."

"흥, 그래 봤자 내 그림자도 잡지 못할 텐데 뭘."

청년이 콧방귀를 뀌며 고개를 돌리자 사내는 가만히 한숨을 내쉬었다.

'등천무영신법을 너무 과신하지 마라. 그것이 천하제일 신법이기는 해도 뇌전보다 빨리 날아드는 저들의 검을 피할 수 있다고는 장담할 수 없으니.'

전장에서 눈을 떼지 못하며 연신 엉덩이를 들썩이는 청년, 옥비룡의 치기 어린 모습에 옥청풍의 의형제이자 공공문의 충복 진유호(秦柳豪)의 얼굴엔 수심이 가득했다.

장영의 공격으로 시작된 싸움은 수하들을 버리고 끝까지 도주를 하려 했던 진구가 백사풍 수장 북리혼의 칼에 허리가 양단되면서 끝이 났다.

오십이 넘는 전룡대원들이 모조리 쓰러지는 데 걸린 시간은 고작 이각에 불과했으니 백사풍의 인원이 그들에 비해 많았음을 감안하더라도 장가구를 초토화시킨 전룡대의 최후치고는 싱거운 감이 있었다.

"쯧쯧, 죽어라 도망치더니 결국 요 모양이 되었군."

장영이 죽음의 공포로 일그러진 진구의 얼굴을 보며 한심하다는 표정으로 혀를 찼다.

"이런 자가 우두머리라 쉬운 싸움이 된 것이지요."

비굴한 자를 벌레 보듯 싫어하는 북리연이 혐오스런 표정을 지으며 북리혼에게 시선을 돌렸다.

"우리 쪽 피해는 얼마나 되나요?"

북리연의 물음에 북리혼이 살짝 찡그린 얼굴로 대답했다.

"두 명이 당했다. 방심하지 말라고 그렇게 말했는데. 멍청한 놈들."

오십이 넘는 인원을 주살하는 과정에서 단지 두 명의 대원을 잃은 대승이었음에도 수적으로도 확실한 우세였고 개개인의 무공도 상대보다 뛰어났다고 여기고 있던 북리혼은 수하들의 희생에 마음이 편치 않았다.

"그래도 큰 피해 없이 이겼으니 너무 마음 쓰지 마세요."

북리혼을 달랜 북리연이 서로 어깨를 나란히 하고 있는 도극성과 영운설을 향해 걸어갔다.

"이것으로 전룡대는 끝난 건가요?"

"예. 이제 금룡대와 신룡대를 잡아야지요. 그들이 하북을 벗어나게 해서는 안 돼요."

"그들을 뒤따르고 있는 이들의 말로는 행보가 빠르지는 않

다고 합니다. 맞지?'

도극성이 곽월에게 물었다.

"그래. 수하들의 보고에 따르면 남하는 하고 있다는데 아무래도 전룡대를 기다리는 것인지 이동 속도가 상당히 더디다고 하더라. 이곳에서 하루 반나절 거리에 있어."

"그 정도 거리라면 서두르면 금방 따라잡을 수 있겠군요."

북리연의 말에 영운설이 고개를 흔들었다.

"너무 급하게 생각하지 마세요. 어차피 시간적 여유는 충분히 있어요. 북해빙궁을 떠나 지금까지의 강행군으로 다들 지쳐 있을 텐데 괜히 무리까지 하면서 추격할 필요는 없어요."

"그래도……."

지난날, 죽림에 당한 굴욕을 하루라도 빨리 되갚고 싶었던 북리연이 성에 차지 않는 듯한 표정을 지었다.

"잠깐, 잠깐. 그 얘기는 차차 하기로 하고. 자, 언제까지 듣고 있을 것이냐? 이제 그만 기어나와라."

장영의 살기 띤 눈이 어느 한곳을 노려보았다.

'헛!'

치고받는 무공이야 그렇다고 쳐도 나름 은신술에 자신이 있었던 옥비룡은 장영이 자신이 숨어 있는 곳을 한눈에 알아보자 가슴이 덜컥 내려앉았다. 장영이 알아보았다는 것은 그와 비슷한 실력이라 할 수 있는 도극성이나 영운설 또한 이미 자신의 존재를 눈치채고 있다는 것을 의미했기 때문이었다.

미리 언질을 받은 것인지 백사풍의 무인들이 어느새 주변을 에워싸고 있었다.

"스스로 나오기 싫다면 끌어내 주지."

장영의 입술이 뒤틀리고 그의 손에 붉은 기운이 맺힐 때였다.

"자, 잠시만요."

다급히 외친 옥비룡과 진유호가 나무 위에서 뛰어내렸다.

그의 존재를 이미 알고 있던 도극성 등은 별다른 반응을 보이지 않았지만 생각보다 가까이까지 접근했음에도 전혀 눈치채지 못한 백사풍의 무인들은 깜짝 놀라지 않을 수 없었다.

"누구냐, 네놈은?"

장영이 기세를 거두지 않고 물었다.

"옥비룡이라고 합니다."

"옥… 비룡?"

고개를 갸웃거린 장영이 옥비룡이 누군지 아느냐는 듯 도극성과 영운설에게 고개를 돌렸다. 영운설과 도극성이 동시에 고개를 흔들자 장영의 입가에 비릿한 미소가 지어졌다.

"어쩌지? 그딴 이름을 아는 사람이 없는데."

딱히 살기를 내뿜은 것도 아니고 그저 시선을 마주친 것에 불과했지만 옥비룡은 온몸이 오그라드는 느낌을 받았다. 그리곤 여기서 더 시간을 끌다간 입도 뻥긋 해보지 못하고 목숨을 잃게 되리라는 위기감을 느꼈다.

"제, 제가 다, 당대 공공문주입니다."

"공공이… 뭐?"

장영의 미간이 살짝 찌푸려졌다.

"고, 공공문입니다. 공공문."

행여나 손을 쓸까 두려워한 옥비룡이 연거푸 자신의 신분을
밝혔다.

"잠시만요."

조용히 들려오는 음성과 동시에 옥비룡을 짓누르던 압박감
이 눈 깜짝할 사이에 사라졌다.

"지금 공공문이라 하였나요?"

영운설의 음성은 옥비룡에겐 어둠을 밝히는 한줄기 빛과도
같았다.

"그, 그렇습니다. 제가 공공문주입니다."

"흠, 이상하군요. 제가 아는 공공문주님은 따로 계신데. 아,
그러고 보니 성함이……."

"옥비룡입니다. 옥비룡."

"옥청풍 대협과는……."

영운설의 말이 끝나기도 전에 옥비룡의 입에서 쏜살같은 대
답이 튀어나왔다.

"부친입니다. 전대 공공문주셨구요."

"아!"

영운설은 비로소 이해했다는 듯 밝은 표정을 지었고 옥비룡
의 얼굴을 잠시 살피던 장영도 고개를 끄덕였다.

"어쩐지 낯이 조금 익더라니. 진작 말을 하던지."

"……."

심정 같아선 능글맞은 낯짝을 후려 패고 싶었지만 옥비룡은 그런 용기를 내지 못했다.

"한데 공공문주께선 여기까지 무슨 일로 오신 건가요?"

영운설의 물음에 그제야 자신이 이곳까지 오게 된 이유를 상기한 옥비룡이 도극성에게 시선을 돌렸다.

"도극성 공자님입니까?"

"그렇습니다."

"저하고 잠깐 가셔야겠습니다."

"지금요?"

"예."

"상황이… 이유를 물어봐도 될까요?"

"공자님을 꼭 모셔오라는 분이 계십니다."

"저를요? 그게 누굽니까?"

도극성이 의아한 표정으로 되물었다.

"그게……."

잠시 머뭇거리며 주변을 둘러보던 옥비룡이 가만히 전음을 보내자 그 순간, 도극성의 몸이 그대로 굳었다.

흔들리는 눈동자.

덜덜 떨리는 입술.

그 짧은 시간 동안 얼굴엔 오만 가지 표정이 나타났다 사라졌다.

하지만 도극성을 바라보는 모든 이들이 느낄 수 있는 감정은 바로 주체할 수 없는 기쁨이었다.

"어, 어디로 가면 됩니까?"

도극성의 격렬한 반응에 비로소 어깨를 편 옥비룡이 다소 거만한 표정을 지으며 말했다.

"저를 따라오시면 됩니다. 아, 그리고 군사님도 데리고 오라셨습니다."

"예? 저를요?"

깜짝 놀라 반문하던 영운설이 도극성을 바라보았다.

도극성이 고개를 끄덕이자 영운설은 더 이상 의문을 가지지 않았다. 무림의 정세가 얼마나 다급한지 누구보다 잘 알고 있는 도극성이 그렇게 행동하는 데에는 분명한 이유가 있으리라 여겼고 또한 어렴풋이 짐작도 갔기 때문이었다.

*   *   *

부사산(浮槎山).

합비로 가는 길목에 있는 나지막한 산.

산은 높지 않았고 완만한 산세를 이루고 있었지만 산을 관통하는 길이 생각보다 좁고 험해 보다 빠른 이동을 원한 죽림은 병력을 능선을 타고 나 있는 길로 나누었다.

북로(北路)를 통해 웅비대와 일부 군소문파의 병력이 이동을 했고 남로(南路)로 나머지 인원이 이동을 했다.

그들을 막기 위해 연합군도 병력을 둘로 나눴다.

오랜 논의 끝에 선봉을 맡기로 했던 암흑마교의 무인들이 웅비대가 주축이 된 무리를 책임지기로 하였고 나부산에서 북상한 병력이 나머지 병력을 책임지기로 하였다.

예당겸이 이끄는 사도천의 무인들은 여전히 암흑마교와 함께 하기로 하였는데 이유는 웅비대의 전력이 만만치 않다는 것도 있었지만 아무래도 오랫동안 호흡을 맞춰본 이들끼리 함께 싸우는 것이 낫다는 산정호의 의견이 받아들여졌기 때문이었다.

싸움은 부사산 북로로 접어든 웅비대의 선발진을 태무룡과 그가 이끄는 이들이 기습을 하면서 벌어졌다.

웅비대의 괴이한 전력에 대해서 많은 소문을 들었고 또 몇몇 부분에 대해선 확인을 했음에도 담사월은 웅비대를 다소 과소평가하고 있었다. 아니, 그들을 과소평가하는 것보다는 자신이 이끄는 암흑마교의 힘을 자신했다는 것이 정확할 것이었다.

담사월은 수적으론 다소 열세일지 몰라도 개개인의 실력으로 따지자면 상대도 되지 않는다는 생각에 최대한 빨리 웅비대를 쓸어버리고 다른 쪽에서 벌어지는 싸움에 지원을 가는 것으로 암흑마교의 힘을 과시하려 하였다.

시작은 좋았다.

지난 과오를 만회라도 하듯 태무룡과 그를 따라 투항한 암흑마교의 무인들은 웅비대가 인근 지역에서 굴복시킨 군소문파의 병력들을 그야말로 초토화를 시켜 버렸다. 수적인 열세

따위는 아무것도 아니라는 듯 개개인의 압도적인 무위로 백여 명이 넘는 인원을 단 이각 만에 모조리 몰살시켜 버린 것이었다.

아군이 적에게 몰살당하는 모습을 보면서도 움직이지 않았던 웅비대가 본격적으로 싸움에 뛰어들기 시작했다.

산동악가의 식솔들이 그랬던 것처럼 태무룡 역시 대다수가 약관에도 미치지 못하는 웅비대의 모습을 보며 코웃음을 쳤다.

생사를 장담할 수 없는 전장을 마음껏 누비고 다녔던 이들과 이제 겨우 몇 번의 싸움을 경험한 애송이들과의 싸움은 애당초 성립될 수 없는 것이라 여겼다.

하나, 장차 죽림의 칼로 쓰이기 위해 아주 어렸을 때부터 혹독한 훈련을 받은 웅비대의 무위는 태무룡의 상상 이상이었다. 게다가 실력을 두세 배는 증폭시킬 수 있는 폭신단까지 복용한 상태였다. 비록 나이는 어리고 경험 또한 일천할지 모르나 웅비대 개개인의 실력, 나아가 웅비대 전체의 전력은 실로 무시무시했다.

선봉에 섰던 자들을 순식간에 몰살시켰던 암흑마교의 무인들이 오히려 역으로 몰살당할 위기에 빠지자 담사월의 행보도 바빠졌다. 좌익을 갈천수에, 우익을 예당겸에게 부탁하고 자신은 직접 수하들을 이끌고 위기에 빠진 태무룡을 구하기 위해 뛰어들었다.

웅비일대와 그들을 이끄는 수뇌들의 실력은 어디에 내놓아도 결코 부족하지 않았으나 갈천수와 예당겸 같은 고수를 상대할 정도는 분명 아니었다.

그렇다고 웅비대의 전열이 흐트러진 것은 아니었다.

상당한 인원이 목숨을 잃었고 여전히 많은 인원이 갈천수와 같은 고수를 상대하기 위해 투입이 되었지만 웅비대는 그만큼의 인원을 빼고도 암흑마교와 사도천의 연합군을 거세게 밀어붙였다.

당금 무림에 가장 실전 경험이 많으면서도 거친 싸움을 한 것으로 유명한 암흑마교와 사도천의 무인들이었지만 웅비대원들은 그들이 질릴 정도로 사납고 매서운 기세로 달려들었다.

폭신단을 복용한 웅비대는 죽음에 대한 두려움, 부상에 대한 고통과 아픔을 모른다는 것이 얼마나 큰 이점으로 작용하는지 제대로 보여주었다.

암흑마교와 사도천의 무인들은 팔이 잘리고, 옆구리가 터져 내장이 비집고 나오는 상황에서도 악귀와 같이 달려드는 적에게 서서히 두려움을 느끼기 시작했다.

두려움은 전염병처럼 주변으로 퍼져 나갔고 그건 곧 전체적인 사기의 저하와 전력의 약세로 돌아왔다.

시간이 흐를수록 피해가 중첩되었고 결국 버티다 못한 담사월이 퇴각을 명령했다.

한 번 퇴각을 시작하며 꺾인 사기는 좀처럼 회복을 하지 못했다.

연이은 패배와 함께 퇴각을 거듭하던 이들은 부사산 서쪽 끝자락까지 밀리고 말았다.

더 이상 물러날 길은 없었다.

그곳은 북로와 남로의 길이 하나로 합쳐지는 곳으로 자칫하면 남로 쪽 아군까지 앞뒤에서 협공을 당하게 만들 수도 있는 터. 암혹마교와 사도천은 그곳에 배수의 진을 칠 수밖에 없었다.

"이곳만큼은 반드시 사수해야 합니다."

담사월의 음성은 비장하기까지 했다.

"알고 있다. 하나, 쉽지가 않아. 무슨 괴물을 상대하는 것도 아니고."

태무룡은 양다리를 잃었음에도 땅을 기어서 자신에게 달려들던 웅비대원을 상기하며 몸서리를 쳤다. 수많은 세월, 온갖 싸움을 다 겪어봤다고 자부했지만 이런 식의 싸움이 있을 줄은 꿈에도 생각하지 못했다.

"하지만 무슨 수를 쓰더라도 이곳을 지켜내야 합니다. 현음궁주님. 혹 남은 것이 있습니까?"

담사월이 산정호에게 물었다. 산정호는 쓴웃음을 지으며 고개를 흔들었다.

"있기는 하지만 고작 두 개뿐이라. 후~ 이럴 줄 알았으면 아껴서 쓰는 것인데."

산정호는 지난 싸움에서 열화굉천뢰를 모두 소진한 것을 무척이나 안타까워했다.

"사용하세. 그것이라도 사용해서 놈들의 기세를 꺾어야지 이러다가 큰일 나겠네."

예당겸에 이어 갈천수가 입을 열었다.

"비록 약물에 취해 있다지만 놈들이 강한 것은 애당초 나이에 어울리지 않게 상당한 무공들을 익히고 있기 때문이오. 우리라면 몰라도 다른 녀석들이 개개인의 싸움에서……."

"으아악!"

갑작스런 비명에 갈천수의 말은 끊기고 말았다.

머리카락이 쭈뼛 설 정도로 끔찍한 비명 소리가 곳곳에서 터져 나오고 부사산이 떠나가라 할 정도의 기합성과 괴성이 들려왔다.

"또다시 시작된 것 같습니다."

"그런 것 같구나."

담사월의 말에 고개를 끄덕인 갈천수가 산정호에게 고개를 돌렸다.

"그 물건 내게 주겠나?"

"예?"

"최대한 피해를 많이 입힐 수 있는 곳에 사용하는 것이 좋을 듯싶어서. 그러려면 아무래도 깊게 들어가야 할 것 같네."

"어르신. 그건 제가."

담사월이 깜짝 놀라 만류를 하였지만 갈천수는 아랑곳하지 않았다.

"내 걱정은 하지 말고 정신 똑바로 차려라. 아까 언급되었듯

이곳에서까지 밀리면 끝이야."

담사월에게 책망 아닌 책망을 한 갈천수는 산정호가 조심스레 건네는 열화굉천뢰를 품에 넣고 비명이 들리는 곳으로 걸음을 옮겼다.

바로 그때였다.

"아직 늦지 않았군요."

난데없이 들려온 음성에 흠칫 놀란 이들이 번개같이 고개를 돌렸다.

그들의 시선이 모이는 곳, 바로 그곳에 고고한 학과 같은 모습의 검후가 서 있었다.

"그, 그대가 어찌?"

담사월이 얼떨떨한 얼굴로 묻자 검후의 입가에 살짝 미소가 지어졌다.

다른 대답은 필요없었다.

그녀의 웃음엔 그들이 듣고자 하는 모든 말이 담겨 있었다.

그녀의 등 뒤, 거의 세 배나 되는 적을 단숨에 몰살시킨 수라검문, 해남파, 검각의 고수들이 하나둘 모습을 드러내기 시작했다.

第八十一章
혈풍난세(血風亂世)-2

"후욱! 후욱!"

거칠게 어깨를 들썩이는 감천우는 저릿한 아픔이 느껴지는 왼쪽 허벅지를 바라보며 입술을 깨물었다. 지금껏 제법 많은 부상을 당했지만 방금 전의 부상은 생각보다 타격이 컸다.

다행히 동맥이 상하거나 심줄이 끊어진 것은 아니어서 움직일 수는 있어도 이전과 같은 움직임을 보일 수 없다는 것은 명백했고 그건 곧 자신을 포위하고 있는 네 명의 적을 상대하기란 사실상 불가능하다는 것을 의미했다.

'제길, 조금만 더 하면 모조리 보낼 수 있었는데.'

네 명의 절대고수들에게 포위 공격을 당하면서도 수세에 몰리지 않고 대등, 아니, 오히려 다소간의 우세를 보였던 그였기에 이번 부상은 너무도 뼈저리게 다가왔다.

감천우는 자신의 허벅지에 깊은 자상을 만들어낸 한고초를 바라보며 지그시 입술을 깨물었다.

검존 순우관의 검도 무서웠으나 화산파의 대장로 한고초의 검 역시 매서웠다. 물론 부상을 당한 대가로 상대에겐 결코 회복할 수 없는 내상을 입혔지만 그것만으로는 부족했다. 기회가 왔을 때 확실히 끝장을 내야 했다.

"타핫!"

감천우가 한고초를 향해 내달렸다.

걱정대로 허벅지의 상처는 그의 움직임을 이전보다 훨씬 무디게 만들었다. 애써 고통을 잊으려 노력은 했지만 생각대로 몸이 따라오지 않았다.

치리릿.

날카로운 파공음과 함께 한줄기 빛살이 그의 머리를 노리며 날아들었다. 그것이 이번 싸움 내내 가장 자신을 괴롭힌 초혼혈사라는 것을 확인한 감천우가 황급히 방향을 틀며 검을 치켜 올렸다.

검을 휘감은 초혼혈사가 팽팽하게 당겨지고, 당겨지는가 싶더니 갑자기 축 늘어지며 감천우의 중심을 무너뜨렸다. 동시에 좌우에서 매서운 협공이 날아들었다.

심각한 표정으로 검을 움직이는 감천우.

풀린 줄 알았던 초혼혈사가 여전히 그의 검을 감고 있는 바람에 생각대로 검이 움직이지 않았다.

감천우는 그 즉시 당초성을 향해 몸을 날렸다.

좌우에서 짓쳐들던 협공 역시 그를 따라 방향을 틀었다.

단숨에 당초성에게 접근한 감천우가 무극혈천공(無極血天功)을 극성으로 끌어올리며 검에 진기를 주입했다.

검에서 푸르스름한 기광이 흘러나오더니 검을 휘감고 있던 초혼혈사를 산산조각 내버렸다.

"이런!"

당초성의 눈이 찢어질 듯 부릅떠졌다.

초혼혈사가 어떤 물건이던가!

질기기가 천잠사의 백배에 이른다는 천년교룡의 심줄 수십 가닥을 꼬아 만든 것으로 어지간한 보검에도 흠집 하나 나지 않는 물건이었다. 한데 그 초혼혈사가 가닥가닥 끊어져 버린 것이었다. 게다가 초혼혈사를 통해 밀려든 기력에 오장육부가 뒤흔들리는 큰 충격을 받았다.

충격을 못 이긴 당초성이 비틀거리는 사이 초혼혈사의 속박에서 벗어난 검이 무방비 상태로 노출된 당초성의 목을 노리며 짓쳐들었다.

하지만 감천우는 끝까지 당초성을 노릴 수가 없었다. 치명적인 부상을 입고 쓰러진 한고초가 당초성을 위해 마지막 기력을 짜낸 것이었다.

감천우는 자신의 다리를 향해 무작정 돌진하는 한고초를 보며 어이없어했다.

감천우는 죽음 따위는 아무렇지도 않다는 표정으로, 마치

같이 죽자는 듯 기괴한 웃음을 입가에 띠며 달려드는 한고초를 보며 질린 표정을 지었다.

그렇다고 두려워한다거나 머뭇거리지는 않았다.

왼쪽 발을 축으로 몸을 빙글 돌린 감천우가 오른쪽 발을 하늘 높이 치켜세우더니 한고초의 정수리를 그대로 찍어버렸다.

퍽!

둔탁한 파열음과 함께 한고초가 그 자리에서 고꾸라졌다.

발꿈치에 찍힌 머리가 허연 뇌수를 작렬하며 터져 나갔지만 감천우의 시선은 이미 그가 아닌 좌우에서 협공을 하는 이들에게 집중되었다.

검과 도.

비슷한 듯하면서도 완전하게 다른 성질의 무기가 적절한 조화를 이루며 날아들었다.

한고초의 장렬한 죽음으로 얻은 최고이자 최후일 수도 있는 기회였기에 공세는 싸움이 시작된 이래 최고로 위협적이었다.

재빨리 뒤로 물러나 공간을 확보한 감천우의 전신에서 말로 표현하기 힘든 기세가 피어오르기 시작했다.

다소 창백해졌던 낯빛이 본연의 색을 되찾았고 깊이를 알 수 없는 눈에선 청광이 뿜어져 나왔다.

[조심하시오. 놈의 무공이 실로 만만치 않소.]

검을 들고 좌측에서 공격을 하던 무당파의 장문인 운선 진인이 다급히 전음을 보냈다.

맞은편에서 협공을 하던 신한이 이를 악물었다.

"어차피 뒈질 놈이외다!"

광기 어린 외침과 함께 더불어 시퍼런 도광이 천지에 뿌려지기 시작했다.

폭섬연환십일도(瀑閃連環十一刀).

종남의 무공 중 가장 패도적이라는 도법이었다.

신한이 발출한 도강이 그 어느 때보다 강맹한 기세로 감천우를 노리며 날아들고 운선 진인의 검강이 감천우의 측면을 후려쳤다.

밀려오는 기세에 대항하는 것만으로도 입에서 핏줄기를 뿜어낼 정도로 위태로운 상황이었지만 그것도 잠시, 무극검마가 말년에 창안한 무극혈천공과 그를 바탕으로 한 무극멸절섬혼검은 두 명의 고수가 일으킨 공세에도 절대 밀리지 않았다.

"마, 말도 안 돼!"

당초성은 신한이 일으킨 도강이 점점 빛을 잃고 사그라들고, 운선 진인의 검강마저 그 기세가 약해지는 것을 보며 경악을 금치 못했다.

감천우가 얼마나 강한지는 그 역시 잘 알고 있었다.

검존 순우관이 그에게 꺾이는 것을 직접 보았기에 더욱더 뼈저리게 느끼고 있었다.

하지만 이 정도는 아니었다.

몸서리쳐질 정도로 강하기는 했지만 화산과 종남의 대장로에 무당파의 문주, 그리고 자신까지 함께한 합공을 견뎌낼 정도는 아니었다.

당초성이 놀라는 것도 무리는 아니었다.

사실, 감천우가 비록 강하다고는 해도 그들 넷을 한꺼번에 상대할 수 있을 정도는 아니었다. 다만 하나의 계기가 그토록 짧은 시간 동안 그를 엄청나게 성장을 시킨 것이었다.

무명신군의 무공은 감천우에게 커다란 충격을 주었다.

특히 마지막에 보여준 이기어검은 그에게 무공에 대한 새로운 눈을 뜨게 만들었으니 화산과 종남을 무너뜨리는 순간에도 모든 일을 수하들에게 맡긴 감천우는 우연찮게 찾아온 깨달음의 기회를 놓치지 않기 위해 식음을 전폐할 정도로 매달리고 또 매달렸다.

그렇게 며칠이 지나고 하나의 화두를 가지고 끝까지 파고들었던 감천우는 자신이 익힌 무공에 대해 새롭게 눈을 뜨게 되었고 무공 또한 이전과는 비교할 수가 없을 정도로 비약적인 발전을 했다. 그 결과가 지금 나타난 것이다.

"크헉!"

감천우의 공격을 감당하지 못한 신한이 외마디 비명을 지르며 물러났다. 들고 있던 칼은 이미 흔적도 없이 사라졌고 무극멸절섬혼검의 절초 절혼참(絶魂斬)이 훑고 간 몸 곳곳에서 선홍빛 핏줄기가 솟구쳤다.

운선 진인의 상태도 가히 좋지는 않았다.

오직 무당파의 장문인만이 익힌다는 조양검을 대성한 그였지만 무극검마가 남긴 무극멸절섬혼검의 위력엔 결국 굴복하고 말았다.

힘없이 쓰러져 이내 목숨이 끊긴 신한과는 달리 비록 목숨은 보존했을지 몰라도 검을 쥔 오른손이 어깨부터 깨끗하게 잘려 나가고 말았으니 사실상 무인으로서의 생명은 끝난 것이나 다름없었다.

"정말 기가 막히는군."

벌 떼처럼 달려드는 사자철궁의 무인들을 교묘히 피해가며 부상에서 회복을 하지 못하고 있는 형 파미륵을 대신하여 사자철궁을 이끌었던 파록의 심장을 박살 내버린 강호포가 눈앞에 펼쳐진 상황에 황당함을 금치 못했다.

오랫동안 적으로 지내왔기에 그는 무당파의 장문인이, 화산파의 대장로가 얼마나 강한 인물인지 잘 알고 있었다. 근래에 신성으로 등장한 당초성의 무공 또한 결코 그들에 못지않았다. 한데 그들이 모여 합공을 했음에도 감천우라는 애송이 하나를 물리치지 못하고 오히려 철저하게 박살이 났다는 것은 도무지 이해하기가 힘들었다.

"상대를 해보면 알겠지."

강호포가 호승심으로 활활 타오르는 눈빛을 뿜어내며 감천우에게 다가갔다. 하지만 싸움은 이뤄지지 않았다.

이미 네 명의 합공을 뚫어내느라 만신창이가 된 감천우로선 강호포라는 막강한 적과 싸울 여력이 없었고 사방에서 공격을 받은 수하들과 사자철궁의 피해 또한 더 이상 버티기가 힘들 만큼 막심했기에 일단 퇴각을 결정할 수밖에 없었다.

싸울 여력이 없는 것은 대정련이라고 다르지 않았다.

누구보다 치열하게 싸웠던 화산과 종남파의 무인들은 거의 전멸에 이르렀고 그들을 돕기 위해 달려온 무당파와 아미파, 공동파의 정예들까지 막대한 피해를 당하고 말았다.

수치상으론 다소 우위를 보이긴 했지만 상대편의 피해가 사자철궁에 집중되었음을 감안하면 이겼다고 하기에도 부끄러웠다.

결국 양패구상이라 보는 것이 정확했다.

"강하긴 정말로 강한 놈들이야."

강호포는 즐비하게 늘어선 시신들을 보며 새삼 죽림의 힘에 놀라고 있었다. 그러다 문득 생각이 났는지 힘겹게 걸음을 놀리며 다가오는 당초성에게 물었다.

"대체 경덕진에서 온다던 놈들은 어째서 안 오는 것이냐?"

"그게……."

"쯧쯧, 그놈들만 제때에 도착을 했어도 저놈들을 저리 보내지는 않았을 것이야."

강호포가 한심하다는 듯 혀를 찼다.

답답하기는 당초성 역시 마찬가지였다.

그 역시 지원군이 어째서 아직까지 도착을 하지 않는 것인지 이해를 할 수가 없었다.

*　　　*　　　*

"어찌 되었나?"

무적팔위의 여섯 번째이자 죽림 내에서 그야말로 전천후 임무를 책임지고 있는 비암단(飛暗團) 단주 조은이 나른한 음성으로 물었다.

　"큰 피해를 입었지만 그래도 무사히 퇴각에 성공한 모습입니다."

　"대사형은?"

　"걱정할 정도는 아닌 듯 보였습니다."

　"다행이군. 한데 놈들의 추격은 없었고?"

　"예. 서로 막대한 피해를 당하다 보니 엄두를 내지 못하는 것 같습니다."

　"좋아. 이쪽 피해 상황은 어떻지?"

　"현재까지 스물일곱이 당했습니다."

　"스물일곱이나? 젠장, 꽤나 많이 당했네."

　조은의 얼굴이 일그러졌다.

　칠십에 불과한 비암단의 규모를 생각했을 때 스물일곱이면 실로 막대한 피해가 아닐 수 없었다.

　"예. 아무래도 상대가 상대인지라… 특히 소림맹룡의 무위는 실로 무서울 정도입니다."

　"다른 곳도 아니고 소림사에서도 보기 드문 기재라는 놈이다. 그만한 실력은 지니고 있겠지. 떼로 덤벼도 감당하기 힘들 거야. 아무튼 아쉬운 상대야."

　조은이 살짝 한숨을 내쉬었다.

　군사인 제갈현음이 절대로 정면 대결을 하지 말고 그저 발

걸음만 막으라고 신신당부하는 것도 부족해 림주의 명령 운운
하며 협박만 하지 않았으면 꼭 상대해 보고 싶을 정도로 무광
은 매력적인 상대였다.

"계속 공격합니까?"

"아니. 우리가 놈들의 발을 묶는 동안 대사형도 무사히 빠져
나갔으니 더 이상 희생을 늘릴 필요는 없겠지. 이러다 괜히 우
리 비암단만 끝장이 나는 수가 있어. 지금 즉시 철수시켜라."

"알겠습니다."

사내가 물러나자 조은은 얼마 전, 선두에서 일행을 이끌던
무광의 위풍당당한 모습을 떠올렸다.

"조만간 제대로 싸워볼 수 있겠지."

맛있는 음식을 눈앞에 둔 사람처럼 조은의 눈빛은 기대감으
로 반짝반짝 빛나고 있었다.

*　　　*　　　*

폭신단을 복용한 웅비대원들의 실력은 실로 매서웠다.

수라검문과 검각의 무인들이 지원을 했음에도 싸움은 거의
한 시진 동안 이어진 다음에야 끝이 났는데 승리를 거뒀음에
도 피해는 상상 밖으로 컸다.

처음부터 웅비대와 싸움을 벌였던 암흑마교는 전력의 절반
이 날아갔고 수라검문과 검각의 무인들 역시 그에 못지않은
피해를 당했다.

"이제 끝난 것 같군요."

"예. 덕분에 살았습니다."

담사월은 온몸에 피를 뒤집어쓴 채로 걸어오는 소벽하를 향해 진심으로 고개를 숙였다.

"아니요. 암흑마교에서 지금까지 놈들을 막아주지 못했다면 솔직히 패하는 쪽은 우리였을 거예요."

소벽하도 암흑마교의 공을 인정했다.

객관적인 전력에서 수라검문보다 우위였던 암흑마교가 그정도로 당했다는 것은 다시 말해 그들이 아니라면 아무도 웅비대를 상대할 수 없다는 것을 의미했기 때문이었다.

"정말 지독한 놈들이다. 대체 무슨 방법을 썼기에 저 어린놈들을 그리 만들 수 있는지……."

소벽하를 따라 북상한 흑월쌍괴가 목숨이 끝나는 순간까지 악착같이 달려들던 웅비대의 집요함에 혀를 내두르며 다가왔다. 그들 역시 적지 않은 부상을 당했는지 온몸에 크고 작은 부상의 흔적이 보였다.

"두 분 노선배님께 진심으로 감사를 드립니다."

다른 누구보다 앞장서 웅비대를 상대하던 흑월쌍괴, 그들의 활약 덕에 그나마 피해를 줄일 수 있었음을 상기한 소벽하의 얼굴에 고마움이 묻어났다.

"뭐, 그 정도를 가지고. 다 그런 것이지."

엽립이 헛헛한 웃음을 지으며 몇 가닥 남지 않은 수염을 쓰다듬었다.

"그나저나 저놈들은 어찌 처리할 생각이냐?"

담사월과 소벽하의 시선이 잠격이 가리키는 방향으로 동시에 움직였다.

그곳엔 대략 이십 명 정도 되는 웅비대원들이 포로로 잡혀 있었는데 조금 전, 그토록 악착같이 버티던 모습과는 달리 고개를 푹 숙인 채 위협을 당하는 것이 보기에 안쓰러울 정도였다.

"글쎄요. 어찌 처리를 해야 할지……."

소벽하는 쉽게 결정을 내리지 못했다.

적이라 해도 포로를 잡힌 이들에게 관용을 베푸는 것은 무림의 관례라 할 수 있었다. 하나, 그러기엔 저들이 그간 보여준 행태가 몸서리칠 정도로 악독했고 이번 싸움에서 입은 피해 또한 너무도 컸다. 더구나 혼자 결정할 사항도 아니었다.

소벽하의 시선이 자신에게 향하자 담사월 역시 곤란한 표정을 지었다. 그 또한 소벽하와 똑같은 생각을 한 것이다.

"일단 저놈들이 무슨 말을 하는지 들어보는 것이 좋겠소이다. 얻을 수 있는 정보를 최대한 얻은 다음에 처리를 고민해도 늦지는 않을 것 같소만."

예당겸의 말에 다들 고개를 끄덕였다.

포로가 된 웅비대의 숫자는 정확히 스물두 명이었다. 처음 부사산에 모였던 숫자가 천오백을 육박했다는 것을 감안하면 그들이 얼마나 치열하게, 또 얼마나 큰 피해를 입으며 싸웠는지를 여실히 보여줬다.

"어찌 처리하기로 하였느냐?"

태무룡이 피에 쩔은 혈부를 땅에 쿵 찍으며 물었다.

지난날의 과오를 만회하기 위해 누구보다 열심히 싸웠던 태무룡은 자신을 따라나섰던 수하들이 전멸에 가까운 피해를 당하자 극도로 흥분한 상태였다.

소벽하를 곁눈질하던 담사월이 별다른 대답을 하지 못하자 예당겸이 얼른 나섰다.

"그게 급한 것은 아닌 것 같소이다. 일단 몇 가지 취조를 좀 해본 다음에……."

"취조는 무슨. 안다고 해도 이 어린놈들이 얼마나 알겠소. 그저 쓰다 버리면 되는 일회용 무기 따위에 불과한 놈들이거늘. 당장 놈들의 목을 베어 먼저 간 이들을 위로하는 것이 옳을 것이오."

태무룡이 다짜고짜 손을 쓰려는 모습을 보이자 갈천수가 그를 말리고 나섰다.

"그만하게. 이런 식으로 처리할 문제는 아니야."

"우리만 피해를 당한 것도 아니고 다들 많은 희생이 있었습니다. 우리들의 감정만 앞장세울 문제는 아니라고 봅니다."

갈천수가 말리는 틈을 이용해 태무룡의 앞에 나선 담사월이 고개를 흔들며 말했다.

태무룡은 여전히 분기를 참지 못하고 포로들을 노려보았다. 하나, 착 가라앉은 담사월의 눈과 그들을 응시하는 여러 사람들의 시선을 의식한 뒤에는 화를 억누를 수밖에 없었다. 암흑마교가 많은 피해를 당했다지만 다른 문파 역시 많은 피해를 당했고 무엇보다 그들 앞에서 암흑마교의 적통이라 할 수 있는 담사월의 체면을 훼손시킬 수는 없었기 때문이었다.

태무룡이 일단 뒤로 물러나자 안도의 한숨을 내쉰 예당겸이 눈짓을 보내자 과거 사도천 집법당 당주로 꽤나 많은 명성(?)을 얻었던 율무진이 포로들 앞으로 걸어갔다.

쫙 째진 눈, 날카로운 눈동자에선 기이한 광기가 흐르고 비틀린 입술 사이로 나직한 웃음을 흘리며 다가선 율무진이 다짜고짜 칼을 휘둘러 포로 중 한 명의 목을 베어버렸다.

설마하니 그런 식으로 포로들을 닦달할지 상상도 못한 담사월 등이 놀란 표정을 감추지 못할 때, 율무진은 동료의 목에서 뿜어진 피로 얼굴을 적신 응비대원의 목에 칼을 가져다 대며 물었다.

"이름."

"……."

율무진은 기다리지 않았다.

단숨에 그의 목을 베어버린 율무진이 그 옆 사람에게 칼을 겨눴다.

"이름."

"……."

침묵에 대한 대가로 또다시 칼을 휘두른 율무진이 다시금 옆 사람에게 시선을 돌릴 때 뒤에서 나직한 목소리가 흘러나왔다.

"그만하지."

율무진이 천천히 고개를 들어 목소리의 주인을 찾았다.

"모두 벙어리는 아니군."

건들거리며 다가간 율무진이 피식 웃으며 말했다.

"이름."

"강총."

"직책은?"

"웅비일대 대주."

"호~ 대주나리셨군. 그래서 그토록 당당했나?"

율무진은 말이 끝나기가 무섭게 칼등으로 강총의 얼굴을 후려쳤다.

단숨에 피가 튀고 꺾일 정도로 고개가 돌아갔지만 강총은 짧은 신음 하나 흘리지 않았다.

"제법 강단이 있군."

오랜만에 상대할 자를 만났다는 기쁨 때문인지 아니면 상대가 강하게 나올수록 굴복시키는 즐거움이 더하기 때문인지 율무진의 얼굴이 살짝 달아올랐다.

바로 그때였다.

"즐겁나?"

강총의 입에서 흘러나온 질문에 율무진의 눈썹이 살짝 일그러졌다.

"즐… 겁냐? 물론 즐겁지. 즐겁고말고."

"그럼 미리 사과하지. 그 즐거움을 계속 누리게 하고 싶지만 그쪽 낯짝을 보는 것이 영 괴롭군."

강총이 천천히 품을 뒤졌다.

율무진은 신경 쓰지 않았다. 포로로 잡힐 때 이미 그의 몸엔 금제가 가해져 무공을 쓰지 못한다는 것을 알기 때문이었다. 무공을 잃은 상태에서 던지는 암기 따위에 쓰러질 정도로 약하지 않다는 자신감의 발로이기도 했다.

하지만 강총이 품 안에서 꺼낸 물건을 보는 순간, 자신이 뭔가 잘못 생각한 것은 아닌지 의심을 해야 했다.

그 의심을 확신이 되게 만들어준 사람은 암흑마교 사람들이었다.

"마, 마화염폭!"

가장 먼저 마화염폭을 알아본 갈천수가 경악성을 토해내고 그가 어떤 행동을 취하기도 전에 강총에 이어 무려 열 명도 넘는 포로들이 마화염폭을 꺼내 들었다.

"피햇!"

목이 터져라 외친 갈천수가 칼을 휘둘렀지만 벌떡 몸을 일으킨 포로들이 육탄으로 그의 공격을 막았다.

수하들의 죽음을 충혈된 눈으로 바라보던 강총이 얼이 빠져 있는 율무진에게 살짝 미소를 보였다.

"같이 가자고."

"미친 새끼!!"

마화염폭이 땅에 떨어지기 전, 율무진의 칼에 의해 강총의 목숨은 사라졌지만 그가 원한 대로 율무진은 피륙 하나 남기지 못하고 흔적도 없이 사라졌다.

꽝! 꽝! 꽝!

강총이 마화염폭을 던지는 것과 동시에 사방으로 뿌려진 마
화염폭이 연속적으로 터지며 내는 폭음은 그야말로 하늘이 무
너지는 듯했다.

단 한 개만으로도 사방 십여 장을 초토화시키는 마화염폭
열두 개의 위력은 뭐라 말로 표현하기가 두려울 정도였다.

부사산을 뒤흔들던 폭음과 진동이 사라지고 지옥의 염화보
다 더욱 뜨거운 불길로 모든 것을 태우던 열기가 겨우 가라앉
은 뒤 드러난 광경은 차마 눈을 뜨고 보기가 두려울 정도로 끔
찍한 것이었다.

화산 폭발이라도 있었다는 듯 곳곳에 움푹 패인 분화구가
만들어졌고 그 분화구를 중심으로 수많은 시신들이 즐비했다.
분화구에 가까운 시신일수록 그 훼손 정도가 심했는데 분화구
안쪽은 형체를 알아볼 수 없을 정도로 처참하게 뭉개진 시신
들뿐이었다.

"으으으으."

담사월의 입술이 덜덜 떨렸다.

마화염폭이 터지는 순간, 자연스레 발출된 파천묵뢰강 덕에
목숨은 부지할 수 있었지만 그 누구보다 폭발의 중심에 있었
던 담사월은 초토화가 된 주변과 어육으로 변해 버린 수하들
의 시신에 할 말을 잃고 말았다.

소벽하는 자신을 구하기 위해 마화염폭의 위력을 온몸으로

막아낸 화검종과 마도병의 시신을 부여잡고 오열하고 있었으며 산정호를 비롯하여 사도천의 거의 모든 수하들을 잃은 예당겸은 넋을 잃은 얼굴로 주저앉아 버렸다.

마화염폭의 폭발 반경과 비교적 멀리 떨어져 있던 검각과 해남파의 무인들을 제외한 암흑마교, 수라검문, 사도천의 무인들은 대부분 죽음을 피하지 못했다.

생존자는 고작 이 할.

경덕진과 나부산에서, 광기에 사로잡혀 그토록 매섭게 몰아치던 웅비대의 공세 속에서도 끝까지 살아남은 이들이 마화염폭 앞에서 너무도 어이없게 무너지고 만 것이다.

*   *   *

"지금… 무공을 잃으셨다고 하셨습니까?"

지난날, 묵철기마대를 깨고 퇴각하는 아군을 보호하다 행방이 묘연해졌던 무명신군을 다시 만나게 된 기쁨도 잠시, 그때의 후유증으로 영원히 무공을 사용할 수 없게 되었다는 말에 도극성은 놀라움을 감추지 못했다.

"무얼 그리 놀라느냐? 그깟 게 뭐 대수라고. 어차피 익힐 만큼 익혔고 쓸 만큼 썼다. 하니 아쉬울 것도 없지."

핀잔을 주는 무명신군에게선 정말로 아쉬워하는 모습이 보이지 않았다.

"그건 그렇고. 이렇게 살아계시면 미리 연락이라도 해주셨어야지요. 제가 얼마나 걱정했는지 아십니까?"

"그렇잖아도 이 녀석이 연락을 하려는 것을 노부가 막았
다."

무명신군이 손가락을 꼼지락거리고 있는 옥비룡을 가리키
며 말했다.

"노부는 이제 그만 무림에서 은퇴할 생각이다. 뭐, 어차피
무공도 잃었으니 원하지 않아도 그리되고 말았지만."

"그래도 알려주셨어야지요."

"그러자면 다른 사람도 알게 되지 않겠느냐? 맹수는 자신의
죽음을 보이지 않는 법. 노부 역시 그냥 조용히 사라지고 싶어
그랬다."

무명신군이 더 이상 토를 달지 말라는 표정을 지었지만 그
간 내심 마음고생을 했던 도극성은 그런 무명신군이 너무도
얄미웠다.

"하긴, 생각해 보니 조용히 은거를 하시는 것이 맞긴 하네
요. 만약 무공을 잃으신 것을 사람들이 안다면……."

도극성은 상상도 하기 싫다는 듯 고개를 흔들었다.

"그러게 적당히 하셨어야지요. 모르긴 몰라도 이름깨나 난
위인들은 모조리 몰려들걸요."

"이놈이!"

무명신군이 눈을 부라렸지만 도극성은 아랑곳하지 않았다.

"그만 진정하시지요. 아직 안심할 단계는 아닙니다. 자칫
상세가 악화될까 두렵습니다."

무명신군이 누워 있는 침상 발치에서 착 가라앉은 음성이 들려왔다.

그가 바로 생사의 기로에 선 무명신군을 살려낸 성수신의(聖手神醫) 장교(張矯)로 황산 어귀의 이름도 제대로 알려지지 않은 의가(醫家)의 후예였으나 피나는 노력 끝에 전대 어의(御醫)까지 오른 입지전적인 인물이 바로 그였다.

"누가 침쟁이 아니랄까 봐 그놈의 앓는 소리는……."

가볍게 한숨을 내쉰 무명신군이 영운설에게 손짓을 했다.

"이리 가까이 오너라."

영운설이 다가오자 무명신군이 물었다.

"어찌 되고 있느냐?"

현 무림의 정세가 어찌 돌아가는지는 공공문의 정보를 통해 대부분 알고 있었지만 대정련의 군사인 영운설은 공공문이 미처 파악하지 못하고 있는 정보를 알고 있었다.

한참이나 설명을 듣던 무명신군이 어느 정도 승기를 잡았다는 영운설의 말에 고개를 흔들었다.

"속단은 이르다. 전에도 말했듯이 죽림의 힘은 강해. 그 끝이 어딘지 모를 정도로."

"예. 늘 경계하고 있습니다."

영운설이 공손히 머리를 조아리자 무명신군이 기분 좋은 웃음을 흘렸다.

"좋은 자세다. 그래도 너같이 현명한 아이가 있기에 노부도 안심을 하는 것이야."

"과찬이십니다."

무명신군의 칭찬에 영운설의 얼굴이 살짝 붉어졌다.

"그건 그렇고……."

무명신군이 장교에게 시선을 돌렸다.

"준비는 잘되고 있느냐?"

"정말 하실 생각입니까?"

장교가 난처한 표정을 지으며 되물었다.

"물론이지. 그것 때문에 이 아이들을 부른 것이고."

"솔직히 너무 위험합니다. 대환단이 절세의 명약이라지만 그것도 한계가 있는 법입니다."

"노부가 믿는 것은 대환단이 아니라 네 능력이다. 너라면 내가 하고자 하는 것을 성사시켜 줄 수 있는 능력이 있어."

"후~ 아무리 그래도……."

장교가 땅이 꺼져라 한숨을 내쉬었다.

다른 사람도 아니고 천하제일인이라 추앙(?)받는 무명신군의 절대적인 믿음에 나름 뿌듯한 마음이 들었지만 그렇다고 성공 확률이 삼 할도 안 되는 일에 선뜻 나설 수가 없기 때문이었다.

"대체 무슨 일을 벌이시려고 그러는 겁니까?"

무명신군의 말과 장교의 대응에서 뭔가 불안감을 느낀 도극성이 따지듯 물었다.

무명신군은 도극성이 원하는 대답 대신 엉뚱한 것을 물었다.

"삼원무극신공의 성취는 어느 정도나 되느냐?"

"예?"

"어느 정도나 익혔느냐니까."

"십일성을 넘어섰습니다."

"흠, 그 정도라면 자격이 있겠고. 너는 자하신공을 익히고 있겠지?"

"예."

"어느 정도 성취를 이루었느냐?"

"소녀 역시 십일성을 겨우 넘었을 뿐입니다."

"허! 언제부터 십일성이 겨우라는 말이 되었더냐? 내 알기론 화산파 역사상 자하신공을 십성 넘도록 익힌 사람이 다섯도 되지 않는다고 들었다."

영운설의 실력이 결코 만만치 않음을 알고 있던 무명신군도 그녀가 자하신공을 십일성 넘게 익혔다는 말에 깜짝 놀랐다. 검존 순우관이 말년에 고작 십성에 이르렀다는 것을 생각하면 그녀의 성취가 얼마나 뛰어난 것인지 미루어 짐작할 수 있는 것이었다.

"아직 많이 부족합니다."

"그리 겸양 차릴 것 없다. 네가 얼마나 뛰어난 아이인지는 노부가 잘 알고 있으니."

"감사합니다, 어르신."

영운설의 모습에 빙그레 웃음 지은 무명신군이 여전히 한숨을 푹푹 쉬고 있는 장교에게 물었다.

"오늘 밤에 가능하겠느냐?"

무명신군의 물음에 장교가 고개를 흔들었다.

"준비를 하려면 시간이 조금 걸립니다."

"그럼 내일 아침이면 되겠구나."

"……."

장교가 어이없어하건 말건 고개를 돌린 무명신군이 더없이 진중한 음성으로 말했다.

"아마도 두 번은 없을 게다. 오직 한 번뿐. 그 안에서 뭔가를 얻고 못 얻고는 모두 너희들의 능력에 달린 것이다."

무명신군의 눈이 영운설에게 향했다.

"만류귀종(萬流歸宗)이라 했다. 비록 익힌 무공은 다르지만 잘 보아두면 네게도 큰 도움이 될 것이야."

"예, 어르신."

영운설은 한 사람의 무인으로서 자신에게 두 번 다시 오기 힘든 기회가 왔음을 느끼며 흥분을 참지 못하고 온몸을 파르르 떨었다.

"직접 시전을 하는 것은 내일로 미루도록 하고 지금은 우선적으로 간단한 무리(武理)에 대해 설명해 보마."

순간, 도극성과 영운설의 심장이 미친 듯이 뛰기 시작했다.

이기어검.

그들의 뇌리에 존재하였으나 지금껏 단 한 번도 모습을 드러내지 않았다는 전설의 경지가 떠올랐다.

그리고 얼마 전, 전설은 현실이 되었다.

＊   ＊   ＊

"웅비일대마저?"

"예. 그들만큼은 가급적 살리고 싶었지만 그들이 없으면 나머지 웅비대원들이 통제가 되지 않아 어쩔 수 없었습니다."

"결국은 그리되고 말았군."

호연백은 장차 죽림의 기둥으로 성장할 웅비일대마저 모조리 전멸을 했다는 말에 침통한 표정을 지었다.

"독청웅이 그들을 막았어야 하는데 아무것도 해보지 못하고 쓰러지는 바람에… 경덕진에 있던 반란군이 참여하는 순간, 예정된 수순이었습니다."

"독청웅이 그리 쉽게 당할 줄은 노부 역시 생각도 못했다. 아까운 인물이었는데 말이야."

"문제는 독청웅뿐만 아니라 그가 이끄는 암흑마교의 전력이 모조리 사라졌다는 것에 있었습니다. 경덕진을 지키고 있던 반란군이나 대정련의 전력을 소모시키고 사라졌다면 상관이 없는데 어찌 지원을 해볼 틈도 없이 너무도 어이없게 당하는 바람에 일이 커졌습니다."

"놈들이 열화굉천뢰를 사용할 줄 누가 알았겠느냐? 그래도 이번 일로 어느 정도는 갚아줬으니 분은 조금 풀린 셈이구나. 그래, 놈들의 피해는 어느 정도나 된다더냐?"

"향후 이십 년 안에는 결코 회복할 수 없을 정도로 궤멸적인 타격을 입혔습니다. 특히 경덕진에서 움직인 암흑마교와 사도천, 나부산에서 북상한 수라검문은 전력의 구 할 이상을 잃었습니다."

"흠."

웅비대를 모조리 잃긴 했지만 암흑마교의 반란군과 수라검문, 사도천의 거의 모든 전력을 사라지게 만들었다면 웅비대는 충분히 역할을 했다고 볼 수 있었다.

"천우는?"

"비암단과 함께 돌아오고 있습니다."

"부상을 당했다고 들었다."

"걱정하실 정도는 아닙니다. 다만……."

제갈현음이 말끝을 흐리자 호연백은 찻잔을 가만히 내려놓고 물었다.

"뭐가 문제지?"

"놈들의 공세가 워낙 강해 생각보다 많은 인원이 당했다고 합니다. 특히 사자철궁은 거의 궤멸 직전입니다."

"우리 아이들은?"

"아직까지 이백 정도가 살아남았습니다."

"다행이구나. 솔직히 경덕진에서 북상한 대정련의 정예들이 천우를 노린다는 말을 듣고 꽤나 걱정을 했는데 말이다. 솔직히 숫자는 많지 않아도 제법 실력이 있다는 놈들이라 말이야."

호연백은 암흑마교가 장강 이남을 석권한 상황에서도 적진에 남아 암흑마교를 괴롭혔던 무광과 운섬 등의 활약상을 떠올리며 말했다.

"비암단의 활약이 컸던 것으로 압니다."

"비암단이?"

"예. 적절한 매복과 기습으로 적의 발길을 묶은 것으로 압니다. 그 와중에 상당수 대원들이 목숨을 잃었지만 그들이 무사히 합류해 감천우 수좌를 공격했을 때를 가정하면 피해라고 볼 수도 없습니다."

"녀석이 나름 애를 썼군. 지원군으로 비암단을 선택한 네 판단도 훌륭했다. 단혼마객 그 친구를 보내고자 했던 노부의 의견을 무시할 때는 꽤나 괘씸했는데 말이다."

"소, 송구합니다."

제갈현음이 황급히 머리를 조아리자 호연백이 너털웃음을 터뜨렸다.

"칭찬이니 죄송해할 것 없다. 내 누누이 말하지 않았느냐? 모든 작전권은 네게 일임했다고. 그러니 고개를 들어라. 그리고 말해봐. 이제 어찌할 생각이냐?"

순간, 번쩍 고개를 든 제갈현음이 착 가라앉은 음성으로 대답했다.

"대정련을 도모할 때입니다."

第八十二章
결전(決戰)-1

　개방의 총단을 흔적도 없이 지운 죽림의 본진이 소림사로 향하면서 잠시 멈추는가 싶었던 피의 수레바퀴가 다시금 돌기 시작했다.

　암흑마교에 의해 이미 한차례 겁란을 치른 소림사는 암흑마교보다 월등한 힘을 지닌 죽림의 본진에 별다른 대항도 해보지 못한 채 힘없이 무너지고 말았다.

　경전을 연구하는 스님 일부를 제외하곤 무공을 익힌 무승이라면 어린 소사미까지 단 한 사람도 살아남지 못했고 장경각을 비롯하여 암흑마교의 공격에도 살아남았던 전각과 이후, 힘겹게 재건한 대부분의 건물 역시 모조리 소실되었다.

　소림사를 무너뜨린 죽림은 대정련을 향해 거침없이 진격을 했고 대정련 역시 그들을 맞기 위해 움직였다.

죽림과 대정련이 최초로 맞부딪친 곳은 여하(汝河)였다.

반나절 동안 펼쳐진 싸움에서 대정련은 고독검 종리혁을 앞세운 죽림의 정예에 대패하여 무려 육백의 전사자를 남기고 퇴각하고 말았다.

이 싸움에서 대정련은 아미파의 장로 불연신니, 청성파의 대장로 천선자를 비롯하여 십수 명의 명숙을 잃었는데 대정련으로선 실로 뼈아픈 손실이 아닐 수 없었다.

기선을 제압한 죽림은 대정련을 향해 노도처럼 밀려들었고 대정련은 연이은 패배를 당하면서 피해가 기하급수적으로 늘어갔다.

물론 대정련이라고 일방적으로 당한 것은 아니었다.

싸움이 벌어진 직후에 합류한 당초성과 수라검문의 군사였던 가등전의 귀계(鬼計)로 홍석산(紅石山)에서 백여 명의 적을 몰살시키는 쾌거를 거두기도 했다.

하나, 워낙 많은 패배로 빛이 바래고 말았으니 나흘 동안 벌어진 싸움에서 한두 번의 승리를 제외하곤 변변한 승리를 얻지 못한 대정련은 결국 본진이 위치한 평정산(平頂山)까지 밀리고 말았다.

풍전등화의 위기에 빠진 대정련.

누가 보더라도 대정련의 패배는 기정사실처럼 여겨졌다.

그러나 부사산에서 마화염폭에 치명적인 피해를 당했던 고수들이 도착을 하고 각지에서 무수한 인원들이 대정련을 돕기 위해 달려오면서 싸움은 또 다른 양상으로 흐르기 시작했다. 특히 죽림에 비해 절대고수들이 부족했던 대정련으로선 담사월, 도존 갈천수, 적혈부왕 태무룡, 소벽하, 검후 등과 같은 고수들의 합류는 그야말로 천군만마와 같은 것이었다.

그렇다고 전세가 대정련으로 기울지는 않았다.

대정련에 많은 고수들이 새롭게 합류를 하였지만 죽림 역시 흩어졌던 병력이 하나둘 모여들었다. 물론 수적으로야 대정련에 모인 군웅들에 비할 바는 아니었지만 하나같이 정예라는 점에서 전력은 오히려 그 이상이기 때문이었다.

"도대체 이해를 할 수가 없구나. 그러니까 봉명과의 연락이 완전히 끊어졌단 말이냐?"

단혼마객 이찬이 답답하다는 듯 물었다.

"예."

제갈현음이 침중한 표정으로 대답했다.

"대체 언제? 사흘 전만 해도 장성을 넘었다는 전갈이 오지 않았더냐?"

"그랬습니다만, 확인 결과 그간 우리에게 전해진 모든 정보가 조작된 것으로 확인되었습니다."

"조… 작?"

이찬은 물론이고 이른 아침부터 모인 수뇌진들의 얼굴이 경악으로 물들었다.

"대체 언제부터 조작이 되었단 말이냐?"

"아마도 처음부터 그랬던 것 같습니다."

"허!"

이찬이 어이가 없는지 말을 잇지 못했다.

"하면 북해빙궁을 접수했다는 말도 거짓이란 말입니까?"

조은의 물음에 제갈현음이 한숨을 내쉬었다.

"그런 것 같다."

"북해빙궁의 병력을 몰고 남하하고 있다는 말도 거짓이겠고요?"

"그렇겠지."

조은도 이찬과 같은 표정으로 고개를 절레절레 흔들고 말았다.

청천벽력과도 같은 소식에도 눈 하나 깜빡하지 않고 있던 종리혁이 입을 열었다.

"대정련에서 북해로 지원군을 보냈다더니만 그 녀석들에게 당한 모양이군. 대정련에서 쓸데없는 짓을 한다고 여겼는데 그게 아니었어. 뭔가 믿고 있는 구석이 있으니 그리했을 터인데."

종리혁의 한마디 한마디가 비수가 되어 제갈현음의 가슴을 마구 후벼 팠다.

"어차피 일은 벌어진 것이고……."

종리혁의 날카로운 눈이 제갈현음에게 향했다.

"장성을 넘었다는 연락이 사흘 전에 왔다고?"

"예."

"아군이 아니라 적으로 오는 것이겠지만 거짓은 아닐 게다. 놈들의 움직임은 파악했느냐?"

"아직 파악하지 못했습니다."

제갈현음이 고개를 푹 숙였다. 그러자 보다 못한 부군사 기무생이 조심스레 입을 열었다.

"다만 놈들이 벌인 일이라 추측되는 일은 파악이 되었습니다."

순간, 좌중의 시선이 기무생에게 향했다.

"일전에 장가구를 접수했던 전룡대의 실종사건을 기억하십니까?"

"전룡대? 그런 일이 있었더냐?"

애당초 그런 소소한 일엔 신경을 쓰지 않던 종리혁은 금시초문이라는 표정을 지었지만 그를 제외한 대다수의 수뇌들은 고개를 끄덕였다.

"당시엔 시간이 촉박하여 그 이유를 제대로 파고들지 못했지만 놈들에게 당한 것일 수도 있다는 생각을 하고 있습니다."

"음. 그게 사실이라면 놈들이 이미 이곳에 도착해 있을 수도 있다는 말이 되는군. 우리 뒤통수를 노리면서 말이야."

기무생은 차마 대답을 하지 못했지만 그것은 곧 긍정의 의미나 다름없었다.

"이거 골치 아프게 되었군요. 언제 들이닥칠지도 모르는 적을 뒤에 두고 싸움을 하게 되었으니 말입니다."

조은의 말이 모두의 마음을 무겁게 만들었다.

그때였다.

지금껏 무표정한 얼굴로 얘기를 듣던 호연백이 곁에 앉은 감천우에게 물었다.

"너는 어찌 생각하느냐?"

이미 생각을 한 것이 있는지 감천우는 조금도 지체없이 대답을 했다.

"우선은 대정련의 공략에 신경 쓰는 것이 좋을 듯합니다."

"후방의 적은?"

"사제가 비록 실패는 했다지만 쉽게 쓰러지지는 않았을 겁니다. 정보가 조작될 정도라면 이쪽으로 연락을 할 생존자 역시 없다는 것이고 죽림의 최정예가 그 정도로 당할 정도면 북해빙궁의 피해 역시 만만치 않았을 겁니다. 우려할 정도로 대규모의 적은 없다고 봅니다."

단언하듯 말하는 감천우의 말에 조은이 조심스레 반박했다.

"하지만 대사형, 전룡대가 당했습니다. 백 명도 넘는 인원이 그리 조용히 당한 것을 보면 적의 규모가 만만치 않을 수도 있습니다."

"대정련을 떠나 북해로 갔던 자들이 어떤 인물인지를 생각해 봐라. 사도천의 천주에 무명신군의 제자인 도극성, 군사인 영운설까지. 전룡대 정도는 이들만으로 충분히 가능한 일이다. 하지만 그런 이유로 그들을 완전히 무시할 수도 없다. 너무도 뛰어난 자들이기에."

잠시 말을 끊은 감천우가 더없이 진지한 자세로 입을 열었다.

"우리가 생각하는 것 이상으로 대정련의 힘은 강했습니다. 아니, 우리가 무림의 힘을 너무 얕봤다는 것이 맞을지도 모르겠습니다. 지금 이 순간에도 대정련엔 많은 이들이 모여들고 있고 앞으로 얼마나 많은 병력이 모일지 가늠하기 힘듭니다. 물론 단순한 숫자의 증가일 수도 있으나 부담이 되는 것은 틀림없습니다. 이대로 지리한 공방전으로 시간을 보내다간 어쩌면 우리가 패할 수도 있습니다."

좌중은 숨도 쉬지 못하고 감천우를 주시했다.

"지난 사흘 우리의 정예는 충분한 휴식을 취했습니다. 흩어졌던 병력들 또한 모두 합류를 한 상태입니다. 그에 반해 대정련은 우리가 앞세운 자들의 공격으로 단 한순간도 제대로 쉬지를 못했습니다. 지금이야말로 최고의 기회라 생각합니다."

"총공격을 감행하자는 말이더냐?"

호연백이 가만히 물었다.

"그렇습니다. 대정련을 무너뜨리기엔 지금 이상의 적기가 없다고 판단됩니다."

"군사는 어찌 생각하느냐?"

"감 수좌의 말에 전적으로 동의합니다. 다만 북해에서 남하한 적에 대한 철저한 준비가 선행되어야 할 것입니다."

"음."

고개를 끄덕인 호연백이 잠시 생각을 정리하는 듯하다가 조은을 향해 고개를 돌렸다.

"비암대주."

"예, 림주님."

"후방은 네가 책임져야겠다."

"제가요?"

"수하들을 동원해 후방에서 적의 움직임이 있는지 철저하게 감시해. 주변에 깔려 있는 인원이 제법 되니 그들을 이용한다면 어렵지는 않을 게다."

"하지만……."

"믿겠다."

"알… 겠습니다."

누구의 명이라고 거절을 할까. 무광과의 대결을 학수고대하던 조은은 아쉬움을 접고 명을 받았다.

"군사."

호연백의 부름에 기다렸다는 듯 벌떡 일어선 제갈현음이 평정산 주변을 세밀하게 묘사한 작전지도를 활짝 펼쳤다.

"대정련을 무너뜨리기 위해 반드시 접수해야 하는 요지(要地)가 세 곳이 있습니다. 두 분 어르신께서 애써주셔야겠습니다."

제갈현음이 단혼마객과 고독검을 바라보며 말했다.

"그러지."

단혼마객과 고독검이 동시에 고개를 끄덕였다.

"이곳은 자네가 책임지게."

제갈현음이 지적한 곳을 가만히 보던 감천우가 대답했다.

"알겠습니다."

"이 외에도 네 곳의 주요 공격로가 있습니다. 병력을 나눠 일시에 공격을 감행할 터인즉 각 공격로를 책임지시는 분은……."

제갈현음의 말은 그 누구도 끼어들지 못할 정도로 빠르게 이어졌다.

그야말로 일사천리.

공격 계획은 이미 완벽하게 준비되어 있었다.

하나에서부터 열까지 세세한 설명을 늘어놓는 제갈현음의 모습에 슬며시 고개를 돌린 단혼마객이 호연백를 바라보았다. 때마침 호연백도 그에게 시선을 주었다.

호연백의 입가에 걸린 의미심장한 미소에 단혼마객은 비로소 그의 의도를 파악할 수 있었다.

'어차피 공격할 생각이었군.'

그럼에도 불구하고 감천우에게 의견을 구한 것은 그를 전면에 내세워 공격을 주도하도록 만들기 위함일 터.

'하긴 지금쯤 확실히 힘을 실어줄 때도 되었지. 천우만 한 녀석도 없으니. 인품도 그렇고 일신에 지닌 무공도 그렇고.'

단혼마객은 제갈현음의 계획을 묵묵히 듣고 있는 감천우를 보며 호연백이 그가 할 수 있는 최고의 선택을 했다고 확신했다.

두 사람의 마음을 아는지 모르는지 제갈현음의 말에 온 정신을 집중하고 있는 감천우의 눈은 차갑게 빛나고 있었다.

*   *   *

"결국 뚫렸단 말인가! 무슨 일이 있어도 그곳만큼은 반드시 막아야 하는 곳인데."

청천벽력과 같은 소식에 구인걸은 낭패감을 감추지 못했다.

"함수곡(含手谷)이 뚫렸다면 운학정(韻學亭)과 사자림(獅子林)도 무너졌다는 말인데 하면 그곳을 지키는 이들은 어찌 되었소?"

노도처럼 밀려드는 적을 막기 위해 온갖 계략을 쥐어 짜내고 있던 가등전이 허탈한 음성으로 물었다.

"설마, 모조리 당한 것은 아니겠지?"

개방의 오결제자로서 새롭게 명안을 총괄하고 있는 차우(車雨)가 대답을 하기도 전, 구인걸이 버럭 소리를 질렀다.

"귓구멍이 막혔느냐? 어서 말을 하여라!"

"사자림을 지키고 있던 화산의 문도들은 모조리 전멸을 당했습니다만 그들이 시간을 끌어준 덕분에 운학정에 있던 인원은 대부분 무사히 퇴각하는 데 성공했습니다."

"함수곡은? 그곳을 지키던 덕일 진인과 곡상천 장문인은 어찌 되셨느냐?"

"미처 퇴로를 확보하지 못하시고 목숨을 잃으신 것으로 압니다."

"두, 두 분 다?"

"예."

"이럴 수가……."

할 말을 잃은 구인걸이 힘없이 자리에 주저앉았다.

"사자림이나 운학정은 그렇다 쳐도 공동과 종남파의 정예들이 지키는 함수곡은 제아무리 강력한 죽림이라 해도 쉽게 뚫을 수 없는 곳. 대체 적의 수장이 누구란 말인가?"

도성이 이해가 되지 않는다는 표정으로 물었다.

"단혼마객이 직접 삼백 정예를 이끌고 공격해 온 것으로 압니다."

순간, 이곳저곳에서 안타까운 탄식이 흘러나왔다.

"단… 혼마객이라면 그럴 수도 있겠군."

도성이 어두운 표정으로 고개를 끄덕였다.

지난 며칠간의 싸움에서도 단혼마객에 의해 얼마나 많은 명숙들이 유명을 달리했던가.

그의 실력이 얼마나 막강했는지 그와 정면대결을 펼쳐서 목숨을 부지하고 돌아온 사람은 화산파의 장문 이진한이 유일했다. 그나마도 적지 않은 부상을 당했으니 현 대정련에서 단혼마객과 자웅을 겨룰 수 있는 사람은 도성과 공진 대사를 비롯하여 극소수라 할 수 있었다.

"다른 곳은 상황이 어떠한가?"

공진 대사가 물었다.

"좋지 않습니다."

대답을 하는 차우의 표정이 더욱 어두워졌다.

"자세히 말해보시게."

"현재 가장 위급한 곳은 비룡암(飛龍庵)으로서 계곡을 타고 은밀히 접근한 무리들로 인해 양쪽에서 포위 공격을 당하고 있는 상태입니다."

"계곡이라면… 설마, 절벽을 기어올라 왔단 말이냐?"

구인걸이 입을 쩍 벌리며 물었다.

"예. 그것도 죽림의 후계자로 알려진 감천우가 오십 명의 수하들을 직접 대동하고 절벽을 오른 것으로 압니다. 양쪽에서 협공을 당한 결과 비룡암을 지키고 있는 이백 명의 인원 중 절반 이상이 목숨을 잃었고 현재에도 그 수가 급격히 줄고 있습니다. 운선 진인과 청정 사태가 필사적으로 막고는 있지만 감천우라는 자의 무공이 워낙 뛰어난 바람에……."

차우는 청정 사태가 이미 치명적인 부상을 당하고 후송당했으며 운선 진인 역시 낙일검 운섭과 무당파 장로들의 힘을 빌려 힘겨운 싸움을 하고 있다는 말은 차마 하지 못했다. 하지만 굳이 언급을 하지 않아도 좌중에 모인 이들은 차우의 표정에서 어느 정도 상황을 짐작할 수 있었다.

"함수곡이 뚫린 상황에서 비룡암까지 무너진다면 상황은 건잡을 수 없이 흘러가게 됩니다. 무슨 일이 있어도 지켜내야 합니다."

구인걸이 다급히 말했다.

"무량수불! 노도가 가도록 하지."

도성이 분연히 일어났다.

불성이 쓰러지고 무명신군마저 사라진 지금 사실상 정파무림의 마지막 보루라 할 수 있는 도성이 직접 움직인다고 함에도 누구 하나 말릴 생각을 하지 못했다. 그것은 지난날, 감천우가 운선 진인을 비롯한 절대고수 네 명의 합공에도 살아남은 실력자라는 것이 알려졌기 때문이었다.

도성이 비룡암으로 떠나고 그를 보낸 수뇌진들이 무거운 표정으로 자리에 앉을 즈음 구인걸이 애써 마음을 진정시키고 물었다.

"승천각(承天閣) 쪽에선 연락이 없느냐? 설마 그쪽까지 문제가 있는 것은 아니겠지?"

"승천각도 고독검 이하 삼백이 넘는 적으로부터 맹렬한 공격을 받고 있습니다만 아직까지 큰 문제는 없습니다. 오히려 공격을 이끌던 고독검이 부상을 당하는 바람에 전세가 역전된 것으로 압니다."

"후~ 그나마 다행이로군."

구인걸이 안도의 한숨을 내쉬었다.

"한데 고독검이 부상을 당했다고? 누구에게?"

"고독검 같은 고수에게 부상을 입힐 사람이라면 소림맹룡뿐이겠지요. 그렇지 않은가?"

가등전의 물음에 차우가 고개를 끄덕였다.

"그렇습니다."

무광의 활약상에 공진 대사의 눈가에 잠시나마 웃음이 스쳐지나갔다.

"승천각이 건재하다니 다행이기는 한데 그래도 조심은 해야 할 것 같습니다. 만약 비룡암이 무너진다면 오히려 양쪽에서 협공을 당할 수가 있습니다."

가등전이 지도 위, 비룡암에서 승천각 배후로 이어지는 길을 가리키며 말했다.

"도성께서 가셨으니 그럴 일은 없을 것이오."

공진 대사의 말에 가등전이 조심스레 고개를 흔들었다.

"그분의 실력을 의심해서 드리는 말씀이 아닙니다. 다만, 감천우의 실력이 결코 만만치 않다는 것과 비룡암의 중요성을 아는 저들 역시 언제든지 지원군을 보내올 수 있기에 걱정을 하는 것입니다."

"하면 어찌했으면 좋겠습니까?"

"저희들이 도움을 줄 수 있을 것 같습니다."

구인걸의 물음에 회의에 참석은 하고 있되 말석에서 침묵만을 지키고 있던 담사월이 입을 열었다.

"오! 그래 주시겠소?"

구인걸을 비롯하여 좌중에 모인 이들 모두가 반색을 했다.

부사산의 싸움에서 거의 모든 병력을 잃었지만 도존과 적혈부왕 같은 고수를 보유하고 있는 곳이 바로 암흑마교였다. 그래도 그간의 관계가 있어 직접 청하기가 어려웠는데 먼저 나서겠다는 말을 들으니 그렇게 고마울 수가 없었다.

*　　　*　　　*

"함수곡은 무난히 점령을 했고 비룡암 또한 승리를 눈앞에 두고 있습니다. 다만 승천각에 문제가 발생했습니다."

문제가 발생했다는 말에 호연백의 이마가 찌푸려졌다.

"승천각? 누가 갔느냐?"

"고독검 어르신입니다."

"그 친구가 고전을 하는 것을 보니 만만찮은 자들이 막고 있는 모양이구나."

"고전 정도가 아닙니다. 적지 않은 부상을 당하셨다고 합니다."

"흠, 그렇게 쉽게 당할 위인이 아닌데. 누구에게 당한 것이냐?"

"소림맹룡이라고 들었습니다."

"흠."

호연백이 묵묵히 고개를 끄덕였다. 소림에서 심혈을 기울여 키워낸 불세출의 기재 무광이라면 고독검이 꺾였다는 것도 이해가 갔다.

"다른 곳은?"

"서쪽 능선을 타고 이동하는 백검단은 이미 적의 일차 저지선을 뚫었고 묵검단 역시 동쪽 능선을 오르며 적들을 완파했습니다. 뇌전당과 풍운당도 적들을 연파하고 있습니다."

"피해는?"

"대략 육백 정도 됩니다."

"육… 백이나? 생각보다 많구나."

전반적인 전황이 우위에 있었지만 생각보다 큰 피해에 호연 백의 얼굴이 살짝 굳었다.

"염려하실 것 없습니다. 희생자 대부분이 죽림에 굴복한 문 파들의 병력들이니까요. 그에 반해 적은 이미 천 명이 훨씬 넘 는 인원이 목숨을 잃었습니다."

"제법 선전을 해주었군."

"그들이 강했다기보다는 폭신단과 마화염폭 덕분입니다."

"폭… 신단? 그리고 마화염폭이 아직도 남아 있었더냐?"

호연백이 의문을 표했다.

"여분이 조금 있었습니다. 남겨둬 봤자 이후엔 별로 쓸 일이 없는 물건들이라 모조리 사용을 했습니다."

"폭신단이야 그렇다 쳐도 마화염폭이면 놈들의 반격도 만 만치 않았을 텐데."

"독왕뢰 몇 개가 보복적으로 사용된 것으로 파악은 되었지 만 크게 걱정하실 정도는 아니었습니다. 어차피 우리가 당하 는 것도 아니고요."

함께 싸우고 있었지만 제갈현음은 선봉에 선 여타 문파들의 무인들은 아군으로 취급도 하지 않고 있었다.

"이 상태라면 한 시진 이내에 모든 수비벽을 뚫고 대정련의 본진에 도착할 수 있을 것 같습니다."

"너무 자신만만해하지 마라. 사람이 하는 일이다. 늘 예상 대로 진행되지는 않아."

호연백은 너무 자신만만해하는 제갈현음의 자만심에 경고를 했다.

"며, 명심하겠습니다."

"하지만 지금까지는 다들 잘해주고 있구나. 네 공이 크다."

제갈현음의 어깨를 가만히 두들겨 주는 호연백의 눈은 어느새 대정련의 본진으로 향해 있었다.

*   *   *

"후욱! 훅!"

도성의 입에서 탁한 숨소리가 연이어 흘러나오고 피로 물든 어깨가 거칠게 흔들렸다.

그의 정면에 선 감천우 역시 거친 숨을 몰아쉬고 있었다.

도성은 진정 감탄한 눈으로 눈앞에 선 상대를 바라보았다.

"실로 대단하구나."

도성은 그가 평생을 갈고닦은 무공을 총동원하여 공격을 했음에도 굳건히 버텨내는 감천우의 실력에 경악을 금치 못하고 있었다. 운선 진인을 통해 이미 그의 실력을 알고는 있었지만 막상 부딪쳐 보니 전해 들은 것보다 최소 몇 배는 더 강한 것 같았다.

'무극검마의 무공을 익혔다더니 과연… 당금 무림에 있어 누가 이자를 상대할 수 있단 말인가.'

도성은 자신 역시 감천우의 상대가 되지 못함을 은연중 느끼고 있었다. 다만 지금까지 견딜 수 있었던 것은 감천우가 그와 싸우기 전에 이미 운선 진인과 낙일검, 그리고 무당파의 많은 장로들의 합공을 견뎌낸 뒤였기에 가능한 것이었다.

감천우 역시 도성의 실력에 많이 놀라고 있었다.

'과연 도성이군. 무명신군을 만나기 전의 나였다면 잘해야 양패구상 정도. 명성이 헛된 것이 아니었어.'

호흡이 점점 안정되어 간다고 여긴 감천우가 잠시 시선을 주변으로 돌렸다.

상황은 가히 좋지 않았다.

처음, 절벽을 타고 올라 기습을 가하고 청정 사태를 쓰러뜨리면서 잡았던 승기는 백여 명이 넘는 인원을 데리고 나타난 도성으로 인해 어느 순간 대정련으로 넘어가고 말았다. 아직 싸움이 끝난 것은 아니었지만 자신이 계속해서 도성에게 발목이 잡혀 있다간 힘겹게 버티고 있는 수하들의 안전을 장담할 수가 없었다.

'최대한 빨리 끝낸다.'

결심을 굳힌 감천우가 검병을 움켜잡았다.

그가 미처 공격을 하기 전, 대정련의 후미에서 거대한 함성이 들려왔다.

도성의 얼굴이 밝아졌다.

이런 살벌한 전장, 급박한 상황에서 저런 함성이 들린다는 것은 오직 한 가지 의미밖에 없었기 때문이었다.

고개를 돌린 도성은 담사월을 필두로 암흑마교의 지원군이 도착한 것을 확인하곤 씁쓸한 웃음을 지었다.

"노부를 믿지 못했다는 것이 조금은 괘씸하지만 참으로 적절한 대처로군. 그건 그렇고… 우리의 싸움은 끝을 내야겠지?"

감천우의 얼굴이 처음으로 일그러졌다.

대정련의 강력한 저항을 단숨에 짓밟고 함수곡을 무너뜨린 단혼마객은 그 여세를 몰아 대정련 본진을 향해 내달렸다.

단혼마객의 기세에 놀란 대정련이 급히 병력을 동원하여 그의 발걸음을 묶고자 했지만 한 번 손을 쓰면 상대의 목숨은 물론이고 혼백까지 산산조각 내버린다는 무적의 검객은 전혀 개의치를 않았다.

"컥!"

짧은 비명성과 함께 또다시 악몽이 시작되었다.

단혼마객은 수하들에게 싸움을 맡기고 뒤에서 지켜보는 인물이 아닌지라 적이 많고 적음을 떠나 가장 앞장서서 싸움을 지휘했고 압도적인 무위로 승기를 가져갔다.

단혼마객의 검이 움직일 때마다 사방에서 비명이 터져 나왔다.

반격은 고사하고 그 누구도 그의 일검을 막아내는 사람이 없었다.

특히 상대편의 사기를 꺾는 데 적의 수뇌들을 치는 것 이상은 없다는 것을 알고 있는 단혼마객은 대정련의 주요 고수들을 집요하게 노렸는데 일각도 되지 않아 그에게 목숨을 잃은 명숙의 수가 셋을 넘었다.

결국 화산파의 장로 둘이 그를 막기 위해 필사적으로 달려들었지만 얼마 못 가 온몸이 난자당한 처참한 모습으로 쓰러지고 말았고 단혼마객이 마지막으로 그들의 목숨을 취하려는 찰나, 화산파 장문 이진한이 제자들을 데리고 전장에 도착했다.

"멈춰랏!"

평정산을 뒤흔드는 외침에 막 두 장로의 목숨을 취하려던 단혼마객의 검이 그대로 멈췄다.

"난 또 누구라고. 자네였군."

자신과 검을 섞은 대정련의 무인 중 유일하게 목숨을 건진 자.

이진한을 알아본 단혼마객의 입가에 미소가 지어졌다.

엄청난 힘이 실린 한줄기 검기가 단혼마객을 향해 날아갔다.

"흠."

이진한으로선 화산의 장로들을 살리기 위함이라지만 단혼마객은 그의 행동에 불쾌감을 느꼈다.

단혼마객이 굳은 얼굴로 몸을 틀자 이진한이 발출한 검기가 간발의 차이로 스쳐 지나갔다.

"컥!"

외마디 비명에 단혼마객의 고개가 돌아갔다.

그의 눈에 검기를 미처 피하지 못한 수하 하나가 가슴을 부여잡고 힘없이 무너져 내리는 모습이 보였다. 순간, 그의 눈에서 엄청난 살기가 뿜어져 나왔다. 자신으로 인해 애꿎은 수하의 목숨이 사라졌다는 것에 분노를 느낀 것이었다.

일전의 싸움으로 단혼마객이 얼마나 막강한 고수인지 뼈저리게 느꼈던 이진한은 기선을 빼앗기지 않겠다는 각오와 함께 혼신의 힘을 다해 검을 휘둘렀다.

파스스슷!

노도처럼 일어난 검기가 겹겹이 쌓이고 중첩되면서 단혼마객을 향해 밀려들었다.

차가운 눈으로 이진한을 노려보던 단혼마객도 검을 들었다.

꽈꽈꽝!

엄청난 굉음과 함께 충격파가 주변을 휩쓸었다.

"음."

이진한이 나직한 신음을 흘리며 두어 걸음 밀려났지만 단혼마객은 태산과 같은 기세를 뿜어내며 우뚝 서 있었다.

"그때는 운이 좋아 살아 돌아갔지만 두 번의 행운은 없다."

단혼마객의 입가에 차가운 미소가 흘렀다.

이미 한 번의 패배를 경험한 이진한은 그의 비웃음을 감수할 수밖에 없었다.

"두 번씩이나 그럴 생각은 없소."

이를 악문 이진한이 검을 움직였다.

검에서 뻗어 나온 환상적인 기운이 이진한을 부드럽게 에워

싸며 회전하기 시작했다.

단혼마객은 이진한이 펼치는 무공을 단숨에 알아봤다.

오직 장문인만이 익힐 자격이 있다는 자하구검.

지난번 싸움에서 그를 살려 보낸 결정적인 이유가 바로 자하구검에 있었다.

단혼마객은 차갑게 가라앉은 눈으로 이진한의 움직임을 주시했다.

우우우.

이진한과 그의 검이 하나가 되어 공명하기 시작했다.

그리고 검명이 최고조에 이르렀을 때, 천하를 굽어본다는 자하구검의 눈부신 절초들이 단혼마객을 노리며 날아들었다.

자하구검은 각각의 초식들이 연계점을 가지고 결국 하나로 이어지며 그 위력을 몇 배나 증가시키는 연환검의 극치였다. 초기에 제대로 방어를 하지 못하면 승부를 장담할 수 없었다.

단혼마객이 극성으로 끌어올린 건천기공(乾天氣功)의 힘을 검끝에 집중시키며 원진을 그리자 검끝에서 흘러나온 건천지기(乾天之氣)가 투명한 강기막을 치고 천지사방을 화려하게 수놓으며 쏟아지던 이진한의 공격을 막아갔다.

꽝! 꽝! 꽝!

자하구검의 절초들이 강기막을 후려치며 거대한 충돌음을 토해 그 여파가 주변을 뒤흔들었다.

이진한은 첫 번째 초식부터 마지막 초식까지 한 번에 이어지는 자하구검을 무려 세 번 연속 반복했다.

몸에 무리가 갈 정도로 혼신의 힘을 다한 공격은 단혼마객에게 다시는 굴욕을 당하지 않겠다는 이진한의 강력한 의지였다.

하나, 그토록 화려하고 매섭고 강맹한 공격을 퍼부어도 단혼마객의 수비벽은 견고하기만 했다. 시간이 갈수록 자하구검의 위력이 약해지고 건천지기의 반탄력이 강해지며 오히려 공격을 하는 이진한이 큰 충격을 받고 내부가 진탕되는 지경에 이르렀다.

결국 공격을 멈춘 이진한이 몇 걸음 물러나자 그의 공격을 받아내느라 거의 허벅지까지 땅속 깊이 박혔던 단혼마객이 박혔던 몸을 빼내며 말했다.

"이제 내 차롄가?"

단혼마객이 이진한을 향해 검끝을 돌렸다.

순간, 이진한의 전신에 소름이 돋았다.

단순히 검끝이 향해졌을 뿐인데도 천지를 집어삼킬 기세로 밀려오는 살기가 장난이 아니었다. 이미 경험을 한 적이 있지만 그때보다 위력이 한층 배가된 느낌이었다.

'힘… 들겠군.'

패배를 직감한 이진한의 얼굴에 그늘이 짙게 드리웠다.

                    *   *   *

"뭐야, 이조 아이들과 연락이 끊어져? 언제부터?"

조은이 날카로운 음성으로 물었다.

호연백으로부터 후방에서 있을지 모르는 기습을 철저하게 감시하라는 명을 받은 그로선 그 어떤 사소한 문제라도 쉽게 넘길 수가 없었다.

"반 시진 정도 되었습니다. 뿐만 아닙니다. 삼조도 연락이 되지 않습니다."

비암단 부단주 서판(徐判)이 굳은 얼굴로 대답했다.

"삼조까지?"

"예."

"대체 무슨 일이 벌어지고 있는 거야? 무영단주(無影團主)는 뭐래? 그쪽과는 연락을 해봤어?"

조은이 평정산 인근은 물론이고 전체 무림을 감시, 감찰하는 임무를 맡고 있는 무영단을 언급했지만 서판은 고개를 흔들 뿐이었다.

"별다른 이상을 느끼지 못하는 모양입니다. 게다가……."

"게다가 뭐?"

서판의 안색이 심상치 않자 조은이 따지듯 물었다.

"우리가 이번 일을 주도하는 것이 마음에 들지 않는 모양입니다. 아무래도 자신들이 밀려난 것 같은 생각 때문인지 정보 공유도 제대로 되지 않고 지휘체계에도 혼선이 오고 있습니다."

"미친 거 아냐?"

"예?"

"무영단주 말이야. 그 인간이 미치지 않고서야 어떻게 이런 짓을 해? 누군 하고 싶어서 이러는 줄 아나."

조은의 눈에서 살기가 뿜어져 나오기 시작했다.

명목상 무영단주와 비암단주인 조은의 서열은 동등했다. 오히려 연배는 무영단주가 훨씬 위라고 볼 수 있었다. 하지만 조은은 림주인 호연백으로부터 직접 무공을 배운 무적팔위 중 한 명으로 죽림 내의 위상은 무영단주에 비할 바가 아니었다.

"그 인간 어딨어?"

서슬 퍼런 조은의 모습에 서판은 자신도 모르게 숨을 삼켰다.

무영단주가 현재 그들과 정확히 십여 리 떨어진 장원에 위치하고 있다는 것을 알았지만 사실 그대로를 얘기할 수가 없었다.

지금 분위기로 보아 조은이 무영단주를 만나게 되면 분명 사단이 날 것이고 그리되면 무영단주는 물론이고 조은에게도 좋을 것이 없었다.

"확인하지 못했습니다."

"당장 찾아서 이리 오라고 해. 오지 않으려 한다면 다리를 부러뜨려서라도 끌고 와."

말이 되지 않는 명이었지만 일단 명을 받을 수밖에 없었다.

"알겠습니다."

서판이 허리를 꺾으며 명을 받을 때, 난데없는 음성이 들려왔다.

"꼭 그럴 필요는 없을 것 같다."

"누구냐?"

서판의 몸이 번개같이 돌아갔다. 반면에 그의 출현을 미리 감지하고 있었다는 듯 조은은 아무런 행동도 취하지 않았다.

"무영단주인가 뭔가 하는 놈은 이미 세상과 하직했다는 말이야. 그리고 네놈들도 곧 그리될 것이고."

비릿한 웃음을 흘리는 사내 뒤로 괴인 셋이 호위하듯 따라붙었다.

머리부터 발끝까지 붉은 데다가 인간미라고는 전혀 느껴지지 않는 사이한 기운의 괴인들의 모습에 조은의 눈이 반짝였다. 분명 기억에 있는 자들이었다.

"네가 사도천주냐?"

"호~ 제법 안목이 있군."

장영이 다소 놀란 표정으로 말했다.

"저런 똥덩어리를 주렁주렁 달고 다닌다는 머저리 얘기를 들은 적이 있어서 말이야."

조은의 조롱에 장영의 눈빛이 서늘해졌다가 이내 원래의 빛을 되찾았다.

"어차피 죽을 목숨이니 그렇게 재촉하는 것도 괜찮기는 하지."

"그거야 두고 보면 알 일이고."

장영이라는 고수를 앞에 두고도 조은은 실로 여유만만한 모습이었다.

하나, 내심은 그렇지 못했으니 장영과 대화를 하는 도중에도 그는 수하들의 기척이 하나둘 사라지는 것을 감지하며 엄청난 위기감을 느끼고 있었다.

"그렇게 머릴 굴려봤자 변하는 것은 없다. 이곳은 이미 우리들에 의해 장악된 상태니까. 대충 끝나가는 것 같군."

조은의 심리상태가 뻔히 보인다는 듯 비웃음을 흘리던 장영이 고개를 살짝 돌렸다.

"죽어랏!"

기회만을 엿보고 있던 서판이 전광석화와 같은 움직임으로 장영의 품을 파고들었다.

"안 돼!"

깜짝 놀란 조은이 다급히 만류하려 하였으나 공격은 이미 시작이 되었고 비릿한 살소와 함께 서판의 공격을 흘려보낸 장영이 역으로 그의 머리를 후려치고 있었다.

몸통과 분리된 머리가 조은의 발아래로 떼굴떼굴 굴러왔다.

자신이 어찌 당한 것인지도 모르는 표정의 서판을 보며 조은은 두 주먹을 꽉 쥐었다.

고수라고 칭하기엔 다소 무리가 있었지만 서판은 어디를 가더라도 목에 힘을 줄 수 있을 정도의 무공은 지닌 인물이었다. 그런 서판이 기습을 감행했음에도 단 일수에 목숨이 끊어져버렸다는 것은 장영의 무공이 알려진 것보다 훨씬 강하다는 것을 의미했다.

"오랜만에 싸워볼 만한 상대를 만난 것 같군."

조은은 수하들과 평생 동안 곁을 지킨 서판의 죽음에도 얼마 전 무광을 보았을 때처럼 강렬한 호승심을 드러내고 있었다.

그런 조은을 보며 장영이 피식 웃음을 흘렸다.

"나도 그렇게 생각한다만 유감스럽게도 그럴 수 없을 것 같다."

"무… 슨?"

조은의 눈에 의혹이 깃들 때, 그를 향해 한 자루의 검이 날아들었다.

상상도 할 수 없을 정도로 빠르고 날카로운 공격에 기겁을 한 조은이 필사적으로 몸을 틀었지만 옆구리에 깊은 자상을 입고 말았다.

하나, 그것이 끝이 아니었다.

머리 위에서 또 다른 검이 벼락같이 내리꽂히고 있었다.

조은이 황급히 검을 쳐올렸지만 그런 불안정한 자세로 막을 수 있는 공격이 아니었다.

"크윽!"

불에 덴 듯한 고통과 함께 왼쪽 어깨가 축 늘어졌다.

조은은 다시는 왼쪽 팔을 쓸 수 없을 것이라 직감하며 입술을 꽉 깨물었다. 그리곤 자신을 공격한 이들을 죽일 듯 노려보았다.

일남일녀.

조은은 그들이 북해에서 사라진 도극성과 영운설임을 직감적으로 느낄 수 있었다.

'제기랄!'

일대일로도 승부를 점칠 수 없는 인물이 무려 셋이었다.

하늘이 두 쪽 나는 한이 있어도 죽음은 피할 길이 없어 보였다.

*   *   *

"그 초식의 이름이……."

"절혼참이라고 합니다."

감천우가 검을 늘어뜨리며 말했다.

"절혼참이라… 과연 어울리는 이름이군. 석년의 무극검마라 해도 자네만큼 강하지는 않을 것이야."

비록 패배는 했지만 도성은 감천우의 실력을 찬탄해 마지않았다.

"과찬입니다. 운이 좋았을 뿐."

"아니. 운이 좋은 것이 아니라 자네가 강한 것이네. 설사 그 운이라는 것이 노도에게 왔다 하더라도 이겨내지 못할 정도로 강했어. 음."

짧은 신음과 함께 도성의 몸이 갑자기 흔들렸다.

"사조님."

어느새 곁으로 다가온 운섬이 재빨리 그를 부축했다.

"너로구나."

도성의 입가에 미소가 지어졌다.

그 미소를 보는 운섬의 마음이 찢어지고 있었다.

조금씩 배어 나오던 피가 이미 온몸을 적시고 있는 터. 운섬은 도성의 죽음을 직감했다.

운섬의 떨림이 전해진 것인지 도성이 그의 팔을 가만히 잡았다.

"난 괜찮다."

"사… 조… 님."

도성의 눈이 하늘로 향했다.

피로 얼룩진 지상과는 달리 구름 한 점 없는 하늘은 눈이 시리도록 맑았다.

평생 친우였던 불성의 얼굴이 스치듯 지나갔다.

'이제 곧 보겠구려.'

도성이 가만히 눈을 감았다.

거인은 그렇게 역사 속으로 사라져 갔다.

절대로 쓰러지지 않을 것 같았던 도성의 죽음에 대정련은 감당하기 힘든 충격과 슬픔으로 망연자실할 수밖에 없었다.

하나, 그 슬픔과 충격은 이내 엄청난 분노가 되어 감천우와 그가 이끌고 온 죽림의 정예에게 쏟아졌다.

암흑마교의 지원으로 그렇잖아도 절망적인 싸움을 하던 죽림은 더욱더 힘든 싸움을 하게 되었다.

운선 진인과 운섬, 무당의 장로들의 합공을 이겨내고 도성까지 쓰러뜨리느라 전력을 다했던 감천우가 마침내 한계를 보였기 때문이었다.

거기에 더해 무당의 장로들을 가볍게 요리하던 봉공들이 갈천수와 태무룡에게 힘없이 무너지면서 상황은 더욱 악화되었다.

시간이 갈수록 숫자는 급격하게 줄어들고 전멸마저 각오를 해야 하는 절망적인 상황에서 자검단 단주 사우영은 감천우만큼은 어떻게든지 살려야 한다는 절박한 심정에 모험을 감행키로 했다.

사우영은 자검단에서 가장 믿을 만한 수하들에게 자신이 운섬을 상대하는 사이에 감천우를 빼돌리라 명을 내리곤 죽을힘을 다해 감천우를 공격하고 있는 운섬에게 달려들었다. 운섬의 매서운 공격을 과연 얼마나 버틸지 의심스러웠지만 거의 모든 봉공이 목숨을 잃은 상황에서 그것만이 감천우를 살릴 수 있는 유일한 길이었다.

절체절명의 위기에서 때마침 뛰어든 사우영 덕에 목숨을 구한 감천우는 자검단의 수하들이 그의 좌우에 붙어 부축을 하자 이내 어떤 상황인지 눈치를 챘다.

"그만둬. 네가 상대할 수 있는 자가 아니다."

하지만 사우영의 귀에 감천우의 음성은 들리지 않았다. 노도처럼 이어지는 운섬의 공격을 막기에도 정신이 없었기 때문이었다.

서너 번의 호흡도 하기 전에 사우영의 전신은 이미 피투성이로 변해 버렸다. 죽림의 정예 자검단을 이끌 정도로 사우영 역시 만만치 않은 실력을 지니고 있었지만 도성이 쓰러진 지금, 어쩌면 무당파 최고의 고수라 할 수 있는 운섬의 실력은 그가 감당할 수 있는 것이 아니었다.

"비켜라."

"안 됩니다. 피하셔야 합니다."

무슨 일이 있어도 감천우를 보호해야 한다는 명을 받은 이들은 감천우의 호통에도 손을 풀지 않았다.

그들을 떼어놓을 힘조차 남지 않았던 감천우가 체념하며 눈을 감기 직전, 그의 발밑으로 물체 하나가 날아와 떨어졌다.

사우영의 목이었다.

부릅뜬 눈, 꽉 다문 입술은 어서 피하지 않고 무엇을 하느냐는 듯 소리치는 것 같았지만 그의 간절한 바람은 운섬에 의해 무력화되고 말았다.

"크헉!"

"으아악!"

사우영의 곁을 지키던 자검단원들이 피를 뿌리며 쓰러졌다.

그들의 피를 한껏 머금은 검이 감천우를 향해 움직이기 시작했다.

모든 내력이 고갈되어 손가락 하나 까딱할 힘도 없던 감천우는 다가오는 검을 그저 바라볼 수밖에 없었다.

'언젠가 날개를 달아주고 싶었는데. 미안하군.'

감천우는 자신을 위해 목숨을 버린 사우영의 얼굴을 떠올리며 천천히 눈을 감았다.

바로 그때였다.

감천우를 노리며 짓쳐들던 운섬의 검이 거짓말처럼 멈췄다.

적혈부왕 태무룡의 거대한 혈부도, 도존 갈천수의 애도 사혼도 멈추었다.

비룡암에서 처절한 혈전을 벌이던 모든 이들의 움직임 또한 시간이 정지한 것처럼 그대로 멈추었다.

그 모든 것은 한 사람의 출현 때문이었다.

마치 산보라도 하듯 피로 얼룩진 전장을 천천히 가로지르는 그의 전신에서 뿜어져 나오는 기운이 모든 이들을 옭아매고 있는 것이었다.

희대의 효웅(梟雄) 고월성자 호연백.

마침내 그가 전장에 모습을 드러낸 것이었다.

*   *   *

꽈꽈꽈꽈꽝!!

하늘이 무너지는 듯한 굉음과 함께 강력한 폭풍이 반경 오장여를 휩쓸고 주변에 널려 있던 모든 것들이 폭풍의 무서운 힘에 이끌려 미친 듯이 날아올랐다.

그야말로 경천동지할 싸움에 주변에서 벌어지던 모든 싸움마저 일시에 멈추고 말았다.

"으음."

소벽하의 입에서 짧은 신음이 흘러나왔다.

입에선 연신 붉은 선혈이 흘러나오고 입고 있던 옷은 갈기 갈기 찢겨져 보기가 민망할 정도였다.

그녀와 공방을 벌인 왕정무(王淨武) 역시 그녀와 별반 다르 지 않을 정도로 처참한 모습이었다.

"어… 린 계집이 대단하구나."

왕정무가 거칠게 숨을 내쉬며 말했다.

설마하니 무적팔위 서열 세 번째에 당당히 자리한 자신이 소벽하에게 치명적인 부상을 당할 줄은 상상도 못했다는 태도 였다.

"싸움은 끝났어요."

미친 듯이 날뛰는 기혈을 간신히 수습한 소벽하가 애써 당 당한 모습으로 말했다.

"닥쳐라. 아직 승부는 끝나… 웩!"

노호성을 터뜨리던 왕정무가 시꺼멓게 변색된 주먹만 한 핏 덩이를 토해냈다.

"꽤, 괜찮으십니까?"

뒤로 물러나 싸움을 지켜보던 풍운당주가 황급히 다가와 왕 정무를 부축했다.

"비켜!"

풍운당주의 팔을 뿌리친 왕정무가 다시금 칼을 움켜잡으며 소벽하를 노려봤다.

"덤벼라. 싸움은 이제부터 시작이다."

가만히 그를 노려보던 소벽하가 다시금 묵룡도를 들었다.

왕정무가 제대로 움직이지도 않는 몸을 이끌고 공격을 감행하려던 찰나, 그를 제지하는 사람이 있었다.

무림오마 중 한 명이자 죽림의 봉공 환영신도(幻影神刀) 유건적(柳乾赤)이었다.

"그만하거라."

"하지만 어르신."

"못난 꼴 보이지 말고 물러나."

유건적이 차가운 눈빛으로 책망을 하자 왕정무는 입을 다물고 물러날 수밖에 없었다. 제아무리 세상 무서울 것 없는 왕정무라지만 유건적의 말을 함부로 거스를 수는 없었기 때문이었다.

왕정무가 물러나자 유건적이 등장할 때부터 소벽하 곁을 지키고 선 강호포가 스산한 웃음을 흘렸다.

"하면 이제부터는 우리들의 싸움인가?"

"그것도 좋겠지. 오랜만에 실력 좀 볼까?"

"까불지 마라. 옛날도 그랬고 지금도 너는 내 상대가 못 돼."

강호포의 말에 유건적의 눈썹이 꿈틀거렸다. 까마득한 옛날, 그가 오마라는 명성을 얻기 전 반수 차이로 강호포에게 당한 치욕적인 패배의 기억이 스멀스멀 기어나왔다.

"이자까지 쳐서 갚아주마."

차갑게 외친 유건적이 그에게 환영신도라는 별호를 안겨준

애도를 곧추세웠다.

강호포도 서서히 내력을 운기하기 시작했다.

'수라마염공.'

강호포의 전신에서 검붉은 불꽃이 서서히 일렁이자 유건적의 눈가에 이채가 떠올랐다.

강호포의 독문무공으로 자신에게 뼈아픈 패배를 안긴 수라마염공. 이어지는 축융염화장의 뜨거운 불길은 상체를 뒤덮은 화상 자국이 똑똑히 기억하고 있었다.

유건적이 일으킨 기세와 강호포의 몸에서 이는 검붉은 불꽃이 팽팽하게 대치하며 일으키는 긴장감은 이를 지켜보는 이들마저 움찔움찔 놀랄 정도로 전율스러웠다.

강호포가 지금껏 긴장하는 모습을 본 적이 없던 소벽하는 두려운 눈으로 두 사람의 대결을 응시했다.

'부디……'

소벽하의 간절한 마음이 전달된 것인지 강호포의 입가에 살짝 미소가 지어졌다. 오직 한 사람, 소벽하만 볼 수 있는 그런 미소였다.

천수혈검(千手血劍)은 악몽과도 같은 상황에 미치고 팔딱 뛸 것만 같았다.

무림출도 사십 년, 수많은 싸움을 거치면서 천수혈검이라는 별호도 얻었고 무림오마라는 명예도 얻었다.

천여 번의 비무 동안 패배는 오직 호연백과의 싸움뿐.

호연백에게 패한 것은 전혀 부끄러운 것이 아니었다. 그는 분명히 승자가 될 만한 자격이 있었고 그때의 인연으로 자신은 죽림에 몸을 담게 되었고 무림제패라는 대업에 참여하고 있었다.

한데 전혀 예상치도 못한, 이해를 할 수도 없고 도저히 용납할 수도 없는 상황이 벌어지고 말았다.

대정련의 일차, 이차 저지선을 단숨에 뚫고 기세 좋게 진격하던 천수혈검은 생각지도 못한 곳에서 발목이 잡힌 것이다. 아니, 단순히 발목을 잡힌 정도가 아니었다.

그가 이끌던 수하들의 절반이 목숨을 잃었고 좌우에 대동하고 있던 네 명의 봉공 중 세 명이 목숨을 잃었으며 나머지 한 명도 치명적인 부상을 당한 채 신음하고 있었다. 그리고 그 자신 역시 다시는 회복하기 힘든 부상을 당하고 말았으니 오른쪽 팔이 어깨부터 깨끗하게 잘려 나간 것이다.

천수혈검은 무림에서도 많이 찾아보기 힘든 쌍검을 사용하는 인물로 그의 검법은 그 어떤 검법보다 화려하고 아름다운, 그러면서도 치명적인 독을 품고 있는 것으로 유명했다. 앞으론 영원히 볼 수 없게 되어버렸지만.

"허! 정말 기가 막힐 노릇이로구나."

천수혈검은 검을 가슴에 품고 오연한 자세로 서 있는 검후를 보며 어처구니없는 웃음을 흘렸다.

검각과 해남파의 무인들을 이끌고 최후의 저지선을 지키고 있던 검후는 진정 강했다.

가장 앞서 달려오던 죽림의 봉공이 그녀의 검에 십 초를 견디지 못하고 허리가 양단되어 목숨을 잃었으며 그녀를 포위공격하던 죽림의 정예 열둘 역시 순식간에 쓰러지고 말았다.

검후의 강함을 단번에 꿰뚫어 본 천수혈검이, 그럼에도 한 수 아래로 보고 여유있게 검을 뽑았던 그마저도 이십 초도 되기 전에 팔이 잘리는 수모를 당해야만 했다. 목숨은 겨우 부지할 수 있었지만 무인으로서의 생명은 끝난 것이나 다름없었다.

"퇴, 퇴각해야 합니다!"

수하 한 명이 다가와 다급히 소리쳤다.

전장을 둘러보는 천수혈검이 피가 나도록 이를 악물었다. 이미 전세는 다시 뒤집기 힘들 정도로 기울고 말았다. 무리하게 버티다간 그나마 살아 있는 수하들마저 모조리 전멸당할 수 있었다.

"퇴, 퇴각하라."

천수혈검의 입에서 목숨을 내주는 것보다 어려운 말이 흘러나오고 가장 먼저 대정련 본진을 유린하고자 했던 천수혈검의 꿈은 그렇게 끝이 나고 말았다.

"후~"

천수혈검이 물러나자 그때까지 긴장의 끈을 놓치지 않고 있던 검후가 안도의 한숨을 내쉬었다. 겉으로 멀쩡해 보이긴 했지만 죽림의 봉공들과 천수혈검을 최대한 빨리 제압하기 위해 다소 무리를 했던 터. 그녀는 내상을 다스릴 시간을 얻은 것을 참으로 다행이라 여겼다.

하지만 안타깝게도 그럴 여유가 없었다.

"각주님."

본진 쪽에서 다급히 달려오는 전령을 보며 검후의 미간이 살짝 찌푸려졌다.

"무슨 일이냐?"

검후를 대신하여 싸움을 진두지휘하다시피 하느라 녹초가 된 금장파파가 앞으로 나서며 물었다.

"퇴각하시랍니다."

"퇴각? 말도 안 되는 소리를!"

금장파파가 버럭 소리를 지르자 그녀를 뒤로 물린 검후가 조용히 물었다.

"그래야 할 이유가 있나요?"

순간, 전령의 표정이 극도로 어두워졌다.

"함수곡과 비룡암이 뚫렸습니다. 본진이 위험합니다."

"함수곡은 그렇다 쳐도 비룡암엔 도성께서 가셨다고 들었는데 대체 어찌 된 것이냐?"

금장파파가 깜짝 놀라 되물었다.

"도성께선 목숨을 잃으셨습니다."

"헛!"

금장파파는 자신도 모르게 헛바람을 내뱉고 말았다. 주변에 모인 모든 이들이 경악을 금치 못할 때 여전히 차분함을 잃지 않고 있던 검후가 물었다.

"누구에게 당하신 건가요?"

"감천우에게 당하신 것으로 압니다. 한데 문제는 그가 아닙니다."

"그가 아니라니요?"

검후의 눈이 의혹으로 물들었다.

"죽림의 림주가 움직였습니다."

순간, 처음으로 검후의 표정이 굳었다.

"거듭된 싸움으로 지친 감천우가 쓰러지기 직전, 비룡암에 나타난 죽림의 림주에게 모두가 쓰러졌습니다. 무당파의 운선진인과 장로들은 물론이고 암흑마교의 고수들마저 모조리 목숨을 잃었습니다. 살아남은 사람은 그야말로 극소수에 불과합니다."

암흑마교의 고수들마저 모조리 목숨을 잃었다는 말에 검후의 눈동자가 마구 흔들렸다.

"암… 흑마교의 소교주는 어찌… 되었나요?"

미처 의식하지 못했지만 검후의 목소리는 심하게 떨리고 있었다.

"암흑마교의 소교주는 다행히 무사한 것으로 압니다만 그를 지키기 위해 많은 이들이……."

전령의 말이 끝나기도 전, 검후의 몸이 빙글 돌았다.

"가요."

第八十三章
결전(決戰)—2

　그야말로 시산혈해(屍山血海)가 따로 없었다.

　평정산에 위치한 대정련을 무너뜨리고 무림을 석권하려는 죽림과 그것을 막기 위해 분연히 일어선 연합군이 정면으로 충돌을 시작한 지 어느새 한 시진. 이름도 기억되지 않을 시체들이 켜켜이 쌓이며 산을 이루었고 그들이 흘린 피가 평정산 전체를 붉게 물들였다.

　처음 기선을 잡은 쪽은 분명 죽림이었다.

　죽림은 제갈현음이 반드시 함락시켜야 한다던 요지 세 곳 중 두 곳을 완벽하게 무너뜨렸고, 네 갈래 길에서도 소벽하와 검후가 지키는 곳을 제외하곤 두 곳에서 연전연승을 거두었다.

그러나 연합군도 쉽게 물러난 것은 아니었다. 비록 패배를 당할지언정 필사적으로 저항을 하며 죽림의 피해를 최대한 끌어냈다. 특히 무광과 당초성이 활약한 승천각, 소벽하와 강호포의 승리에 이어 네 갈래로 흩어져 진격 중이던 죽림의 전력 중 가장 강했던 천수혈검을 완벽하게 무력화시킨 검후의 압도적인 무위는 순식간에 무너질 수 있는 연합군을 지켜내는 든든한 버팀목이었다.

하지만 모든 이들이 그토록 열심히 싸운 덕에 간신히 균형을 이루고 있던 전세는 도성의 죽음과 죽림의 림주 호연백이 전면에 나서면서 죽림 쪽으로 급격하게 쏠리고 말았다.

무엇보다 호연백을 막을 사람이 없었다.

가장 먼저 그에게 도전했던 운섬이 의식불명이 되었고 운섬을 구하기 위해 뛰어들었던 운선 진인과 무당파의 장로들이 모조리 몰살을 당했다.

오마이자 암흑마교의 장로였던 적혈부왕 태무룡이 혼신의 힘을 다해 그와 맞섰지만 단 칠 초 만에 사지가 절단되어 쓰러졌으며 태무룡의 죽음에 분노해 뛰쳐나간 담사월을 구하기 위해 소일첨이 목숨을 잃었다. 다행히 목숨을 구했지만 갈천수역시 그 과정에서 치명적인 부상을 당하고 말았다.

도성을 비롯하여 연합군에서 가장 강한 무위를 지닌 것으로 평가받는 이들이 줄줄이 무너지자 이후의 싸움은 거의 일방적인 상황으로 흐르기 시작했다.

결국 그대로 방치하다간 순식간에 본진을 내줄 수 있다고 판단한 구인걸과 가등전의 건의로 공진 대사는 흩어진 모든 병력을 본진으로 회군시키는 결단을 내렸다.

연합군의 모든 역량을 한곳에 집중시켜 그야말로 무림의 운명을 건 건곤일척(乾坤一擲)의 승부를 벌이고자 함이었다.

호연백의 가세로 기세가 하늘을 찌를 정도로 치솟은 죽림은 나름 힘겹게 잡은 승기를 완벽하게 굳히고자 더욱 거칠게 몰아쳐 왔다.

그와 반대로 도성이라는 정신적 지주를 잃은 연합군의 사기는 바닥을 기고 있었다.

그나마 다행이라면 대정련 련주 공진 대사를 비롯하여 고독검 종리혁을 패퇴시킨 무광, 천수혈검을 불구로 만들어 버린 검후 등이 건재하다는 것이었다.

"와아!"

"공격, 공격하랏!"

"죽여라!!"

처절한 울부짖음, 함성과 비명, 병장기 부딪치는 소리가 끊임없이 터져 나오는 대정련에선 하늘마저 고개를 돌려 버릴 정도로 끔찍한 참상이 벌어지고 있었다.

수많은 이들이 싸늘한 시신이 되어 쓰러졌고 그들의 몸에서 떨어져 나간 사지 육신과 잃어버린 병장기가 한데 뒤섞여 아무렇게나 방치되어 있었다. 그들이 흘린 피는 미처 응고될 시간도 없이 강물이 되어 흘러내려 갔다.

'젠장! 결국⋯⋯.'

구인걸이 참담한 표정으로 눈을 감고 말았다.

연합군의 좌우 날개에서 노도처럼 밀려오는 적을 너무도 훌륭하게 막아내던 소림사의 십팔나한진이 결국 버티지 못하고 무너지고 만 것이다.

"큰일… 났구나."

가등전이 참담한 표정으로 고개를 흔들었다.

십팔나한진 두 개가 쓰러뜨린 적의 수만 어림잡아 백오십여 명.

십팔나한진이 무너짐으로써 죽림은 잃어버린 날개를 되찾았다.

그것의 의미는 컸다.

지금처럼 수많은 인원이 진형을 이루고 싸우는 상황에서 한쪽 축이 무너지면 다른 한쪽도 급격하게 무너지는 것이 일반적이었다. 하물며 양 날개가 무너졌으니 연합군이 어떤 상황에 처할지는 눈으로 보지 않아도 뻔했다.

가등전의 우려는 곧바로 현실이 되어 나타났다.

좌우측에서 밀린 연합군은 조금씩 중앙으로 밀리고 그렇잖아도 힘든 싸움을 하고 있던 중앙의 병력은 점점 더 심한 압박감에 움직임마저 둔해졌다. 거기에 더해 배후까지 차단을 당하니 연합군은 죽림의 포위망에 완벽히 갇힌 형국이 되어버렸다.

대정련의 수뇌진들과 당초성이 필사적으로 애를 쓰며 상황의 반전을 꾀하였으나 대세를 돌릴 수는 없었고 상황은 점점 최악으로 향하고 있었다.

　문제는 지금의 상황을 타개할 수 있는 고수들이 철저하게 발이 묶였다는 것.

　고독검을 패퇴시키며 기세를 올린 무광은 거의 일방적인 공세 속에서도 단혼마객의 처절한 대항으로 몸을 빼지 못하고 있었으며 지난날, 부사산에서 한쪽 눈을 잃고 겨우 살아난 예당겸은 삼면마군(三面魔君)으로 불리는 전대 거마와 맞부딪쳤다.

　왕정무를 쓰러뜨리느라 몸 상태가 정상이 아닌 소벽하는 마찬가지로 부상의 여파를 안고 있는 종리혁과 칼을 맞대고 있었으며 본진에서 내려온 퇴각 명령 때문에 미처 승부를 가리지 못한 강호포와 유건적이 서로에게 욕설을 내뱉으며 살수를 뿌렸다.

　그리고 연합군으로선 그야말로 악몽과도 같은 존재 호연백에겐 대정련주 공진 대사와 검후, 담사월이 합공을 하고 있었다.

　소림사의 방장이자 대정련의 련주답게 공진 대사의 무공은 대단했다.

　무상반야신공을 바탕으로 펼쳐지는 뇌음벽력장의 굉음은 평정산을 쩌렁쩌렁하게 뒤흔들었으며 한 번 도약으로 무려 열여덟 번의 공격을 할 수 있다는 무상십팔각은 눈으로 따라가지도 못할 정도로 빠르고 날카로웠다. 특히 소림이 자랑하는 최강의 무공 중 하나인 일지선공은 가히 뚫지 못할 것이 없었다.

하지만 그것이 전부였다.

그토록 강맹했던 뇌음벽력장과 무상십팔각은 호연백의 손짓에 허무하게 무너져 내렸고 그나마 유일하게 호연백을 위협할 수 있었던 일지선공은 단 하나도 적중하지 못하고 허무하게 허공을 가르고 말았다.

실패엔 대가가 따르는 법.

검후와 담사월의 도움으로 맹렬히 공세를 펼치던 공진 대사는 마지막 일지선공의 실패 후, 대기를 가르며 날아든 기운에 양팔이 잘리며 쓰러지고 말았다.

"제법이구나."

공진 대사의 팔을 잘라 버린 호연백이 옆구리에서 전해오는 통증에 이맛살을 찌푸렸다.

실로 잠깐의 빈틈, 공진 대사를 쓰러뜨리는 순간에 드러났던 틈을 놓치지 않은 검후가 호연백의 몸에 상처를 만든 것이었다.

"대단해. 사람들이 어째서 그토록 검후를 칭송하는지 이제야 이해를 할 것 같군."

양강지력을 이용해 상처 부위를 아예 지져 버린 호연백이 부드러운 미소를 지으며 말했다.

하나, 그 미소 속에 담긴 거대한 노기를 느끼지 못할 검후가 아니었다. 더구나 은연중 몸을 압박해 오는 기세가 장난이 아니었다. 전력을 다해 내력을 운기하지 않으면 그 기세만으로도 목숨을 잃을 것 같았다.

"뒈져 버렷!"

악에 받친 외침과 더불어 호연백의 배후를 노린 담사월의
공격이 시작됐다.

천지겁멸에서 천지뇌벽으로 이어지는 연혼천멸십삼류.

묵빛 강기에 모습을 감춘 담사월의 검에서 뿜어져 나온 공
세는 상상을 초월할 정도였다.

뒤는 없다는 듯, 단 한 번에 암흑뇌력기의 모든 공력을 연혼
천멸십삼류에 쏟아부은 담사월.

거기에 검의 전설 검각의 최후의 비전 검심일연이 호연백의
목숨을 노리며 날아들었다.

전혀 다른 형태, 성질의 두 무공.

정도와 마도의 최고봉이라 해도 과언이 아닌 두 개의 무공
이 하나가 되어 이끌어내는 힘은 싸움을 지켜보는 모든 이에
게 희망을 주기에 충분했다.

한데 그런 두 사람의 공세를 가만히 응시하는 호연백에게선
일말의 동요도 느껴지지 않았다.

호연백은 연합군은 물론이고 심지어 죽림의 무인들까지도
걱정을 할 정도로 너무나 태연했다.

하지만 그것은 절대적인 자신감이었다.

그것을 증명이라도 하듯 호연백의 입가에 살짝 미소가 지어
지고 그의 검에서 청명한 기운이 뿜어져 나오는 순간, 호연백
을 산산조각 낼 기세로 짓쳐들던 담사월의 공세는 어느샌가

흔적도 없이 사라졌고 연혼천멸십삼류를 분쇄하고 날아간 호연백의 기운이 담사월을 휘감고 있던 묵빛 강기를 거칠게 때렸다.

"크악!"

입에서 처절한 비명이 터지고 입에서 피분수를 뿜으며 무려 삼 장이나 날아간 담사월이 내팽개쳐지듯 땅에 처박혔다.

형편없이 당한 담사월과는 반대로 검후는 엄청난 전과를 올렸다.

정중동(靜中動)의 묘리에서 나오는 극쾌의 검, 검심일연이 비록 호연백의 목숨을 빼앗는 것엔 실패를 했지만 그의 몸을 보호하고 있던 호신강기를 뚫고 어깻죽지에 큰 상처를 입히는 데 성공을 했다. 또한 이어지는 호연백의 역공도 완벽하게 차단을 했다.

최소한 사람들의 눈에는 그렇게 보였다.

하지만 어깻죽지에 부상을 입힌 것은 전과라고 할 수 없을 정도로 검후가 당한 피해는 상당했다.

담사월은 파천묵뢰강이라는 호신강기로 몸을 보호했지만 검후는 그렇지 못했다.

무엇보다 파천묵뢰강은 담사월만 익힌 것이 아니었다.

오히려 호연백이 익힌 파천묵뢰강이야말로 진정한 파천묵뢰강.

무리하게 공격을 감행했던 검후는 그의 몸에서 뿜어져 나온 반탄강기에 치명적인 내상을 당하고 말았다.

호연백이 어깨에서 흐르는 피를 지혈할 생각도 없이 검후를 향해 걸어갔다.

조금 전의 부상으로 그는 검후의 검을 인정했다.

하나, 설마하니 파천묵뢰강까지 뚫고 들어오는 검공을 지니고 있을 줄은 상상도 하지 못했다.

얼마나 더 클 수 있는지 기대를 해볼까 생각도 했지만 자신이 아닌 후대를 위해서, 장차 죽림을 위태롭게 할 수 있는 싹이기에 미리 잘라야겠다고 판단했다.

검후에게 다가가는 호연백을 보며 연합군은 절망했다.

그녀마저 쓰러지면 그들에게 미래란 존재하지 않았다.

그렇지만 그 누구도 검후에게 도움을 줄 수가 없었다.

그렇게 연합군의 마지막 희망이 사라지려는 순간, 호연백과 검후 사이로 한 자루 검이 날아와 박혔다.

검후에게 다가가던 호연백이 흠칫 놀라며 검이 날아온 방향으로 고개를 돌렸다.

그것과 동시에 죽림의 배후에서 거대한 함성과 비명이 흘러나오기 시작했다.

연합군은 물론이고 죽림의 무인들조차 그 이유를 몰라 어리둥절해하고 있을 때 누군가가 호연백의 발밑으로 날아와 처박혔다.

"너……"

사내의 정체를 알아본 호연백의 얼굴이 경악으로 물들었다.

비록 알아보기 힘들 정도로 얼굴이 망가졌지만 호연백은 그의 정체를 한눈에 알아보았다.

그는 다름 아닌 제갈현음이었다.

"이, 이게 어찌 된 것이냐?"

호연백이 제갈현음에게 진기를 불어넣으며 소리쳤다.

겨우 눈을 뜬 제갈현음이 함성이 들리는 곳을 향해 힘겹게 고개를 돌렸다.

"저, 적이⋯ 북⋯ 해빙궁과⋯ 대정⋯ 군⋯ 사⋯ 도⋯ 극⋯ 죄⋯ 소⋯⋯."

제갈현음은 미처 말을 끝내지도 못하고 고개를 떨구고 말았다. 하지만 호연백은 그가 하고자 하는 말을 모두 알아들었다.

"그만 쉬거라."

한참이나 그의 얼굴을 바라보던 호연백이 가만히 한마디를 남기고 몸을 일으켰다.

싸움은 이미 완벽하게 중단된 상태였다.

아직 부상에서 회복을 하지 못했기에 직접적으로 싸움에 끼어들지는 못했지만 호연백을 대신해서 죽림을 지휘하고 있던 감천우가 병력을 뒤로 물렸기 때문이었다.

사실, 물릴 수밖에 없는 것이 새롭게 등장한 적의 전력이 너무도 막강했다.

삼혼을 앞세운 장영의 무공은 가히 경천동지할 지경이었고 북해빙궁의 지원군 역시 하나같이 뛰어난 자들이었다. 오랜 싸움으로 하나같이 지친 상황이라 도저히 버텨낼 재간이 없었다. 게다가 북해빙궁 말고 또 다른 지원군이 있었다. 개개인의 실력은 백사풍보다 다소 부족해 보여도 인원이 무려 이백에 달했다.

호연백 앞에서 목숨을 잃은 제갈현음은 그들의 정체를 단숨에 알아차렸지만 그가 쓰러진 지금, 그들의 정체를 아는 사람은 아무도 없었다.

도극성과 영운설은 그들을 환영하는 인파들을 뒤로하고 호연백을 향해 걸어갔다. 대세는 이미 기울었지만 호연백을 쓰러뜨리지 못한다면 전세는 언제든지 뒤집힐 수 있었다.

"너희들 짓이냐?"

호연백이 차가운 눈으로 물었다.

제갈현음의 시신에 잠시 시선을 둔 도극성이 고개를 끄덕였다.

"비암단주도 너희들에게 당했을 것이고."

비암단주가 누구인지 몰랐지만 막연히 조은의 얼굴을 떠올린 도극성이 재차 고개를 끄덕였다.

"마지막으로 묻겠다. 북경의 일. 네놈들이 벌인 짓이겠지?"

"아마도 그럴 것이오."

"역시. 너희들일 줄 알았다."

천화대상련주 혜선의 죽음을 떠올리는 호연백의 눈에서 순간적으로 살광이 뿜어져 나왔다가 사라졌다.

그 살광과 정면으로 마주한 도극성과 영운설은 온몸에 소름이 돋는 것을 느꼈다. 순식간에 사라진 살기였지만 호연백이 드러낸 기세는 상상 이상이었다.

'이런 기도라니…….'

호연백에게서 자신도 모르게 무명신군을 떠올린 도극성은 이번 싸움이 예상보다 더욱 힘든, 또한 승리를 장담할 수 없는 싸움이 되리라 직감했다.

움켜쥔 검에 절로 힘이 들어갔다.

영운설 또한 한껏 긴장한 표정으로 매벽검을 곤추세웠다.

"오너라."

호연백이 호기롭게 외쳤다.

그렇게 무림의 운명을 건 일전이 시작되었다.

*   *   *

"몸은 좀 어떠십니까?"

"어때 보이느냐?"

"생각보다 건강해 보이십니다."

"생각보다? 하면 네놈은 다 죽어 골골대는 노부의 모습을 기대한 것이냐?"

무명신군이 눈을 부라리자 옥청풍이 당치도 않다는 듯 손을 내저었다.

"설마 그럴 리야 있겠습니까? 오해하지 마시지요."

"오해는 얼어죽을… 츱, 무슨 차 맛이 이리 쓴 것이냐?"

무명신군이 입에 머금은 찻물을 탁 뱉어내며 인상을 찌푸렸다.

"황실에만 진상된다는 대홍포입니다. 어찌……."

버려진 찻물이 아까워 죽겠다는 표정을 짓던 옥청풍이 탁자 위에 놓인 다기들을 슬그머니 자신 앞으로 끌어당기며 말했다.

"제가 이것들을 구하느라 얼마나 애를 썼는지 아십니까?"

"애를 써? 슬쩍한 것은 아니고?"

무명신군이 같잖다는 표정으로 대꾸했다.

"설마요. 관직에 있는 몸으로서 그럴 수야 없지요. 전 이미 손을 끊지 않았습니까?"

"덕분에 제가 도둑놈이 되었지요."

옥비룡이 입을 삐죽거리며 차를 홀짝였다.

"그래서? 관직에 몸을 담고 있는 몸이라서 그런 쓸데없는 짓을 한 것이냐?"

"예? 무슨 말씀이신지……."

옥청풍은 날아가는 새도 떨어뜨린다는 동창의 수장과는 전혀 어울리지 않게 잔뜩 긴장된 표정으로 무명신군의 말을 기다렸다.

"무림의 일에 어째서 관이 개입을 한 것이냐?"

"아!"

비로소 무명신군의 말을 이해한 옥청풍이 안도의 한숨을 살짝 내쉬었다.

"제가 아니라 황상의 의지셨습니다."

"황제가?"

"예. 죽림의 위협에서 무림을 돕고자……."

"웃기는 소리. 제 목숨이 귀해서 그랬겠지. 죽림이 승리를 거둘까 두려워서."

"……."

사실이 그랬지만 입장이 입장인지라 차마 맞장구를 치지 못한 옥청풍은 멋쩍은 웃음과 함께 애꿎은 차만 들이켰다.

"그런데 지금쯤이면 시작하지 않았겠습니까?"

찻잔을 내려놓은 옥청풍이 다소 긴장된 표정으로 물었다.

"아마도 그렇겠지."

무명신군이 심드렁히 대꾸했다.

"이길 수 있는 겁니까?"

옥청풍의 음성이 더욱 조심스러워졌다.

"그거야 나도 모르지."

"예?"

옥청풍은 기대했던 대답과는 전혀 다른 말에 당황을 금치 못했다.

"하지만 하나는 확실해. 호연백이라는 놈이 노부보다 강하다면 네가 모시는 황제는 뒈질 걱정을 해야 할 것이고 노부보다 강하지 못하다면… 음, 앞으로도 잘 먹고 잘살겠지."

찻잔 대신 술잔을 든 무명신군이 입가에 오직 그만이 알 수 있는 의미심장한 미소가 지어졌다.

　　　　*　　　　*　　　　*

　누구 하나 입을 여는 사람이 없었다.

　숨소리 하나 흘러나오지 않았다.

　다들 눈앞에서 펼쳐지는 경천동지할 싸움에 온 정신을 집중
했다. 승패를 떠나 무인으로서 다시 볼 수 없는 싸움. 행여나
놓치는 것이 있을까 눈도 깜빡이지 못했다.

　도극성의 선공으로 시작된 싸움은 벌써 반 시진 동안 이어
지고 있었다.

　주로 공격을 퍼붓는 쪽은 도극성과 영운설이었고 호연백은
간간이 반격을 할 뿐이었다. 하지만 언제부터인지 호연백의
기세가 묘하게 달라지고 있었다.

　'위험하다.'

　도극성은 묘하게 변하는 호연백의 기세에 심각한 위협을 느
꼈다.

　영운설의 지원을 등에 업은 도극성이 연속적으로 검을 휘둘
렀다.

　무극진천검법.

　파스스스스.

　순식간에 검기의 해일이 일었다.

　도극성이 검을 휘두를 때마다 뿜어져 나온 검기가 그와 호
연백 사이를 완벽하게 뒤덮어 버렸다.

호연백은 그다지 두려운 기색이 없었다.

도극성의 공격이 시작될 때부터 암흑뇌력기를 극성으로 끌어올린 그는 전신을 파천묵뢰강으로 뒤덮으며 영운설의 공격에 대비한 뒤 검을 움직였다.

"천지포망(天地捕網)? 제길!"

호연백이 지금 시전한 초식이 연혼천멸십삼류 중 한 초식임을 확인한 담사월이 이를 갈았다. 호연백의 뿌리는 확실히 암흑마교였고 인정하기 싫지만 그가 이룬 성취가 자신이나 사부를 훨씬 능가했기 때문이었다.

도극성의 공격을 완벽하게 막아낸 호연백에게 영운설의 공격이 날카롭게 쏟아졌다.

이번엔 감천우가 놀랐다.

그녀가 사용한 무공에서 검존의 그늘을 느꼈기 때문이었다. 하지만 사용한 무공은 똑같을지 몰라도 위력에선 천양지차가 났다.

"화산의 검은 반드시 자네 앞에 나타날 것일세. 멋진 승부가 될 것이야."

비로소 그 말을 이해할 수가 있었다.

감천우가 주먹을 꽉 움켜쥐었다.

당장에라도 검을 들고 뛰쳐나가고 싶었지만 그럴 수 없는 자신의 몸 상태가 너무도 아쉬웠다.

"타합!"

호연백의 힘찬 기합성이 주변을 뒤흔들고 신형이 허공으로 치솟았다.

지금껏 없었던 행동에 도극성과 영운설은 잔뜩 긴장을 했다.

마침내 호연백의 역공이 시작된 것이었다.

연혼천멸십삼류의 절초로 도극성과 영운설을 거세게 몰아치는 호연백.

하나, 도극성과 영운설이 별다른 영향을 받지 않는 것 같자 이내 검을 거두고 말았다.

그리곤 조용히 말했다.

"대단한 실력이다. 그만한 나이에 이런 성취라니……."

호연백은 도극성과 영운설의 실력을 진심으로 칭찬했다.

그 칭찬에 도극성과 영운설은 뿌듯한 기쁨보다는 머리가 쭈뼛 서는 공포를 맛보았다.

"하지만……."

호연백의 기도가 확 변했다.

"끝을 보자꾸나."

호연백이 천주부동의 자세로 하늘 높이 검을 치켜세우자, 주변의 모든 기운이 호연백에게 빨려들어 가기 시작했다.

호연백의 몸은 이미 암흑뇌력기로 인해 묵빛 강기에 휩싸여 있었다.

그리곤 어느 순간, 검 위로 또 하나의 검이 솟구쳐 오르기 시작했다.

"검… 강?"

도극성과 영운설의 눈이 의혹으로 물들었다.

호연백이 만들어낸 것이 단순한 검강이 아니라는 것을 직감적으로 느꼈기 때문이었다. 정확히 뭔지는 몰랐지만 분명 검강과는 이질적인 무엇인가가 있었다.

호연백이 검을 움직였다.

움직였다고 여겼을 땐 그가 일으킨 강기의 검이 주변을 초토화시키고 있었다.

도극성은 피하지 않았다.

그의 검에서도 투명한 강기가 치솟더니 호연백이 만들어낸 기운과 당당하게 맞부딪쳤다.

꽈꽈꽈꽝!

평정산을 가루로 만들 정도의 거대한 폭발과 함께 충격파가 사방으로 퍼져 나가자 넋을 잃고 싸움을 구경하던 이들 중 상당수가 충격파를 견디지 못하고 맥없이 쓰러져 갔다.

"지, 진정 괴물들이다."

강호포가 고개를 절레절레 흔들었다.

사방 십여 장을 가루로 만들어 버린 호연백의 검강도 무시무시했지만 그걸 또 막아낸 도극성의 무공 또한 인간의 것이라 여기기엔 너무도 막강했다.

하지만 도극성의 생각은 달랐다.

어찌어찌 막기는 하였지만 그로 인한 타격이 너무 컸다.

기혈이 마구 들끓었고 오장육부가 뒤틀렸다.

약세를 보이지 않기 위해 목구멍까지 치솟은 울혈도 억지로 삼켜 버렸다.

한 번 더 그런 공격을 받는다면 버텨낼 수 있을지 장담할 수가 없었다.

결정을 해야 했다.

도극성이 영운설에게 시선을 두었다. 이미 도극성의 상황을 눈치채고 있던 영운설이 고개를 끄덕였다.

크게 심호흡을 한 도극성이 마침내 대성을 이룬 삼원무극신공을 극성으로 끌어올렸다.

우우우웅.

대기가 공명을 하며 흔들리고 그 진동이 땅까지 퍼져 나갔다.

제대로 서 있기가 힘들 정도로 거대한 울림이 한참이나 지속되고 도극성을 중심으로 엄청난 폭풍이 휘몰아쳤다.

그리고 잠시 후, 도극성의 면전에 하나의 검이 떠올랐다.

투명하고 서늘하다 못해 한기가 들 정도로 차가운 느낌의 강기에 둘러싸인 검이었다.

감천우의 몸이 덜덜 떨렸다.

지금도 눈을 감으면 생생하게 떠오르는 한 장면.

무려 백여 장의 거리를 점하여 수십 명을 일거에 몰살시킨 악몽과도 같았던 무공.

"이, 이기어검!"

감천우가 놀라 부르짖고 그의 외침에 다들 경악을 금치 못하는 순간, 도극성의 면전에 있던 검이 사라졌다.

아무도 검의 행방을 찾지 못했다. 오직 한 사람을 제외하고는.

"크윽!"

짧은 신음과 함께 두어 걸음 밀려나는 호연백.

호연백의 정면에 사라졌던 검이 나타나 그가 일으킨 검강과 팽팽하게 맞서고 있었다.

사람들은 지금의 상황을 이해하지 못하고 있었다.

도극성의 눈앞에 있던 검이 언제 호연백에게 날아갔으며 호연백은 어떻게 그 검을 막아낼 수 있었던 것인지. 그저 놀라고 또 놀랄 뿐이었다.

도극성의 검과 호연백의 검강이 대치하기를 얼마간, 도극성의 이마에서 굵은 땀방울이 흘러내렸다.

이기어검은 단순히 기로 검을 조종하는 것이 아니라 그 검에 시전자의 모든 것을, 심지어 혼까지 불어넣었을 때 진정한 위력이 나오는 것이고 비로소 이기어검이라 불릴 수 있었다. 그런 점에서 무명신군과 비할 바는 아니나 도극성도 나름 훌륭하게 이기어검을 펼치고 있었다.

다만, 그의 역량이 호연백에게 미치지 못하고 이기어검은 아닐지라도 호연백 역시 그에 못지않은 수준에 올라선 무위를 지니고 있기에 그를 쓰러뜨리지 못한 것이었다. 그리고 시간이 갈수록 밀리는 것은 오히려 도극성이었다.

더 이상 버티지 못한 도극성이 칠공에서 피를 토하고 호연백을 노렸던 검이 힘없이 땅에 떨어지는 순간, 승리의 기쁨에 만족스런 표정을 짓는 호연백의 머리 위로 떨어지는 낙화(落花)가 있었다.

　낙화는 이내 수십, 수백 개로 변해 흩날렸다.

　호연백을 향해 떨어지는 낙화는 단순한 눈속임이나 허상이 아니었다.

　하나하나에 가공할 위력이 담긴, 화산파 최고의 비전 매화비영진천하의 완성형이었다.

　피하기엔 늦었다고 생각한 호연백이 파천묵뢰강에 마지막 희망을 걸고 암흑뇌력기를 끌어올렸다.

　픽! 픽 !픽!

　낙화가 파천묵뢰강에 부딪칠 때마다 호연백의 몸이 휘청거렸다.

　제아무리 천하제일의 호신강기라 하더라도 온 하늘을 뒤덮으며 내리꽂히는 낙화를 감당할 수는 없었다.

　꽈꽈꽈꽝!

　무수한 충돌음과 함께 호연백의 몸이 낙화에 완전히 뒤덮여 버렸다. 낙화는 호연백을 뒤덮은 것도 부족해 그 주변까지 완벽하게 초토화를 시키며 내려앉았다.

　하늘 위로 치솟았던 흙먼지가 가라앉으며 드러나는 광경.

　모든 것을 한 줌 재로 만들어 버린 낙화의 중심에 호연백은 여전히 검을 움켜쥐고 서 있었다.

하지만 그곳에 모인 누구라도 싸움은 이미 끝났다는 것을 알고 있었다.

"그게… 말로만 듣던 이기어검이더냐?"

호연백이 비틀거리는 걸음으로 다가오는 도극성에게 물었다.

"부, 부끄럽지만 그렇소."

"아니. 부끄러울 것 없다. 대단한 무공이었어."

호연백의 시선이 지친 기색이 역력한 영운설에게 향했다.

"그것이 무엇이냐?"

"매화비영진천하라고 해요."

"매화… 비영진천하?"

"예. 화산검공의 진수라고 할 수 있지요."

"이름에 어울리는, 가히 노부의 생사를 결정지을 자격이 있는 훌륭한 검법이었다."

영특한 제자에게나 보일 듯한 부드러운 미소를 영운설에게 지어 보인 호연백이 말했다.

"싸움은 이만 끝내는 것으로 하지."

마치 승자의 자격을 지닌 사람처럼 당당한 호연백의 태도에 곳곳에서 야유가 터져 나왔다.

생사의 고비를 넘긴 사람들, 사랑하는 이들을 수도 없이 가슴에 묻어야 했던 그들은 승자의 권리를 철저하게 누리고 싶어했다.

"부사산에서의 일을 되풀이하고 싶은 모양이지?"

싸늘한 호연백의 한마디, 죽림 진영에 마화염폭이 남아 있지 않다는 것을 알 리 없는 군웅들은 부사산에서 어떤 참극이 일어났는지 알기에 입을 다물 수밖에 없었다.

"……."

존재하지도 않는 마화염폭을 들먹이며 단박에 군웅들의 입을 막아버린 호연백이 감천우를 불렀다.

"천우야."

"예, 사부님."

"보았느냐?"

"보았습니다."

"할 수 있겠느냐?"

"……."

"할 수 있겠느냐 물었다."

"할 수 있습니다."

"그럼 됐다. 네가 할 수 있다면 할 수 있는 것이지."

담담히 웃던 호연백이 몸을 휘청거렸다.

"사부님!"

깜짝 놀란 감천우가 그의 몸을 부축해 안았다.

"괜찮아. 너도 알잖으냐? 지, 지… 금껏 버틴 것도 기… 적이야."

호흡이 가빠지는지 연신 기침을 해댄 호연백이 감천우의 손을 꼭 잡았다.

"나… 는 실패했지만 너라면… 할 수 있을 게다. 이 사부가 못다 이룬 꿈을 부디……."

호연백은 마지막 말을 잇지 못하고 결국 고개를 떨구고 말 았다.

감천우는 자신의 손을 꽉 잡은 사부의 손에서 조금씩 힘이 빠져나가는 것을 느끼며 입술을 꽉 깨물었다.

적 앞에서 눈물을 보일 수는 없었다.

지금은 비록 패자의 몸으로 돌아가야 하지만 당당함까지 잃 을 수는 없었다.

애써 울음을 참은 감천우가 호연백의 시신을 안아 들었다.

몇몇 군웅들이 흥분을 참지 못하고 뛰쳐나가려 하였지만 부 사산의 참극을 두려워한 이들이 간신히 만류를 했다.

"언젠가 다시 보도록 하지."

감천우의 말에 영운설이 차갑게 맞받아쳤다.

"그러지요. 서로에겐 받을 빚이 있으니."

"좋아. 그때를 기대하지."

감천우와 영운설은 서로의 눈을 한참이나 노려보다 동시에 몸을 돌렸다.

"돌아간다."

감천우의 명령이 떨어지기 무섭게 죽림의 무인들이 썰물 빠 지듯 빠져나갔다.

승자도 패자도 허탈하기는 마찬가지. 전 무림을 피로 물들 였던 싸움은 그렇게 끝을 맺었다.

　무림의 운명의 결전이 끝난 지 만 하루, 뒷수습이 채 끝나지 않았음에도 평정산을 떠나는 사람들이 있었다. 죽림이라는 거대한 적 때문에 일시적으로 손을 잡았지만 태생적으로 대정련과는 불편한 이들이었다.

　가장 먼저 평정산을 떠난 이들은 암흑마교였다.

　부사산에서의 참극과 대정련에서 최후의 결전까지 벌이고 살아남은 생존자는 고작 삼십에 불과했다. 경덕진에도 몇 몇 더 있기는 했지만 그래 봤자 백 명도 안 되는 인원이었다. 불과 몇 달 전의 암흑마교를 생각하면 그야말로 참담한 수준.

　"후~"

　막 대정련의 북문을 나온 담사월이 따뜻한 아침 햇살을 받으며 조금씩 깨어나는 대정련을 가만히 바라보다 나직이 한숨을 내쉬었다.

　"한숨은 왜?"

　갈천수가 물었다.

　"그냥요."

　담사월이 씁쓸하게 웃자 갈천수는 그의 심정을 이해한다는 듯 고개를 끄덕였다.

　"과거의 영화는 잊자. 이제는 앞으로의 일만 생각해라. 내가, 여기에 있는 아이들이 암흑마교와 너를 위해 목숨을 바칠 것이다."

갈천수의 말에 암흑마교의 무인들이 일제히 발을 굴렀다.

담사월은 눈시울이 뜨거워지는 느낌에 황급히 고개를 돌렸다.

한데 고개를 돌린 그곳에 전혀 생각지도 않았던 인물이 서 있었다.

검후 유선이었다.

"다, 당신이 어떻게?"

담사월이 깜짝 놀라 물었다.

"지금 떠나는 건가요?"

"그렇게 됐소."

"부상이……."

"걱정하지 마시구려. 하루 자고 나니 멀쩡하외다."

담사월이 양팔을 휘저으며 웃자 검후의 얼굴이 살짝 찡그려졌다.

"억울하군요. 같이 싸웠고, 부상을 당했는데 소교주만 멀쩡하다니요."

담사월의 표정이 어두워졌다.

"많이 불편하오?"

"걱정하실 정도는 아니고요."

"다행이오."

"한데 어디로 가실 건가요?"

"우리가 딱히 갈 곳이 있겠소. 오직 한 곳뿐이지."

순간, 검후의 뇌리에 초토화된 나부산의 암흑마교가 떠올랐다.

"그곳… 엔 아무것도 없어요."

"알고 있소. 그래도 가야 하지 않겠소? 그곳이 우리의 뿌리이니 말이오."

담사월이 애써 밝은 표정을 지으며 말했다.

"……."

검후의 입에서 별다른 말이 없자 크게 심호흡을 한 담사월이 말했다.

"자, 그럼 이만 가봐야겠소. 보중하시오."

담사월이 정중한 자세로 인사를 하자 검후도 고개를 숙이며 예를 차렸다.

빙글 몸을 돌리는 담사월. 검후의 무표정한 얼굴에 살짝 떨림이 왔다.

"언젠가……."

담사월의 몸이 홱 돌았다.

"기회가 되면 한 번 가봐도 될까요?"

애써 무심한 태도를 유지하려고 하였지만 그녀의 얼굴엔 어느새 홍조가 피어올랐다.

"물론이오. 찾아주신다면 호화단 단주로서 그런 영광이 없을 것이오."

다소 과장스레 대답하는 담사월의 얼굴에 환희의 웃음이 번졌다.

"꼭 이래야 되냐?"

"뭘?"

"뭐가 급하다고 벌써 떠나?"

도극성의 말에 곽월은 나른한 표정을 지으며 대꾸했다.

"벌써 급한 것은 없지만 그렇다고 여기에 있을 이유도 없잖아. 벌써 이틀이나 지났어."

"왜? 사람들의 시선이 아직도 부담스럽냐?"

"부담스러울 것은 없지. 그래도 입장이라는 것이 있으니까."

곽월은 몇몇의 차가운, 아니, 거의 증오에 가까운 눈초리로 쳐다보는 이들의 시선을 기억하며 말했다.

"너와 초혼살루는 이번 싸움에서 많은 공을 세웠어. 사람들도 그것을 인정하고. 마지막 싸움만 봐도 그래. 네 수하들이 평정산 인근에 퍼져 있는 정보원들을 모조리 제거하지 않았다면 결과가 어찌 변했을지 아무도 몰라."

"됐어. 설사 놈들이 우리의 움직임을 눈치챘더라도 결과는 변하지 않았을 거다. 네놈도 그렇고 영운설 소저도 그렇고… 후~ 다 괴물들이니까."

곽월은 단 며칠 사이에 엄청난 성장을 한 도극성과 영운설에게 질렸다는 듯 고개를 흔들었다.

"그리고 방금 내가 말한 입장이라는 것을 너무 우습게 생각하지 마라. 지금 당장은 필요해서, 공을 세웠다고 해서 그럭저

럭 지낼 수는 있겠지만 대정련과 우리는 태생적으로 맞지 않
아. 이곳에 오래 남아봤자 분란만 생길 뿐이다. 그건 암흑마교
나 수라검문, 사도천 역시 마찬가지야. 암흑마교가 치료가 절
실한 이들까지 들쳐 메고 떠난 이유가 어디에 있다고 생각해?
조만간 나머지 문파도 모조리 떠날 거다."

"음. 그럴 수도."

도극성이 이해가 간다는 표정으로 고개를 끄덕였다.

하루, 이틀, 시간이 지나면서 대정련의 분위기가 어딘지 모
르게 조금씩 경직되어 간다는 것을 느끼고 있었기 때문이었
다.

"가면 어디로 가게?"

"어디긴, 두 번째 안가지."

"두 번째도 있어?"

"물론. 세 번째, 네 번째도 있다. 우리 같은 사람들은 언제
어디서 위험이 닥칠지 모르거든."

"그렇긴 하지. 아무튼 도착하면 연락해. 그리고 내가 도울
일이 있으면 언제든지 말하고."

도극성의 시선이 사라진 한쪽 팔로 향하자 곽월이 피식 웃
음을 터뜨렸다.

"내가 극복해야 할 일이야. 남 걱정 말고 너나 잘해."

곽월의 표정에 의미심장한 미소가 떠오르자 도극성이 고개
를 갸웃거렸다.

"무슨 말이야?"

"이틀 후에 수라검문이 떠난다고 하던데 사실이냐?"

"그래."

"너도 따라가기로 했다면서."

"그렇게 됐다."

도극성은 조마조마한 표정으로 자신을 청하고, 그러겠다는 대답에 더없이 환한 웃음을 짓던 소벽하의 얼굴을 떠올리며 멋쩍은 웃음을 흘렸다.

"쳇, 모두 짝을 찾아 떠나는군."

"너무 앞서 가지 마라. 아직 그런 건 아니니까. 그런데 모두… 라면 누가 또 있단 말이야?"

"사도천의 괴물."

"장영? 그 인간이 왜?"

도극성이 깜짝 놀라 되물었다.

"원래라면 암흑마교보다 먼저 이곳을 떠났어야 하는 인간이 그 인간이잖아."

"그렇지. 이곳에 있는 사도천 인원이라 봐야 열 명도 안 되고. 그 성격에 아직까지 남아 있는 것이 이상하긴 하지."

"간다더라."

"어디로? 경덕진으로?"

도극성은 당연한 대답을 기대하며 물은 것이지만 곽월의 대답은 전혀 엉뚱했다.

"아니. 경덕진은 아냐."

"하면 어디로?"

"북해."

"북… 해?"

도극성의 눈에 황당함이 깃들었다.

"그 인간이 왜? 사도천의 천주라면 당연히……."

"영원히 가는 것은 아니고. 잠시 다녀온다지 아마."

"그러니까 왜?"

"벌이 꽃을 찾아가는데 이유가 왜 있어?"

"꽃? 벌이라면 그 인간을 말하는 것일 테고… 북해에 꽃이
있었나?"

곰곰이 생각하던 도극성의 얼굴이 경악으로 물들었다.

"서, 설마?"

"네가 생각하는 설마가 맞을 거다."

"말도 안 돼."

"돼. 그러니까 북해에 가는 거지."

"미치겠군. 근래에 들은 말 중 가장 충격적인 말이다. 그나
저나 북해빙궁도 걱정되겠어. 그런 괴물이……."

곽월이 같잖다는 표정으로 도극성의 말을 잘랐다.

"너나 잘해."

"내가 뭐?"

"장영이야 찾아갈 꽃이 뻔하지만 너는 어쩔 건데?"

도극성이 영문을 모르겠다는 얼굴로 쳐다보자 곽월은 한심
하다는 듯 고개를 흔들었다.

"정말 모르는 거냐, 아니면 알면서 모르는 척하는 거냐? 흐

흐흐. 아무튼 잘 처신해라. 무서운 꽃들이라 잘못하면 날아보지도 못하고 날개가 꺾이는 수가 있다. 배경도 막.강.하고."

"도대체 무슨 소리냐니까!"

도극성이 소리를 빽 질렀다. 그러거나 말거나 곽월의 웃음은 그치지 않았다.

"아무튼 재밌어. 벌은 하난데 꽃은 둘이라… 행운이라면 행운일 수도 있고, 어쩌면 더없는 불행일 수도 있고. 크크크."

"망할 놈. 대체 뭔 소린지."

알 듯 말 듯 여전히 멍한 표정을 짓는 도극성. 그와 곽월의 어깨 위로 평정산의 따뜻한 햇살이 가만히 내려앉았다.

『운룡쟁천』完

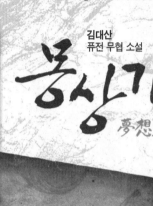

Book Publishing CHUNGEORAM
송진용 新무협 판타지 소설

호랑이
이빨

黑風口

흑풍구

새로운 대륙, 새로운 강호에서
새로운 이야기가 시작된다.
검은 하늘에 빛나는 별처럼 찬란한 영웅들이 있고, 그들의 영혼을 탐내는 어둠이 있다.
그 혼돈의 시대에 태어나 불굴의 기백을 지니고 전장을 치달리던 장수 황보강.
그를 좇는 〈악몽〉들. 그리고 운명이라는 이름으로 결정지어진 고난.
그것들은 결코 떼어놓을 수 없는 그의 분신이기도 하다.
어느 날 황보강은 선택의 기로에 선다.
운명에 굴복하고 나 또한 〈악몽〉이 될 것이냐 아니면 내 손으로 내 운명을 만들어 나가는
자가 될 것이냐……
전자의 길은 편하고 달콤할 것이며, 후자의 길은 가시밭길이 될 것이다.

〈악몽〉은 언제나 우리 곁에 있는 어둠이다. 우리들의 또 다른 모습이기도 한 것이다.
그래서 우리는 매 순간 황보강과 같은 선택의 기로에 서지 않던가.
그리고 무엇을 택하든 모든 운명은 〈무정하(無情河)〉에서 비로소 끝나리라.

Book Publishing CHUNGEORAM

유행이 아닌 자유추구 -
WWW.chungeoram.com

RELOAD

리로드

Book Publishing CHUNGEORAM
이수영 판타지 장편 소설

'Fly me to the moon' 의 작가 이수영!
'리로드Reload' 로 귀환하다!

빼앗긴 운명 하나를 취하고 그 자리에 넣어주려, 하나 그대가 흔들린 인간은 인간이기에 다루도 강한 운명을 가진 자요. 그것로 인하여 비틀린 운명들은 어찌하리오?

운명의 여신이 준엄하게 물었다.

그대가를 지원으로 운명을 어김 베기로 과과여 동의하시오?

전신(戰神) 카자르 엔더는 하나 남은 혈손을 위해 신력의 반을 희생했지만 그의 투기는 흔들리지 않았다. 그는 현존하는 전쟁의 신이고 대륙에서 가장 크게 숭앙받는 신이었다. 하위 신들과 비슷할 정도로 신력이 감소했어도 그의 영향력은 줄어들지 않았다.

오만하고의 비자로운데이다

베기르 라라가 냉소했다. 운명의 여신은 평소에는 조용했지만 뒤틀린 시간과 인과에 대해서는 엄격하였다. 그녀가 다스리는 운명의 굴레는 신들조차 벗어날 수 없는 것. 장대를 휘두르는 눈먼 여신을 신들도 두려워했다. 그러나 오만하고 교활한 전신(戰神)은 그녀를 외면하고 항의하는 다른 신들을 향해 미소 지었다.

나는에 무서지맛, 엔도까지 때둘지 믿고 신미

● 낙월소검(落月笑劍) - 달빛은 흐르고 검은 웃는다
BOOKCUBE에서 절찬 연재 중.

Book Publishing CHUNGEORAM

Book Publishing CHUNGEORAM
대호 퓨전 판타지 소설

Emperor Sword

엠페러 소드

어머니의 강권으로 용병 생활을 끝마치고 돌아왔더니
이번엔 로열 아카데미에 입학?
조용히 학창생활을 영위하려 했더니, 뭐?
부모님은 사라지고 집이 불타?

실종된 부모님을 찾기 위해, 귀족들의 횡포를 처벌하기 위해
오늘도 그의 황금 사자패가 빛을 뿜는다!

"암행어사 출두야!"

테일론 대제국의 유일한 암행 감찰관 레인!
그가 만들어가는 새로운 판타지에 주목하라!

유행이 아닌 자유추구 -
WWW. chungeoram.com
Book Publishing CHUNGEORAM